〔梁〕蕭統 編 〔唐〕李善 注
黄侃 黄焯 校訂

昭明文選

黄侃黄焯批校

八

長江出版傳媒
崇文書局

文選卷第四十四

梁昭明太子撰
文林郎守太子右内率府録事參軍事崇賢館直學士臣李善注上

檄

喻巴蜀檄一首

漢書曰相如爲郎數歲會唐蒙使略通夜郎僰中徵發巴蜀吏卒千人郡

又多爲發轉漕萬餘人用軍興法誅其渠率巴蜀人大驚恐上聞之乃遣相如責唐蒙等因喻告巴蜀人以非上之意也

司馬長卿

告巴蜀太守蠻夷自擅不討之日久矣時侵犯邊境勞士大夫陛下即位存撫天下安集中國然後興師出兵北征匈奴單于怖駭交臂受事屈膝請和戰國策張儀曰儀交臂而事齊楚康居西域重譯納貢稽顙來享禮記王制曰五方之人言語不通北方曰譯說文曰譯傳也傳四夷之語也漢書西域傳曰康居國去長安萬二千三百里春秋說題辭曰盛德則感越裳重譯禮記孔子曰拜之而後稽顙毛詩曰自彼氐羌莫不來享爾雅曰享獻也移師東指閩越相誅右弔番禺太子入朝文穎曰弔至也番禺南海郡縣治也東伐越後至番禺故言右也顏師古曰南越爲東越所伐漢以兵救之南越蒙天子德惠故遣太子朝所以云弔也非訓

至也太子即嬰齊也閩越地名也越有三此其一也南夷之君西僰之長言君者大之也僰蒲北切文穎曰犍爲縣常效貢職不敢惰怠論語撰考讖曰穿胷儋耳莫不貢職延頸舉踵喁喁然呂氏春秋曰聖人南面而立天下皆延頸舉踵矣論語素王受命讖曰莫不喁喁延頸歸德皆嚮風慕義欲爲臣妾論語撰考讖曰遠都殊域莫不嚮風又曰孺悲欲見鄉黨慕義史記張良曰百姓莫不嚮風慕義願爲臣妾道里遼遠山川阻深不能自致鄭玄禮記注曰致之言至也夫不順者已誅而爲善者未賞呂氏春秋曰先王之法爲善者賞爲不善者罰古之道也故遣中郎將往賓之中郎將即唐蒙也發巴蜀之士各五百人以奉幣帛衛使者不然張揖曰不然之變也靡有兵革之事戰鬭之患今聞其乃發軍興制張揖曰發三軍之衆也興制謂起軍法制追將帥也驚懼子弟憂患長老郡又擅爲轉粟運輸皆非陛下

之意也當行者或士逃自賊殺亦非人臣之節也夫邊郡之士聞烽舉燧燔張揖曰晝舉烽夜燔燧皆攝弓而馳荷兵而走攝謂張弓注矢而持之攝奴頰切流汗相屬唯恐居後觸白刃冒流矢義不反顧計不旋踵人懷怒心如報私讎彼豈樂死惡生非編列之民而與巴蜀異主哉編列謂編戶也淮南子曰編戶齊民計深慮遠急國家之難而樂盡人臣之道也故有剖符之封析珪而爵如淳曰析中分也白藏天子青在諸侯位爲通侯處列東第第甲宅也居帝城之東故曰東第張揖曰列東第在天子下方終則遺顯號於後世傳土地於子孫行事甚忠敬居位甚安逸名聲施於無窮功烈著而不滅是以賢人君子肝腦塗中原膏液

潤野草而不辭也春秋考異郵曰枯骸收骸血膏潤草骸古才切今奉幣役至南夷即自賊殺或亡逃抵誅抵至也亡逃而至於誅也一曰逃亡被誅而抵拒於誅也如淳曰抵其罪而誅戮之也一曰誅者亡不肯受誅也身死無名謚爲至愚無名言無善名也謚猶號也恥及父母爲天下笑人之度量相越豈不遠哉春秋合誠圖曰君殺妻誅爲天下笑然此非獨行者之罪也父兄之教不先子弟之率不謹寡廉鮮恥而俗不長厚也其被刑戮不亦宜乎陛下患使者有司之若彼悼不肖愚民之如此故遣信使誠信之使也曉諭百姓以發卒之事因數之以不忠死亡之罪讓三老孝悌以不教誨之過漢書景帝詔曰置三老孝悌以道民焉方今田時重煩百姓重難也不欲召聚之巳親見

近縣張揖曰檄以示巴蜀城旁近縣恐遠所谿谷山澤之民不徧聞檄到亟下縣道亟急也漢書曰縣有蠻夷曰道使咸喻陛下之意無忽

爲袁紹檄豫州一首魏氏春秋曰袁紹伐許乃檄州郡

陳孔璋魏志曰琳避難冀州袁本初使典文章作此檄以告劉備言曹公失德不堪依附宜歸本初也後紹敗琳歸曹公曹公曰卿昔爲本初移書但可罪狀孤而已惡惡止其身何乃上及父祖邪琳謝罪曰矢在絃上不可不發曹公愛其才而不責之

左將軍領豫州刺史郡國相守蜀志曰先主歸陶謙謙表先主爲豫州刺史後歸曹公曹公表爲左將軍蓋聞明主圖危以制變忠臣慮難以立權是以有非常之人然後有非常之事有非常之事然後立非常之功難蜀父老曰世必有非常之人然後有非常之事有非常之事然後有非常之功

夫非常者故非常人所擬也曩者强秦弱主趙高執柄專制朝權威福由己時人迫脅莫敢正言終有望夷之敗史記曰秦二世夢白虎嚙其左驂馬殺之問占夢卜涇水爲祟二世乃齊望夷宮欲祠涇水使使責讓趙高以盜事高懼乃陰與其女婿咸陽令閻樂數二世二世自殺張華曰望夷宮在長安西北長平觀故臺處是臨涇水作之以望北夷也漢書曰王氏浸盛羣下莫敢正言祖宗焚滅汙辱至今永爲世鑒及臻呂后季年産禄專政内兼二軍外統梁趙擅斷萬機決事省禁下凌上替海内寒心漢書曰張辟强謂丞相陳平請拜呂台呂産爲將將兵居南北軍丞相如辟强計太后臨朝以呂侯子台爲呂王台弟産爲梁王建成侯釋之子禄爲趙王呂后崩將軍禄相國産顓兵秉政韋昭國語注曰季末也左氏傳閔子騫曰下凌上替能無亂乎高唐賦曰寒心酸鼻於是絳侯朱虛興兵奮怒誅夷逆暴尊立

太宗漢書曰產祿因謀作亂齊悼惠王子朱虛侯章在京師知其謀使人告兄齊王令發兵章欲與太尉勃內應以誅諸呂又曰呂祿呂產欲作亂朱虛侯章與太尉勃等誅之大臣乃謀迎代王代王立是為孝文皇帝故能王道興隆光明顯融此則大臣立權之明表也明表謂明白之表儀也司空曹操祖父中常侍騰與左悺徐璜並作妖孽饕餮放橫傷化虐民司馬彪續漢書曰曹騰字季興少除黃門桓帝即位加特進范曄後漢書曰左悺河南人也為小黃門徐璜下邳人也為中常侍左氏傳史克曰縉雲氏有不才子天下之人謂之饕餮山海經曰鉤吾山有獸羊身人面其口腋下虎齒人爪其音如嬰兒名曰狍鴞食人郭璞云為物貪婪食人未盡還害其身象在禹鼎左氏傳所謂饕餮者也狍音咆父嵩乞匄攜養因贓假位魏志曰曹騰養子嵩官至太尉莫能審其生本末司馬彪續漢書曰嵩字巨高說文曰匄乞也古賴切輿金輦璧輸貨權門漢書曰息夫躬交遊貴戚趨走權門為名竊盜

後漢宦者傳嵩靈帝時貨賂中官及輸西園錢一億萬故位至太尉

僄猶僄也　俠魏志注及後漢書

師據後漢書三國志作偏師　授以裨師後漢書及國志注並在被以虎文句下　後漢書授以偏師國志注作偏師

鼎司傾覆重器周易曰鼎金鉉鄭玄尚書注曰鼎三公象也文子老子曰天下之大器也操贅閹遺醜本無懿德贅謂假相連屬也莊子曰附贅懸肬然肬贅假肉也贅之銳切肬音尤僄狡鋒協好亂樂禍幕府董統鷹揚掃除凶逆魏志曰大將軍何進與紹誅諸閹官進被殺紹遂勒兵捕諸閹人無少長皆殺之漢書音義曰衛青征匈奴大克獲帝就拜大將軍於幕中因曰幕府續遇董卓侵官暴國董卓字仲穎隴西人爲相國卓以山東豪傑並起乃徙天子都長安燔燒宮室卓至西京呂布誅卓左氏傳欒鍼謂欒書曰侵官冒也失官慢也於是提劍揮鼓發命東夏收羅英雄棄瑕取用魏志曰董卓呼紹欲廢帝紹不應因橫刀長揖而出遂奔冀州卓因拜紹渤海太守紹遂以渤海之衆以攻卓故遂與操同諮合謀授以裨師裨師偏師也漢書衛青傳曰裨將及校尉侯者九人謂其鷹犬之才爪牙可任謝承後漢書陳龜表曰臣累世展鷹犬搏擊之用至乃愚佻

蹴 國志注作就

短略輕進易退字書曰佻輕也勑聊切傷夷折衂數喪師徒幕府輒復分兵命鋭脩完補輯表行東郡領兗州刺史謝承後漢書曰袁紹以曹操爲東郡太守劉公山爲兗州公山爲黄巾所殺乃以操爲兗州刺史被以虎文奬蹴威柄被以虎文則羊質虎文也法言曰敢問質曰羊質而虎皮見草而説見豺而戰魏志作奬蹴蹴成也言奬成其威柄也冀獲秦師一剋之報左氏傳曰秦孟明帥師伐晉晉侯禦之秦師敗績又曰秦伯伐晉濟河焚舟取王官及郊晉人不出遂覇西戎用孟明也而操遂承資跋扈肆行凶忒謝承後漢書曰操得兗州兵衆強盛内懷反紹意毛詩曰無然畔援鄭玄曰畔援猶跋扈也西京賦曰睢盱跋扈覃逺國語曰肆恣也孔安國尚書傳曰忒惡也割剥元元殘賢害善太公金匱曰天道無親常與善人今海内陸沈於殺久矣何乃急急於元元哉高誘戰國策注曰元元善也張奐與屯留君書曰氣厲流行傷賢害善故九江太守邊讓英才俊

偉天下知名直言正色論不阿諂身首被梟懸之誅妻孥受灰滅之咎魏志曰太祖在兗州陳留邊讓言議頗侵太祖太祖殺讓族其家臣賢漢書注曰縣首於木曰梟尚書曰余則孥戮汝自是士林憤痛民怨彌重林喻多也司馬遷書曰列於君子之林孔安國尚書傳曰民咨胥怨一夫奮臂舉州同聲史記武臣曰陳王奮臂爲天下唱始周易曰同聲相應故躬破於徐方地奪於呂布彷徨東裔蹈據無所魏志曰陶謙爲徐州刺史太祖征謙糧少引軍還又曰太祖與呂布戰於濮陽太祖軍不利幕府惟強幹弱枝之義且不登叛人之黨叛人謂呂布也漢書曰徙二千石高貲富人豪傑并兼之家於諸陵蓋亦以强幹弱枝非爲奉山園也左氏傳曰圍宋彭城非宋地也於是爲宋討魚石故稱宋且不登叛人故復援旌擐甲席卷起征紹征呂布諸史不載蓋史略也左氏傳曰擐甲執兵杜預曰擐貫也胡慢切春秋握誠圖曰諸侯氷散席卷各爭恣妄金鼓響振布衆奔沮漢書曰膠西王叩頭

後漢書無當御二字作威劫省禁此刻者並以後漢改此本而又未刪其舊耳當從舊

漢軍壁弓高侯執金鼓見之拯其死亡之患復其方伯之位謝承後漢書曰
操圍呂布於濮陽爲布所破投紹紹哀之乃給兵五千人還取兗州說文曰拯上舉也則幕府無
德於兗土之民而有大造於操也左氏傳呂相絕秦曰秦師克還無害則是
我有大造於西也後會鑾駕反旆羣虜寇攻魏志曰董卓徙天子都長安後韓暹
以天子還雒陽時冀州方有北鄙之警匪遑離局魏志曰冀州牧韓馥以冀
州讓紹紹遂領冀州謝承後漢書曰公孫瓚非紹立劉伯安歛其衆攻紹禮記曰各司其局鄭玄曰局部分也
故使從事中郎徐勛就發遣操使繕脩郊廟翊衛幼主
操便放志專行脅遷當御省禁魏志曰天子還洛陽太祖遂至洛陽衛京師脅
遷謂迫脅天子而遷徙也卑侮王室敗法亂紀家語孔子曰是紀謂壞法亂紀也坐領
三臺專制朝政應劭漢官儀曰尚書爲中臺御史爲憲臺謁者爲外臺爵賞由心

依後漢書及國志注乙

刑戮在口所愛光五宗所惡滅三族宗亦族也漢書徐自爲曰古有三族而王温舒罪至同時而五族乎家語曰宰予爲臨淄大夫與田常之亂夷三族也羣談者受顯誅腹議者蒙隱戮漢書曰上既造白鹿皮幣令下顔異不應反脣張湯奏異腹非論死自是之後有腹非之法也百寮鉗口道路以目莊子曰鉗墨翟之口史記曰周厲王行暴虐侈傲國人謗王王怒得衛巫使監謗者以告則殺之國人莫敢言道路以目鉗其嚴切尚書記朝會公卿充員品而已故太尉楊彪典歷二司享國極位操因緣眦睚被以非罪榜楚參并五毒備至觸情任忒不顧憲綱范曄後漢書曰彪字文先代董卓爲司空又代黄琬爲司徒時袁術僭亂操託彪與術婚姻誣以欲圖廢置奏收下獄劾以大逆漢書曰王莽誅翟義夷滅三族皆至同坑以五毒參并葬之如淳曰野葛狼毒之屬韓詩外傳曰不肖者觸情縱欲也又議郎趙彦忠諫直言義有可納是以聖朝含聽改容加

先

飾操欲迷奪時明杜絶言路擅收立殺不俟報聞又梁孝王先帝母昆墳陵尊顯桑梓松柏猶宜肅恭而操帥將吏士親臨發掘破棺裸尸掠取金寶至令聖朝流涕士民傷懷漢書曰孝文皇帝竇皇后生孝景帝梁孝王武曹瞞傳曰曹操破梁孝王棺收金寶天子聞之哀泣昆或爲弟毛詩曰維桑與梓必恭敬止仲長子昌言曰古之葬者松柏以識其墳操又特置發丘中郎將摸金校尉所過隳突無骸不露身處三公之位而行桀虜之態汙國虐民毒施人鬼加其細政苛慘科防互設罾繳充蹊坑穽塞路舉手挂網羅動足觸機陷是以兖豫有無聊之民帝都有吁嗟之怨戰國策蘇秦曰上下相怨民無所聊家語孔子曰今人之言惡者比之於桀紂民怨其虐莫不吁嗟歷觀載籍無道之臣貪殘酷烈於操爲甚幕府方

緒業已之業也

詰外姦，未及整訓，鄭玄禮記注曰：詰，謂問其罪也。去質切。加緒含容，冀可彌縫。左氏傳：展喜對齊侯曰：桓公是以糾合諸侯，彌縫其闕而匡救其災。而操豺狼野心，潛包禍謀，劉向列女傳曰：羊舌叔姬者，叔向之母也。長姒産男，叔姬往觀之，曰：其聲狼也。狼子野心，非是莫滅羊舌氏乎。乃欲摧橈棟梁，孤弱漢室，周易曰：棟橈之凶，不可以有輔。除滅忠正，專爲梟雄。往者伐鼓北征公孫瓚，魏志曰：公孫瓚，字伯圭。董卓至洛陽，遷瓚奮武將軍，封薊侯。范曄後漢書曰：公孫瓚大破黃巾，威震河北，紹自將擊之。強寇桀逆，拒圍一年。操因其未破，陰交書命，外助王師，內相掩襲，左氏傳曰：凡師輕曰襲。杜預曰：掩其不備也。故引兵造河，方舟北濟。會其行人發露，瓚亦梟夷，魏志曰：紹悉軍圍瓚，瓚自知必敗，盡殺其妻子，乃自殺。故使鋒芒挫縮，厥圖不果。爾乃大軍過蕩西山，屠各左校，皆束手奉質，爭爲前登，犬羊殘醜

陸佐公石闕銘注引作胡馬三千羣

消淪山谷范曄後漢書曰黑山賊于毒等覆鄴城紹入朝歌鹿腸山破之斬毒又擊左校郭太賢等遂及西營屠各戰於常山晉中興書曰胡俗其入居塞者有屠各種最豪貴故得爲單于統領諸種於是操師震慴晨夜逋遁屯據敖倉阻河爲固魏志曰袁紹將進軍攻薛公留于禁屯河上公軍官度漢書音義曰敖地名在滎陽西北上臨河有太倉欲以螗蜋之斧禦隆車之隧莊子蘧伯玉謂顏闔曰汝不知夫螗蜋乎怒其臂以當車轍不知其不勝任也幕府奉漢威靈折衝宇宙班孟堅與陳文通書曰奉國威靈信志方外晏子春秋孔子曰不出樽俎之間而折衝千里之外晏子之謂也長戟百萬胡騎千羣奮中黃育獲之士騁良弓勁弩之勢尸子中黃伯曰余左執太行之獶而右搏彫虎戰國策范雎說秦王曰烏獲之力焉而死夏育之勇焉而死文子曰狡兎得而獵犬亨高鳥盡而良弓藏史記蘇秦說韓王曰天下之彊弓勁弩皆從韓出并州越太行青州涉濟漯魏志曰袁紹出長子譚爲青州外甥高翰爲并州淮南子曰何謂九山曰太行

又霆作震

别本

羊腸高誘曰太行直河内野王縣尚書曰浮于濟漯達于河大軍汎黄河而角其前荆州下宛葉而掎其後魏志曰劉表爲荆州刺史北與袁紹相結左氏傳狄子駒支曰譬如捕鹿晉人角之諸戎掎之征伐軍有前後猶如捕獸人掎角一人戾足説文曰掎戾足也雷霆虎步竝集虜庭李陵詩曰幸託不肖軀且當猛虎步若舉炎火以焫飛蓬覆滄海以沃熛炭有何不滅者哉楚辭曰離憂患而迺寤兮若縱火於秋蓬黄石公三畧曰夫以義而誅不義若決江河而溉熒火其尅必矣聲類曰焫燒也説文曰熛火飛也又操軍吏士其可戰者皆自出幽冀或故營部曲咸怨曠思歸流涕北顧毛詩序曰男女怨曠其餘兖豫之民及吕布張揚之遺衆吕布張楊已見九錫文覆亡迫脅權時苟從各被創夷人爲讎敵尚書曰父師曰召敵讎弗怠若迴旆方徂登高岡而擊鼓吹揚素揮以啓降路廣雅曰徽

幡也徽與揮古通用必土崩瓦解不俟血刃漢書徐樂上書曰何謂土崩秦之末葉是也人困而主不恤下怨而上不知此之謂土崩何謂瓦解吳楚齊越之兵是也當此之時安土樂俗之人衆故諸侯無外境之助此之謂瓦解孫卿子曰舜伐有苗禹伐共工湯伐有夏文王伐崇武王伐紂遠方慕義兵不血刃方今漢室陵遲綱維弛絶聖朝無一介之輔股肱無折衝之勢尚書秦穆公曰如有一介臣尚書大傳曰股肱臣也折衝已見上文方畿之内簡練之臣皆垂頭搨翼莫所憑恃雖有忠義之佐脅於暴虐之臣焉能展其節又操持部曲精兵七百圍守宮闕外託宿衛内實拘執懼其篡逆之萌因斯而作說文曰逆而奪取曰篡乂患切此乃忠臣肝腦塗地之秋烈士立功之會可不勖哉喻巴蜀文曰肝腦塗中原漢書曰一敗塗地尚書曰勖哉夫子操又矯命稱制

遣使發兵，恐邊遠州郡過聽而給與，强寇弱主，違衆旅叛漢書以旅爲助舉，以喪名爲天下笑，則明哲不取也。即日幽幷青冀四州並進。魏志曰：紹以中子熙爲幽州。書到荆州，便勒見兵與建忠將軍協同聲勢。魏志曰：張繡以軍功稍遷至建忠將軍，屯宛，與劉表合。州郡各整戎馬，羅落境界，舉師揚威，並匡社稷，則非常之功於是乎著。其得操首者，封五千户侯，賞錢五千萬。部曲偏裨將校諸吏降者，勿有所問。廣宣恩信，班揚符賞，布告天下，咸使知聖朝有拘逼之難。如律令。風俗通曰：謹按律者，法也。臯陶謨虞云：始造律時主所制曰令。漢書著甲令。夫吏者，始也，當先自正，然後正人，故文書下如律令，言當履繩墨，動不失律令也。

宋書禮志已載宋世文移有云年月朔日甲子尚書令某甲下有云年月日子下蓋脱日子二字爲甲子也

日子，日干日支也。子，十二字也。今人謂時日之日爲日子，本於此

此篇中華多作彧，蓋後也。尚之令彧之彧字爲後人以意添之耳

文疑此彧本作或，猶稱何人稱某稱某甲耳

孫志祖補正云左傳魏絳引書曰居安思危，又於安思危見逸周書程典解，不當引漢書

檄吴將校部曲文一首

陳孔璋

年月朔日子尚書令彧魏志曰荀彧字文若潁川人也太祖進彧爲漢侍中守尚書令告江東諸將校部曲及孫權宗親中外蓋聞禍福無門惟人所召左氏傳閔子騫之辭夫見機而作不處凶危上聖之明也周易曰君子見機而作不俟終日臨事制變困而能通智者之慮也漢書曰江充因變制宜周易曰困而不失其所亨其唯君子乎王弼曰窮必通也漸漬荒沈往而不反下愚之蔽也是以大雅君子於安思危以遠咎悔班固漢書賛曰大雅卓爾不群河間獻王近之矣封禪書曰興必慮衰安必慮危小人臨禍懷佚以待死亡二者之量不亦殊乎孫權小子未辨菽麥

左氏傳曰晉周子有兄而無慧不能辨菽麥要領不足以膏齊斧名字不足以洿簡墨漢書音義服虔注曰易曰喪其齊斧未聞其説張晏曰斧鉞也以整齊天下應劭曰齊利也虞喜志林曰齊側皆切凡師出必齊戒入廟受斧故曰齊斧也譬猶鷇卵始生翰毛爾雅曰生而自食曰雛待哺曰鷇郭璞曰鳥子須母食鄭玄尚書大傳注曰翰毛毛長大者而便陸梁放肆顧行吠毛西京賦曰怪獸陸梁戰國策刁勃謂謂田單曰跖之狗吠堯非其主也爲舟楫足以距皇威江湖可以逃靈誅不知天網設張以在綱目爨鑊之魚期於消爛也若使水而可恃則洞庭無三苗之墟子陽無荆門之敗尚書帝曰咨禹惟時有苗弗率汝徂征三旬苗民逆命帝乃誕敷文德七旬有苗格孔安國曰三苗之國左洞庭右彭蠡范曄後漢書曰公孫述字子陽自立爲蜀王遣任滿據荆門帝令征南大將軍岑彭攻之滿大敗朝鮮之壘不刋南越

○釁縊殺也

文王世子曰磬于甸人注磬懸縊殺之也釁與磬同

之旍不揔史記曰天子拜涉何爲遼東部都尉朝鮮襲殺何天子遣左將軍荀彘擊朝鮮朝鮮人殺其王右渠來降定朝鮮爲四郡又曰南越呂嘉反以主爵都尉楊僕爲樓船將軍下橫浦咸會番禺南越以平遂爲九郡又曰東越王餘善反遣橫海將軍韓悦出句章越建成侯敖殺餘善以其衆降昔夫差承闔閭之遠跡用申胥之訓兵棲越會稽可謂強矣史記曰吳王闔閭死立太子夫差又樂毅遺燕惠王書曰昔伍子胥說聽於闔閭而吳王遠跡至郢韋昭國語注曰申胥楚大夫伍奢之子子胥也名員員奔吳吳與地故曰申胥史記曰吳王夫差伐越敗之越王句踐乃以甲兵五千人棲於會稽及其抗衡上國與晉爭長都城屠於句踐武卒散於黃池終於覆滅身釁越軍毛萇詩注曰抗舉也鄭玄周禮注曰稱上曰衡抗衡謂對舉以爭輕重也史記陸賈曰以區區之越與天子抗衡爲敵國又曰吳王夫差北會諸侯於黃池欲霸中國吳王與晉定公爭長乃長晉定公吳引兵歸國又曰吳與晉人相遇黃池之上吳晉爭強晉人擊之大

敗吴師越王聞之襲吴吴王聞之去晉而歸與越戰不勝城門不守遂圍王宫而殺夫差及吴王濞驕恣屈强猖猾始亂漢書曰吴王濞高帝兄仲之子也立濞為吴王孝景五年起兵於廣陵左氏傳曰鄭子太叔卒晉趙簡子曰黄父之會夫子語我九言曰無始亂無怙富自以兵强國富勢陵京城太尉帥師甫下滎陽則七國之軍瓦解冰泮漢書曰七國反書聞天子遣條侯周亞夫往擊楚敗之七國吴王濞楚王戊趙王遂膠西王卬濟南王辟光淄川王賢膠東王渠鄭玄周禮注曰甫始也瓦解已見上文淮南子曰冰泮而農桑起濞之罵言未絶於口而丹徒之刃以陷其胷漢書曰吴王敗乃與戲下壯士千人夜亡渡淮走丹徒保東越漢使人以利啗東越東越即紿吴王吴王出勞軍漢使人鏦殺吴王漢書賈誼上疏曰適啓其口匕首已陷其胷矣紿音殆何則天威不可當而悖逆之罪重也且江湖之衆不足恃也自董卓作亂以迄於今將三十載其

間豪桀縱横熊據虎跱強如二袁勇如呂布二袁袁紹袁術也魏志曰呂布便弓馬旅力過人號爲飛將跨州連郡有威有名十有餘輩其餘鋒捍特起鸇視狼顧爭爲梟雄者不可勝數淮南子曰鴟視虎顧鹽鐵論曰無鹿駭狼顧之憂然皆伏鈇嬰鉞首腰分離雲散原燎罔有孑遺尚書曰若火之燎于原詩曰周餘黎民靡有孑遺近者關中諸將復相合聚續爲叛亂魏志張魯據漢中遣鍾繇討之是時關中諸將疑繇欲自襲馬超遂與楊秋李堪宜成等反遣曹仁討之超等屯潼關公勑諸將關西兵精悍堅壁勿與戰阻二華據河渭驅率羌胡齊鋒東向氣高志遠似若無敵丞相秉鉞鷹揚順風烈火元戎啓行未鼓而破魏志曰公西征馬超公自潼關北度未濟超赴船急戰丁斐曰放馬以餌賊賊亂取馬公乃得渡循河爲甬而南賊追距渭口公乃分兵結營於渭

南賊夜攻營伏兵擊破之進軍渡渭超等數挑戰不許公乃與尅日會戰先以輕兵挑之戰良久乃縱彍騎夾擊大破之斬宜成李湛等漢書元后詔曰運獨見之明奮無前之威毛詩曰武王載旆有虔秉鉞如火烈烈則莫我敢遏又曰元戎十乘以先啓行伏尸千萬流血漂櫓此皆天下所共知也戰國策秦王謂唐且曰天子之怒伏尸百萬流血千里賈誼過秦曰伏尸百萬流血漂櫓是後大軍所以臨江而不濟者以韓約馬超逋逸迸脫走還涼州復欲鳴吠魏志曰曹公斬宜成遂超走涼州典略曰韓遂字文約在涼州阻兵爲亂積三十年建安二十年乃死逆賊宋建僭號河首同惡相救並爲脣齒魏志曰初隴西宋建自稱河首平漢王聚衆枹罕夏侯淵討之屠枹罕斬建涼州又鎮南將軍張魯負固不恭魏志曰張魯字公旗據漢中以鬼道教人自號師君長雄巴漢垂三十年漢末力不能征遂就寵魯爲鎮民中郎將漢寧太祖征之周禮曰負固不服則攻之皆我王誅所當先

加故且觀兵旋旆魏志曰建安十七年公征孫權攻破江西營乃引軍還史記曰武王東觀兵至于孟津諸侯皆曰帝紂可伐武王曰未可乃還師復整六師長驅西征致天下誅魏志曰建安二十年公西征張魯偏將涉隴則建約梟夷旍首萬里魏志曰韓遂在顯親夏侯淵欲襲取之遂走後淵大破遂軍得其旍麾斬建及遂死已見上文軍入散關則群氐率服王侯豪帥奔走前驅魏志曰公西征張魯自陳倉出散關至河池氐王竇茂恃險不服攻屠之進臨漢中則陽平不守魏志曰西征張魯至陽平魯使弟衛據陽平關公乃遣高祚等乘險夜襲大破之十萬之師土崩魚爛張魯逋竄走入巴中懷恩悔過委質還降魏志曰魯弟衛夜遁魯潰走巴中遣人慰喻魯盡家屬出降土崩已見上文公羊傳曰其言梁亡何自亡也奈何魚爛而亡何休曰魚爛從內發左氏傳狐突曰策名委質巴夷王朴胡賨邑侯杜濩各帥種落共舉巴郡以奉王職魏志曰建安二十年七姓巴夷

○云字不誤別本作支非也

王朴胡賨邑侯杜濩舉巴夷賨民來附於是分巴郡以胡爲巴東太守濩巴西太守孫盛曰朴音浮濩音護鉦鼓一動二方俱定利盡西海兵不鈍鋒戰國策司馬錯曰今伐蜀利盡西海而諸侯不以爲貪漢書淮南王安上疏曰不勞一卒不頓一戟又曰不挫一兵之鋒鈍與頓同若此之事皆上天威明社稷神武非徒人力所能立也聖朝寛仁覆載允信允文春秋考異郵曰赤帝之精寛仁大戴禮記曰天無私覆地無私載毛詩曰允文允武昭假列祖大啓爵命以示四方魯及胡濩皆享萬戸之封魯之五子各受千室之邑魏志曰胡濩者皆封列侯又曰封魯及五子皆爲列侯胡濩子弟部曲將校爲列侯將軍已下千有餘人百姓安堵四民反業漢書曰高祖入關吏民皆安堵如故管子曰士農工商四民者國之石民而建約之屬皆爲鯨鯢左氏傳楚子曰古者明王伐不敬取其鯨鯢而封以

擊 別本

爲大戮超之妻孥焚首金城魏志曰南安趙衢討超梟其妻子漢書有金城郡父母嬰孩覆尸許市范睢後漢書曰建安元年遷都于許非國家鍾禍於彼降福於此也逆順之分不得不然漢書消勳曰甚詩逆順之理夫鷙(擊)鳥之擊先高攫鷙之勢也牧野之威孟津之退也此述往年未伐之意尚書序曰武王與受戰於牧野又曰惟十有一年武王伐殷孔安國曰諸侯僉同乃退以示弱今者枳棘翦扞(扞)戎夏以清枳棘以喻殘賊也翦扞翦除而防衛之也杜預左氏傳注曰扞衛也音捍萬里肅齊六師無事故大舉天師百萬之衆魏志曰建安二十一年治兵遂征孫權也與匈奴南單于呼完厨及六郡烏桓丁令屠各湟中羌僰魏志曰建安二十一年匈奴南單于呼厨泉將其名王來朝待以客禮漢書曰諸羌言願得度湟水北然湟水左右羌之所居湟音皇丁令屠各已見上文霆奮席卷自壽春

而南漢書九江郡有壽春邑又使征西將軍夏侯淵等魏志曰夏侯淵字妙才惇族弟也爲征西將軍率精甲五萬及武都氐羌巴漢鋭卒南臨汶江搤據庸蜀魏志曰建安二十一年留夏侯淵屯漢中江夏襄陽諸軍横截湘沅以臨豫章樓船横海之師直指吴會漢書曰東越及上遣横海將軍韓説樓船將軍楊僕入軍於越萬里剋期五道並入大舉天師至壽春而南一道也使征西甲卒五萬二道也及武都至庸蜀三道也江夏至豫章四道也樓船至會稽五道也權之期命於是至矣丞相銜奉國威爲民除害元惡大憝必當梟夷尚書成王曰元惡大憝至於枝附葉從皆非詔書所特禽疾楊雄覈靈賦曰枝附葉從表立景隨故每破滅強敵未嘗不務在先降後誅拔將取才各盡其用是以立功之士莫不翹足引

度刻本校語

領望風響應新序趙良謂商君曰君亡可翹足而待也左氏傳穆叔謂晉侯曰引領西望曰庶幾乎尚書曰惟影響孔安國曰若影之隨形響之應聲昔袁術僭逆王誅將加則廬江太守劉勳先舉其郡還歸國家魏志曰建安四年袁術敗於陳術病死廬江太守劉勳率衆降封爲列侯呂布作亂師臨下邳張遼侯成率衆出降魏志曰張遼字文遠鴈門人也以兵屬呂布太祖破呂布於下邳遼將衆降拜中郎將爵爲關内侯還討眭固薛洪樛尚開城就化魏志曰眭固屬袁紹屯射犬公進軍臨河使史渙曹仁渡河擊之固使張楊故長史薛洪河内太守樛尚留守自將兵以迎紹求救與渙仁遇交戰大破之斬固公遂濟河圍射犬洪尚率衆降封爲列侯樛音留官渡之役則張郃高奐舉事立功魏志曰公擊瓊于瓊留曹洪守紹使張郃高覽攻曹洪郃等聞瓊破遂來降魏志云高覽此云奐蓋有二名郃烏合切後討袁尚則都督將軍馬延故豫州刺史陰夔

射聲校尉郭昭臨陣來降魏志曰公圍尚尚營未合尚懼遣故豫州刺史陰夔及陳琳乞降公不許圍益急尚夜遯保岐山追擊之其將馬延等臨陣降衆大潰圍守鄴城則將蘇游反爲內應魏志曰尚攻譚留蘇由守鄴公進軍到洹水由降游與由同審配兄子開門入兵魏志曰袁尚走中山盡獲其輜重印綬節鉞使尚降人示其家城中崩沮審配兄子榮夜開所守東城門內兵配逆戰敗生禽配斬之既誅袁譚則幽州大將焦觸攻逐袁熙舉事來服魏志曰建安十年袁熙大將焦觸叛熙尚奔三郡烏丸觸等舉其縣來降凡此之輩數百人皆忠壯果烈有智有仁悉與丞相參圖畫策折衝討難芟敵搴旗靜安海內豈輕舉措也哉誠乃天啓其心計深慮遠西京賦曰天啓其心司馬相如喻巴蜀文曰計深慮遠急國家之難審邪正之津明可否之分勇不虛死節不苟立

論語以私智言 此乃就恩惠言

屈伸變化唯道所存故乃建丘山之功享不訾之祿答客難曰所欲必得功若丘山賈逵國語注曰訾言量也朝爲仇虜夕爲上將所謂臨難知變轉禍爲福者也說苑孔子曰聖人轉禍爲福報怨以德若夫說誘甘言懷寶小惠毛詩曰盜言孔甘論語曰好行小惠泥滯苟且沒而不覺隨波漂流與熛俱滅者亦甚衆多吉凶得失豈不哀哉昔歲軍在漢中東西懸隔合肥遺守不滿五千權親以數萬之衆破敗奔走今乃欲當禦雷霆難以冀矣魏志曰太祖使張遼與樂進等將七千餘人屯合肥太祖征張魯餓而權率十萬衆圍合肥於是遼夜募敢從之士得入百人明日大戰平旦遼被甲持戟先登陷陣殺千人斬二將權登高冢以長戟自守遼呼權不敢動權守合肥十餘日城不可拔乃引退夫天道助順人道助信周易曰天之所助者順也人之所助

盛孝吳郡太守權吳人故云君也

何焯云後漢書黨錮傳魏朗字少英會稽上虞人當是少英

也信事上之謂義親親之謂仁盛孝章君也而權誅之吳志曰權殺吳郡太守盛憲會稽典錄曰憲字孝章孫輔兄也而權殺之典略曰孫輔恐權不能守江東因權出行東治乃遣人齎書呼曹公行人以告權權乃還僞若不知與張昭共見輔權謂輔曰兄厭樂耶何爲呼他人輔云無是權投書與昭以示輔輔慚無辭乃悉斬輔親近徙輔置東吳賊義殘仁莫斯爲甚孟子齊王曰臣弑其君可乎孟子曰賊仁者謂之賊賊義者謂之殘殘賊之人謂之一夫聞誅一夫紂矣未聞弑其君也乃神靈之逋罪下民所同讎辜讎之人謂之凶賊是故伊摯去夏不爲傷德飛廉死紂不可謂賢尚書曰伊尹去亳適夏既醜有夏復歸于亳孫子曰殷之興也伊摯在夏魏武曰伊摯伊尹也孟子曰周公相武王誅紂驅飛廉於海隅而戮之何者去就之道各有宜也丞相深惟江東舊德名臣多在載籍近魏叔英秀出高峙著名

仍云虞仲翔父名歆爲日南太守

周榮會稽典錄作周林名騰 吳志吳範傳及注作滕 祖父河内太守朗

海内虞文繡砥礪清節耽學好古周泰明當世儁彦德行脩明皆宜膺受多福保乂子孫尚書曰永膺多福又曰保乂王家而周盛門户無辜被戮遺類流離湮沒林莽言之可爲愴然聞魏周榮虞仲翔各紹堂構能負析薪吳志曰虞翻字仲翔尚書曰若考作室既底法厥子乃弗肯堂矧肯構左氏傳鄭子産曰古人有言曰其父析薪其子弗克負荷及吳諸顧陸舊族長者世有高位當報漢德顯祖揚名及諸將校孫權婚親皆我國家良寶利器尚書曰所寶惟賢則邇人安聖主得賢臣頌曰夫賢者國家器用也所任賢則趨舍省而功施普器用利則用力少而就効衆也而並見驅迮（窄）雨絶於天有斧無柯何以自濟陸賈新語曰有斧無柯何以治之相隨顛沒不亦哀乎蓋鳳鳴高岡以遠罻羅賢聖之

仍云泰聞昕字

德也毛詩曰鳳皇鳴矣于彼高岡梧桐生矣于彼朝陽鴟鴞之鳥巢於葦苕折子破下愚之惑也韓詩曰鴟鴞既取我子無毀我室鴟鴞鷦鷯鳥名也鴟鴞所以愛養其子者適以病之愛憐養其子者謂堅固其窠巢病之者謂不知託於大樹茂枝反敷之葦蔄風至蔄折巢覆有子則死有卵則破是其病也字林曰鷦鴒鴞也上乃丁切下古冗切廣雅曰鷦鳩工雀也荀卿子曰南方鳥名蒙鳩爲巢編之以髮繫之葦苕苕折卵破巢非不牢所繫之弱也說文曰葦大葭也苕與蔄同今江東之地無異葦苕諸賢處之信亦危矣聖朝開弘曠蕩重惜民命誅在一人與衆無忌故設非常之賞以待非常之功司馬長卿難蜀父老曰有非常之事然後有非常之功乃霸夫烈士奮命之良時也可不勉乎若能翻然大舉建立元勳以應顯祿福之上也如其未能未能如上之計筭量大小以存易亡亦

其次也（漢書鄒陽上書曰昔者鄭祭仲許宋人立公子突以活其君非其義也春秋記之爲其以生易死以存易亡）夫係蹄在足則猛虎絕其蹯（戰國策魏魁謂建信君曰人有置係蹄者而得虎虎怒跌蹯而去虎之情匪不愛其蹯也然而不以環寸之蹯害七尺之軀有權也今國家者非直七尺之軀也而君之身於王非環寸之蹯也願公早圖之也延叔堅曰係蹄獸絆也）蝮蛇在手則壯士斷其節（漢書曰項梁使使趨齊兵擊章邯田榮曰楚殺田假趙殺田角田間乃出兵楚不殺假趙亦不殺角間齊王曰蝮蠚手則斬手蠚足則斬足何者爲害於身也田假田角田間於楚趙非手足之戚何故不殺　蠚音釋）何則以其所全者重以其所棄者輕若乃樂禍懷寧迷而忘復（周易曰迷復之凶反君道也）闇大雅之所保背先賢之去就（毛詩大雅曰既明且哲以保其身）忽朝陽之安甘折苕之末日忘一日以至覆沒大兵一放玉石俱碎（尚書曰火炎崑岡玉石俱

焚雖欲救之亦無及已史記衛平謂宋王曰後雖悔之亦無及已故令往購募爵賞科條如左檄到詳思至言如詔律令

檄蜀文一首魏志曰景元四年令鍾會伐蜀會至漢中蜀大將姜維等守劒閣距會會移檄檄蜀將吏

鍾士季魏志鍾會字士季潁川人少敏慧夙成爲秘書郎遷鎮西將軍後爲司徒謀反於蜀爲衆兵所殺

往者漢祚衰微率土分崩生民之命幾於泯滅我太祖武皇帝神武聖哲撥亂反正魏志曰有太武皇帝爲魏太祖公羊傳曰君子曷爲春秋撥亂世反諸正莫近乎春秋拯其將墜造我區夏尚書曰文王用肇造我區夏高祖文皇帝應天順民受命踐祚魏志曰文帝爲魏高祖周易曰湯武革命順乎天而應乎人禮記曰成王幼不能莅祚周公相踐祚而治烈祖明皇帝奕世重光

恢拓洪業魏志曰明皇帝爲魏烈祖國語祭公謀父曰奕世載德尚書曰昔我君文王武王宣重光漢書武帝詔曰何行而可以彰先帝之洪業休德然江山之外異政殊俗毛詩序曰國異政家殊俗率土齊民未蒙王化難蜀父老曰割齊人以附夷狄如淳曰齊人齊等無有貴賤故謂之齊若今言平人也此三祖所以顧懷遺志也劇秦美新曰后土顧懷今主上聖德欽明紹隆前緒主上陳留王奐也尚書曰放勛欽明宰輔忠肅明允劬勞王室宰輔司馬文王也左氏傳史克對魯侯曰齊聖廣淵明允篤誠忠肅恭懿宣慈惠和布政垂惠而萬邦協和毛詩曰布政優優尚書曰百姓昭明協和萬邦施德百蠻而肅慎致貢毛詩曰因時百蠻大戴禮孔子曰昔舜教通于四海之外肅慎北發渠搜氏羌來服悼彼巴蜀獨爲匪民毛詩曰哀我征夫獨爲匪民愍此百姓勞役未已是以命授六師龔行天罰尚書曰予惟龔行天之罰征西雍州鎮西諸

軍五道並進魏志曰詔使征西將軍鄧艾督諸軍趣甘松沓中雍州刺史諸葛緒督諸軍趣武街高樓鎮西將軍鍾會由駱谷伐蜀古之行軍以仁爲本以義治之司馬法曰古者以仁爲本以義治之之謂正曹操曰古者五帝三王以來也仁者生而不名義者成而不有王者之師有征無戰孫卿子曰王者有誅無戰漢書淮南王上書曰天子之兵有征無戰莫敢校之故虞舜舞干戚而服有苗尚書曰帝乃誕敷文德舞干羽于兩階七旬有苗格周武有散財發廩表閭之義尚書曰式商容之閭散鹿臺之財發鉅橋之粟今鎮西奉辭銜命攝統戎車尚書禹曰奉辭伐罪漢書孫寶曰臣幸得銜命奉使庶弘文告之訓以濟元元之命國語曰祭公謀父曰有征罰之備有文告之辭元元已見上文非欲窮武極戰以快一朝之志新序李克對魏武侯曰好戰窮武未有不亡者故略陳安危之要其敬聽話言毛詩曰告之話言益州先主

朔 魏志及別本

與 魏志

以命世英才興兵新野困躓冀徐之郊制命紹布之手太祖拯而濟之興隆大好中更背違棄同即異蜀志曰先主姓劉諱備字玄德涿郡人也靈帝末黃巾起先主率其屬討賊有功除安喜尉後領徐州呂布襲徐州虜先主妻子乃求和於布後歸曹公曹公厚遇之以爲豫州牧後背曹公歸袁紹漢書張良曰湯武伐桀紂封其後者能制其死命也左氏傳子太叔曰棄同即異是謂離德諸葛孔明仍規秦川姜伯約屢出隴右蜀志曰姜維字伯約勞動我邊境侵擾我氐羌方國家多故未遑脩九伐之征也周禮曰以九伐之法正邦國憑弱犯寡則眚之賊賢害民則伐之暴內陵外則壇之野荒民散則削之負固不服則侵之賊殺其親則征之放弑其君則殘之犯令陵政則杜之內外亂鳥獸行則滅之今邊境乂清方內無事蓄力待時併兵一向孫子兵法曰併敵一向千里殺將而巴蜀一州之衆分張守備

賢 魏志

難以禦天下之師段谷侯和沮傷之氣難以敵堂堂之陣魏志曰姜維趣上邽鄧艾與戰于段谷大破之又曰姜維寇洮陽鄧艾拒之破維于侯和漢書公乘興上書曰王尊厲奔北之吏起沮傷之氣黃帝出軍決曰始立牙之日吉氣來應旗幡指敵或從風而來金鐸之聲揚以清鼓鞞之音婉而鳴是謂堂堂之陣整整之旗此大勝之徵也比年已來曾無寧歲國語姜氏告於公子曰自子之行晉無寧歲征夫勤瘁難以當子來之民毛詩曰經始勿亟庶民子來此皆諸賢所共親見蜀侯見禽於秦公孫述授首於漢史記曰秦惠文君八年張儀復相伐蜀滅之公孫述已見吳都賦九州之險是非一姓此皆諸君（賢）所備聞也左氏傳司馬侯曰九州之險也是非一姓明者見危於無形智者規福於未萌太公金匱曰明者見危於未萌智者避危於無形是以微子去商長為周賓毛詩序曰有客微子來見祖廟也鄭玄曰武王

既黜殷命殺武庚微子代殷後既受命來朝而見之於廟陳平背項立功於漢史記曰陳平懼項王誅遂至脩武降漢漢拜平為都尉豈宴安鴆毒懷祿而不變哉左氏傳管敬仲曰宴安鴆毒不可懷也漢書楊惲曰懷祿貪勢不能自退今國朝隆天覆之恩宰輔弘寬恕之德禮記孔子曰天無私覆地無私載先惠後誅好生惡殺尚書大傳成王問周公曰舜何以也周公曰其政也好生而惡殺往者吳將孫壹舉衆內附位爲上司寵秩殊異吳志曰孫壹爲江夏太守及孫綝誅滕胤呂據據胤皆壹之妹夫也綝遣朱異潛襲壹異至武昌壹知其攻己率部曲將胤妻奔魏魏以壹爲車騎將軍封吳侯文欽虐咨爲國大害叛主讎賊還爲戎首咨困偪禽獲欽二子還降皆將軍封侯咨豫聞國事魏志曰文欽字仲若曹爽之邑人也與毌丘儉舉兵反大將軍司馬文王臨淮討之諸葛誕遂殺欽欽子鴦及虎踰城出自歸大將軍大將軍表鴦

虎爲將軍各賜爵關内侯大將軍乃自臨圍四面進兵同時鼓譟登城唐咨面縛降拜咨安遠將軍禮記子思曰無爲戎首鄭玄曰爲兵主曰戎首壹等窮踧歸命猶加上寵況巴蜀賢智見機而作者哉見機已見上文誠能深鑒成敗邈然高蹈投跡微子之蹤措身陳平之軌則福同古人慶流來裔百姓士民安堵樂業安堵已見上文農不易畝市不迴肆呂氏春秋曰桀爲無道湯立爲天子夏民大說農不去疇商不變肆去累卵之危就永安之計豈不美與說苑曰晉靈公造九層臺孫息聞之求見曰臣能累十二博棊加九雞子其上公曰作之孫息以棊子置下加九雞子其上公曰危哉若偷安旦夕迷而不反大兵一放玉石俱碎雖欲悔之亦無及也並已見上文各具宣布咸使知聞

勞中國以事遠夷文 善無頭

冉駹今茂縣地筰今滎經縣、邛今西昌縣

斯榆今天全州

難蜀父老一首

漢書曰武帝時相如使蜀長老多言通西南夷之不爲國用大臣亦以爲然相如業已建之不敢諫乃著書假蜀父老爲辭而己以語難之以諷天子因宣其使指令百姓知天子意焉

司馬長卿

漢興七十有八載德茂存乎六世六世謂自高祖至武帝威武紛紜湛恩汪濊韋昭曰湛音沈張揖曰汪濊深貌也善曰汪烏黃切濊烏外切群生霑濡洋溢乎方外於是乃命使西征隨流而攘風之所被罔不披靡因朝冉從駹定筰存邛服虔曰冉駹筰邛皆蜀郡西部也應劭曰蜀郡岷江本冉駹也文穎曰邛今爲邛都縣筰今爲定筰縣皆屬越巂善曰駹蒙江切筰音鑿略斯榆舉苞蒲鄭玄曰斯音曳張揖曰斯俞本俞國名也服虔曰苞蒲夷種也結軌還轅東鄉將

何焯曰附附益之也劉齊民語
賂以巴蜀吏幣物

報（楚辭曰結余軫于西山王逸曰結旋也）至于蜀都耆老大夫搢紳先生之徒二十有七人儼然造焉辭畢進曰蓋聞天子之牧夷狄也其義羈縻勿絶而已（應劭漢官儀曰馬曰羈牛曰縻言四夷如牛馬之受羈縻也）今罷三郡之士通夜郎之塗三年於兹而功不竟士卒勞倦萬民不贍今又接之以西夷百姓力屈恐不能卒業此亦使者之累也竊爲左右患之且夫邛筰西夷之與中國並也歷年兹多不可記已（孟子曰禹之相舜歷年兹多）仁者不以德來强者不以力并意者其殆不可乎（不可猶不甚也以其不堪爲用故棄之也）今割齊民以附夷狄（附謂令之親附也齊民已見上文）敝所恃以事無用鄙人固陋不識所謂使者曰烏謂此

尚漢书

溢乃溢訛溢即訛衍也

乎必若所云則是蜀不變服而巴不化俗也應劭曰巴蜀皆古蠻夷推結左衽之人也僕常惡聞若說然斯事體大固非觀者之所覯也余之行急其詳不可得聞已請為大夫粗陳其略孟子曰其詳不可得聞嘗聞其略矣韋昭曰粗猶略也徂古切蓋世必有非常之人然後有非常之事有非常之事然後有非常之功夫非常者固常人之所異也故曰非常之原黎民懼焉張揖曰非常之事其本難知衆民懼也尚書曰黎民於變時雍及臻厥成天下晏如也昔者洪水沸出氾濫衍溢張揖曰溢溢也郭璞三蒼解詁曰溢水聲也字林云四寸切古漢書爲溢今爲衍非也民人升降移徙崎嶇而不安夏后氏慼之乃堙洪塞源決江疏河張揖曰疏通也灑沈澹災張揖曰灑分也韋昭曰灑史紙切蘇林曰澹音淡言分其沈溺搖動之災也灑或作澌

手　別本作来

循　漢書委瑣作碎喔躖局促也　循誦習傳言循其所誦習其所傳也

當世取說言徒取悅於當時也

王元長永明十一年策秀才文注引作宏議義

字書曰澌水索也賜移切說文曰澹水搖也徒濫切顏師古曰沈深也澹安也言分散其深水以安定其災也灑所宜切東歸之於海而天下永寧當斯之勤豈惟民哉心煩於慮而身親其勞躬奏胝無胈膚不生毛張晏曰躬體也孟康曰腠腠理也韋昭曰胈其中小毛也蒲葛切郭璞三蒼解詁曰胝躪也竹施切莊子曰爾袒女浣於白水之上者禹過之而趨曰治天下奈何女曰胝無胈脛不生毛顏色烈凍手足胼胝何以至是也胼步千切故休烈顯乎無窮聲稱浹乎于茲且夫賢君之踐位也豈特委瑣喔躖拘文牽俗應劭曰喔噹急促之貌也善曰喔音握循誦習傳當世取說云爾哉必將崇論吰議鄧展曰字詁吰今宏字創業垂統爲萬世規孟子曰君子創業垂統爲可繼故馳騖乎兼容并包而勤思乎參天貳地己比德於地是貳地也地與己并天是三也且詩不云乎普

此皆風辭也

天之下莫非王土率土之濱莫非王臣毛詩小雅文濱涯也本或作賓是以六合之內八方之外浸淫衍溢懷生之物有不浸潤於澤者賢君恥之今封疆之內冠帶之倫咸獲嘉祉靡有闕遺矣而夷狄殊俗之國遼絕異黨之域舟車不通人跡罕至政教未加流風猶微孟子曰故家遺俗流風善政猶有存者內之則時犯義侵禮於邊境外之則邪行橫作放殺其上君臣易位尊卑失序父老不辜幼孤為奴虜係纍號泣張揖曰為人所係戰國策曰韓魏父子老弱係虜於道路內嚮而怨曰蓋聞中國有至仁焉德洋恩普物靡不得其所今獨曷為遺己舉踵思慕若枯旱之望雨孟子曰湯始征葛伯民望之若大旱之望雨戾夫為

師古曰浸淫漸漬也衍溢有餘也

之垂涕況乎上聖又焉能已故北出師以討強胡南馳使以誚勁越四面風德二方之君鱗集仰流論語比考讖曰賜風德宋均曰賜能言語故可使風諭以德也二方謂西夷南夷也鱗集相次也願得受號者以億計故乃關沫若漢書音義曰以沫若水為關也張揖曰沫水出蜀西徼外入于江若水出廣平徼外出旄牛入江沫音妹徼牂牁張揖曰徼塞也以木柵水為夷狄之界鏤靈山梁孫原張揖曰鑿通山道置靈道縣屬越巂郡孫水出登縣南至會無縣入若水李奇曰於孫水之本作獨梁創道德之塗垂仁義之統將博恩廣施遠撫長駕長駕謂所駕者遠使疏逖不閉晦曶爽闇昧得耀乎光明韋昭曰曶梅幘切言疏遠之國不被雍塞閉曶爽闇昧後得乎光明言化之所被者遠也郭璞三蒼解詁曰曶旦明也字林音勿尚書曰甲子昧爽孔安國曰昧早旦也爽明也以偃甲兵於此而息討伐於彼遐

史漢及別本無二字衍也

師古曰初有所懷而來欲進而陳之

邇一體中外禔福不亦康乎說文曰禔安也音支夫拯民於沈溺奉至尊之休德反衰世之陵夷繼周氏之絕業天子之亟務也陵夷即陵遲也史記張釋之曰秦陵遲而至於二世天下土崩漢書作陵夷至於二世百姓雖勞又惡可以已乎哉且夫王者固未有不始於憂勤而終於逸樂者也毛詩序曰始於憂勤終於逸樂然則受命之符合在於此方將增太山之封加梁父之事鳴和鸞揚樂頌上減五下登三李奇曰五帝之德比漢爲減三王之德漢出其上觀者未覩旨聽者未聞音猶鷦鵬已翔乎寥廓之宇而羅者猶視乎藪澤悲夫樂緯曰鷦鵬狀如鳳皇爾雅曰寥深也空廓寥寥也於是諸大夫茫然喪其所懷來失厥所以進喟然並稱曰允哉漢德此鄙

人之所願聞也百姓雖勞請以身先之敞罔靡徙遷延而辭避尚書大傳曰魏文侯問子夏子夏乃遷延而退

文選卷第四十四

初三夕　侃誦

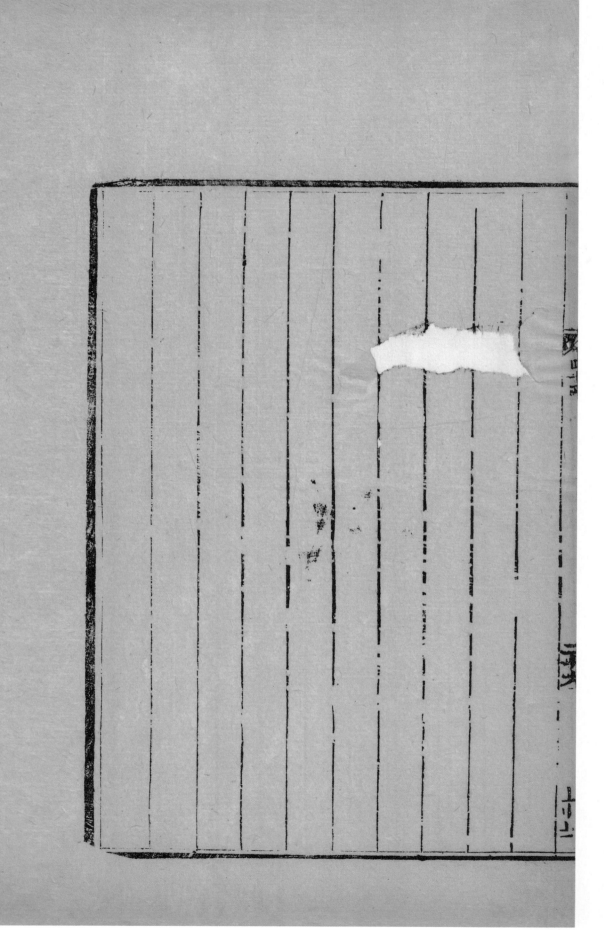

文選卷第四十五

梁昭明太子撰

文林郎守太子右內率府録事參軍事崇賢館直學士臣李善注上

此似卜居漁父而不盡用韵

序上

卜子夏毛詩序一首　孔安國尚書序一首

杜元凱春秋序一首

皇甫士安三都賦序一首

石季倫思歸引序一首

對問

對楚王問一首

宋玉

楚襄王問於宋玉曰先生其有遺行與遺行可遺弃之行也韓詩外傳子路謂孔子曰夫子尚有遺行乎奚居之隱何士民衆庶不譽之甚也宋玉

唯然〻爲此也唯應之詞也

鯤鰥也

尺讀爲廣斥之斥

對曰唯然有之願大王寬其罪使得畢其辭客有歌於郢中者其始曰下里巴人國中屬而和者數千人其爲陽阿薤露國中屬而和者數百人其爲陽春白雪國中屬而和者不過數十人引商刻羽雜以流徵國中屬而和者不過數人而已是其曲彌高其和彌寡故鳥有鳳而魚有鯤曾子曰聞諸夫子曰羽蟲之精者曰鳳鱗蟲之精者曰龍淮南子曰孟春之月其蟲鱗許慎曰鱗龍之屬也鳳皇上擊九千里絕雲霓負蒼天翱翔乎杳冥之上夫藩籬之鷃豈能與之料天地之高哉鯤魚朝發崑崙之墟爾雅曰河出崑崙虛色白郭璞曰墟山下基也暴鬐於碣石暮宿於孟諸孔安國尚書傳曰碣石海畔山夫尺澤之鯢豈能與之量江海

林琴南云東方之答客難話皆俏說其極無理而偏言之成理通篇虛言假語却無一句非牢騷其緊要處在以一時字貫串到底即爲全文眼目而其工夫則在遠行二字能爲叠過一節者言稍虎皆窮剩罵時主之意

之大哉尺澤言小也故非獨鳥有鳳而魚有鯤也士亦有之夫聖人瑰意琦行超然獨處夫世俗之民又安知臣之所爲哉

設論

答客難一首

東方曼倩漢書曰朔上書陳農戰强國之計推意放蕩終不見用因著論設客難己用位卑以自慰諭

客難東方朔曰蘇秦張儀壹當萬乘之主而身都卿相之位如淳曰都謂居也澤及後世今子大夫修先王之術慕聖人之義諷誦詩書百家之言不可勝記著於竹帛脣腐齒落服膺

而不可釋（禮記曰回之爲人也得一善則拳拳服膺而不失之矣）好學樂道之効明白甚矣自以爲智能海内無雙則可謂博聞辯智矣然悉力盡忠以事聖帝曠日持久積數十年官不過侍郎位不過執戟（史記韓信曰臣事項王官不過侍郎位不過執戟）意者尚有遺行邪（遺行已見上文也）同胞之徒無所容居其故何也（蘇林曰音胞胎之胞言親兄弟也）東方先生喟然長息仰而應之曰是故非子之所能備彼一時也此一時也豈可同哉（孟子謂充虞曰彼一時也此一時也）夫蘇秦張儀之時周室大壞諸侯不朝力政争權相擒以兵（愼子曰昔周室之衰也厲王擾亂天下諸侯力政人欲獨行以相兼）并爲十二國未有雌雄（張晏曰周千八百國在者十二謂魯衛齊宋楚鄭燕趙韓魏秦中山春秋孔演圖曰

○漢書及劉本

天運三百歲雌雄代起得士者强失士者亡故說得行焉孔叢子子思謂曾子曰今天下諸侯方欲力爭競招英雄以自輔翼此乃得士則昌失士則亡之秋也身處尊位珍寶充內外有倉廩蔡邕月令章句曰穀藏曰倉米藏曰廩澤及後世子孫長享今則不然聖帝德流天下震慴諸侯賓服連四海之外以爲帶安於覆盂韓詩外傳曰君子之居也晏如覆杅盂與杅同音于天下平均合爲一家動發舉事猶運之掌賢與不肖何以異哉列子曰楊朱見梁惠王言治天下猶運之掌禮記子曰道之不明也我知之矣賢者過之不肖者不及遵天之道順地之理物無不得其所故綏之則安動之則苦尊之則爲將卑之則爲虜抗之則在青雲之上抑之則在深淵之下用之則爲虎不用則爲鼠雖欲盡

節効情安知前後夫天地之大士民之衆竭精馳説並進輻湊者不可勝數 文子曰群臣輻湊 悉力慕之困於衣食或失門戶 言上書忤旨或被誅戮 使蘇秦張儀與僕並生於今之世曾不得掌故安敢望侍郎乎 應劭漢書注曰掌故百石吏主故事者 傳曰天下無害雖有聖人無所施才上下和同雖有賢者無所立功故曰時異事異 韓子曰文王行仁義而王天下偃王行仁義而喪其國故曰時異則事異 雖然安可以不務脩身乎哉詩曰鼓鍾于宮聲聞于外鶴鳴九皐聲聞于天 毛詩小雅文也毛萇曰有諸中必見於外也又曰皐澤也 苟能脩身何患不榮太公體行仁義七十有二乃設用於文武得信厥説封於齊七百歲而不絶 説苑鄒子説梁王曰太公年七十而

相周九十而封齊此士所以日夜孳孳脩學敏行而不敢怠也孟子曰雞鳴而起孳孳爲善舜之徒也譬若鶺鴒飛且鳴矣毛詩曰題彼鶺鴒載飛載鳴毛萇曰題視也傳曰天不爲人之惡寒而輟其冬地不爲人之惡險而輟其廣君子不爲小人之匈匈而易其行矣有常度地有常形君子有常行君子道其常小人計其功詩云禮義之不愆何恤人之言皆孫卿子文水至清則無魚人至察則無徒冕而前旒所以蔽明黈纊充耳所以塞聰皆大戴禮孔子之辭也薛綜東京賦注曰黈纊以黃緜爲丸懸冠兩邊當耳不欲聞不急之言也明有所不見聰有所不聞舉大德赦小過無求備於一人之義也論語曰仲弓爲季氏宰問政子曰先有司赦小過舉賢才尚書曰與人弗求備檢身若不

天下和平与義相扶寡
言不用世則脩身

及枉而直之使自得之優而柔之使自求之揆而度之使自索之皆大戴禮孔子之辭也家語亦同王肅曰雖當直枉從容使自得也優寬和柔之使自求其宜也揆度其法以開視之使自索得也趙岐孟子注曰使自得其本善性也蓋聖人之教化如此欲其自得之自得之則敏且廣矣今世之處士時雖不用塊然無徒廓然獨居上觀許由下察接輿計同范蠡忠合子胥史記曰勾踐之栖會稽范蠡令甲辭厚禮以遺吳後欲伐吳勾踐復問蠡蠡曰可矣遂滅之天下和平與義相扶寡偶少徒固其宜也子何疑於予哉若夫燕之用樂毅秦之任李斯酈食其之下齊史記曰樂毅去趙適魏聞燕昭王好賢樂毅爲魏昭王使於燕燕時以禮待之遂委質爲臣下又曰秦卒用李斯計謀競并天下以斯爲丞相漢書酈食其謂上曰臣說齊王使爲漢而稱東蕃上曰善乃說齊齊王田

廣以爲然迺罷歷下守戰之備說行如流曲從如環所欲必得功若丘山海內定國家安是遇其時者也子又何怪之邪語曰以筦窺天以蠡測海以筳撞鍾豈能通其條貫考其文理發其音聲哉服虔曰筦音管張晏曰蠡瓠瓢也文穎曰筳音庭莊子曰魏牟謂公孫龍曰乃規規而求之以察索之以辯是直用管窺天用錐指地不亦小乎說苑趙襄子謂子路曰吾嘗問孔子曰先生事七十君無明君乎孔子不對何謂賢邪子路曰建天下之鳴鍾撞之以筳豈能發其音聲哉猶是觀之譬由鼱鼩之襲狗孤豚之咋虎至則靡耳何功之有如淳曰鼱音精服虔曰鼩音劬李巡爾雅注曰鼱鼩一名奚鼠應劭風俗通曰按方言豚豬子也今人相罵曰孤豚之子是也說文曰靡爛也亡皮切靡與縻古字通也今以下愚而非處士雖欲勿困固不得已此適足以明其不知權變而終惑於大道也

林琴南云子雲解嘲行氣甚包舉，東方客難則多趣而少氣，斯之謂後生能勝前人矣。又云解嘲文能於重複中使不重複，每一轉折即自闢一境界，當今之字以萬丈瀑布穿石而過，中間上世數提往往鐵對漢世，故為子為於子為之時二句即所謂圖窮匕首見也。通篇剛中有柔，柔中有剛。

漢文卷

沈休文齊故安陸昭王碑文注引儋作擔

解嘲一首　并序

楊子雲

哀帝時丁傅董賢用事漢書曰定陶丁姬哀帝母也兄明爲大司馬又曰孝哀傅皇后父晏爲孔鄉侯哀帝即位封后諸附離之者起家至二千石漢書音義莊子曰附離不以膠漆時雄方草創太玄有以自守泊如也人有嘲雄以玄之尚白服虔曰玄當黑而尚白將無可用雄解之號曰解嘲其辭曰

客嘲楊子曰吾聞上世之士人綱人紀不生則已尚書曰先王肇修人紀孔安國曰修爲人綱紀也孔叢子子魚曰丈夫不生則已生則有云爲於世也生必上尊人君下榮父母析人之珪儋人之爵懷人之符分人之祿說文曰儋荷也應劭曰文帝始與諸王竹使符紆青拖紫朱丹其轂東觀漢記

丘希範與陳伯之書注引作盛明

王西莊以為法言非也據此子雲太玄自有說之之文也

數字漢書無

漢書及別本

日印綬漢制公侯紫綬九卿青綬漢書曰吏二千石朱兩轓今吾子幸得遭明盛之世處不諱之朝與羣賢同行歷金門上玉堂有日矣應劭曰待詔金馬門晉灼曰黃圖有大玉堂小玉堂曾不能畫一奇出一策上說人主下談公卿目如耀星舌如電光一從一横論者莫當史記秦王曰知一從一横其說何顧默而作太玄五千文枝葉扶疏獨說數十餘萬言以樹喻文也說文曰扶疏四布也深者入黃泉高者出蒼天大者含元氣細者入無間春秋命歷序曰元氣正則天地入卦孳無間言至微也淮南子日出入無間然而位不過侍郎擢纔給事黃門蘇林曰擢之纔爲給事黃門不長作意者玄得無尚白乎何爲官之拓落也拓落猶遼落不諧偶也楊子笑而應之曰客徒欲朱丹吾轂不知一跌

班固典引注引剖作劃

將赤吾之族也廣雅曰跌差也赤謂誅滅也往昔周網解結羣鹿爭逸服虔曰鹿喻在爵位者離爲十二合爲六七十二國已見上文張晏曰謂齊燕楚韓趙魏爲六就秦爲七四分五剖並爲戰國晉灼曰此直道其分離之意耳鄒陽傳云濟北四分五裂之國也士無常君國無定臣得士者富失士者貧春秋保乾圖曰得士則安失士則危矯翼厲翮恣意所存故士或自盛以橐或鑿坏以遁服虔曰范睢入秦藏於橐中史記王稽辭魏去竊載范睢入秦至湖見車騎曰爲誰王稽曰穰侯范睢曰此恐辱我我寧匿車中有頃穰侯過淮南子曰顏闔魯君欲相之而不肯使人以幣先焉鑿坏而遁之坏普來切是故騶衍以頡頏而取世資應劭曰齊人著書所言多大事故齊人號談天騶衍仕齊至卿蘇林曰頡音提挈之挈頡頏奇怪之辭也騶衍著書雖奇怪尚取世以爲資而已爲之師也言資以避下文也頏苦浪切孟軻雖連去聲蹇猶爲萬乘師

七國五魯衛宋鄭中山

漢書作陶塗

晉書地理志以東南一尉為秦之南海尉典桂林南海象郡

倚廬學舍

蘇林曰連蹇言語不便利也趙岐孟子章指曰滕文公尊敬孟子若弟子之問師今大漢左東海應劭曰會稽東海也右渠搜服虔曰連西戎國也應劭曰禹貢析支渠搜屬雍州在金城河間之西前番禺應劭曰南海郡張晏曰南越王都也蘇林曰番音潘後椒塗應劭曰漁陽之北界東南一尉如淳曰地理志云在會稽西北一候如淳曰地理志曰龍勒玉門陽關有候也徽以糾墨制以鑕鈇服虔曰制縛束也應劭曰束以繩徽弩之徽說文曰糾三合繩也又曰墨索也公羊傳曰不忍加之鈇鑕何休注曰斬要之刑也音質散以禮樂風以詩書曠以歲月結以倚廬應劭曰漢律以爲親行三年服不得選舉結爲倚廬以結其心左氏傳曰齊晏桓子卒晏嬰麤斬衰居倚廬天下之士雷動雲合魚鱗雜襲咸營于八區史記蒯通曰天下之士雲合霧集魚鱗雜遝遝徒合切家家自以爲稷契人人自以爲皐陶尚書帝曰俞咨禹汝平水土惟時懋哉禹讓于稷契暨皐陶戴縰垂纓而談者皆擬

縰韜髮者

謝玄暉拜中軍記室辭隨王牋注引產作魚島作鳥

於阿衡鄭玄儀禮注曰纚與縰同縰所氏切詩曰實惟阿衡左右商王毛萇曰阿衡伊尹也五尺童子羞比晏嬰與夷吾孫卿子曰仲尼之門五尺豎子羞言五伯當塗者升青雲失路者委溝渠旦握權則為卿相夕失勢則為匹夫譬若江湖之崖渤澥之島乘鴈集不為之多雙鳧飛不為之少方言曰飛鳥曰雙四鴈曰乘昔三仁去而殷墟二老歸而周熾三仁微子箕子比干孟子曰伯夷避紂居北海之濱聞文王作興曰盍歸乎來吾聞西伯善養老者二老者天下之大老也子胥死而吳亡種蠡存而越霸史記曰吳既誅子胥遂伐齊越王勾踐襲殺吳太子王聞乃歸與越平越王勾踐遂滅吳又曰越王勾踐返國奉國政屬大夫種而使范蠡行成為質於吳後越大破吳也五羖入而秦喜樂毅出而燕懼史記曰百里奚亡秦走宛秦繆公聞百里奚欲重贖之恐楚不與請以五羖皮贖之楚人許與之繆公與語國事繆公大悅又曰樂毅伐齊破之燕

○相傳對言則說官為傳也

昭王死子立爲燕惠王乃使騎劫代將而召毅毅畏誅遂西奔趙惠王恐趙用樂毅以伐燕也范雎以折摺而危穰侯危穰侯已見李斯上書折摺已見鄒陽上書晉灼曰摺古拉字也力荅切蔡澤以噤吟而笑唐舉史記曰唐舉見蔡澤熟視而笑曰吾聞聖人不相殆先生乎韋昭曰噤欵禀切吟疑甚切故當其有事也非蕭曹子房平勃樊霍則不能安當其無事也章句之徒相與坐而守之亦無所患故世亂則聖哲馳騖而不足世治則庸夫高枕而有餘說苑曰管仲庸夫也桓公得之以爲仲父漢書賈誼曰陛下高枕終無山東之憂楚辭曰堯舜皆有舉任兮故高枕而自適夫上世之士或解縛而相或釋褐而傅左氏傳曰齊鮑叔帥師來言曰子糾親也請君討之管召讎也請受而甘心焉乃殺子糾于生竇召忽死之管仲請囚鮑叔受之及堂阜而脫之歸而以告曰管夷吾治於高傒使相可也公從之墨子曰傅說被褐帶索庸築傅巖武丁得

之舉以爲三公或倚夷門而笑應劭曰侯嬴也秦伐趙趙求救於魏無忌將百餘人往過嬴嬴無所誡更還見嬴嬴笑之以謀告無忌韋昭曰笑人不知已也或橫江潭而漁服虔曰漁父也或七十說而不遇應劭曰孔丘也巳見東方朔荅客難或立談而封侯史記曰虞卿說趙孝成王再見爲趙上卿故號爲虞卿譙周曰食邑於虞也或枉千乘於陋巷吕氏春秋曰齊桓公見小臣稷一日三至弗得見從者曰萬乘之主見布衣之士一日三至而不得見亦可以止矣桓公曰不然士慠爵禄者固輕其主君慠霸王者亦輕其士從夫子慠爵禄吾庸敢慠霸王乎或擁篲而先驅擁篲鄒衍也七略曰方士傳言鄒子在燕其游諸侯畏之皆郊迎擁篲也是以士頗得信其舌而奮其筆窒隙蹈瑕而無所詘也李奇曰君臣上下有瑕隙乖離之漸則可抵而取之室竹栗切當今縣令不請士郡守不迎師羣卿不揖客將相不俛眉言奇者見疑行殊者得辟言世尚同而惡異爾雅曰辟罪

此豐卦之辭也李光地説

宗　漢書作宗

也行趨步也行胡庚切是以欲談者卷舌而同聲欲步者擬足而投跡言不敢奇異也故欲談者卷舌不言待彼發而同其聲欲行者擬足不前待彼行而投其跡也周易曰子曰同聲相應莊子曰多物將往投跡者衆嚮使上世之士處乎今世策非甲科史記曰歲課甲科爲郎中乙科爲太子舍人然甲科爲第一行非孝廉舉非方正獨可抗疏時道是非高得待詔下觸聞罷又安得青紫言抗疏有所觸犯者帝報以聞而罷之言不任用也且吾聞之炎炎者滅隆隆者絶觀雷觀火爲盈爲實如淳曰周易云雷雨之動滿盈滿水也雷極則爲水火之光炎炎不可久久亦消滅爲灰炭之實也天收其聲地藏其熱高明之家鬼瞰其室李奇曰鬼神害盈而福謙攫拏者亡默默者存位極者高危自守者身全是故知玄知默守道之極淮南子曰天道玄默無容無則

抵。據注引說文當作扺今從手亦誤

爰清爰靜游神之庭老子曰知清知靜爲天下正惟寂惟漠守德之宅莊子曰恬淡寂漠虛無無爲此道德之質也世異事變人道不殊彼我易時未知何如李奇曰或能勝之今子乃以鴟梟而笑鳳皇執蝘蜓而嘲龜龍不亦病乎孫卿雲賦曰以龜龍爲蝘蜓鴟梟爲鳳皇說文曰在壁曰蝘蜓在草曰蜥蜴蝘烏典切蜓徒顯切子之笑我玄之尚白吾亦笑子病甚不遇俞跗與扁鵲也悲夫史記中庶子謂扁鵲曰臣聞上古之時醫有俞跗醫病不以湯液法言曰扁鵲盧人而善醫跗音附客曰然則靡玄無所成名乎論語曰君子去仁惡乎成名范蔡以下何必玄哉楊子曰范睢魏之亡命也折脅摺髂免於徽索埤蒼曰髂要骨也口亞切翕肩蹈背扶服入橐孟子曰脅肩諂笑劉熙曰脅肩悚體也入橐已見上文激卬萬乘之主介涇陽抵穰侯而

顩漢書作頷然顩是正字說文曰顩差也此今語所云歁下巴折頞則塌鼻也韓詩實大且嬐薛君訓為重頤乃顩之段借耳

代之當也如淳曰激卬怒也善曰史記曰范雎至秦上書因感怒昭王昭王乃免相國逐涇陽君於關外又曰秦昭王母宣太后長弟曰穰侯姓魏名冉昭王同母弟曰涇陽君蘇林曰介者閒其兄弟使踈也說文曰抵側擊也音紙蔡澤山東之匹夫也頷欽頤折頞涕唾流沫西揖彊秦之相搤其咽而亢其氣拊其背而奪其位時也韋昭曰曲上曰頷欺甚切史記曰蔡澤聞應侯內慙乃西入秦應侯使人召蔡澤蔡澤入則揖應侯應侯延入坐數曰言於秦昭王曰客有從山東來者曰蔡澤其人辯士昭王與語悅之應侯請歸相印遂拜蔡澤為相說文曰頞鼻莖也於達切沫洒面也呼憒切廣雅曰咽嗌也一千切嗌音益天下已定金革已平都於洛陽禮記子夏曰三年之喪卒金革之事無避也禮歟漢書曰高祖西都洛陽婁敬委輅胡校注五臣作笭脫輓掉三寸之舌建不拔之策舉中國徙之長安適也漢書曰婁敬戍隴西過洛陽高帝在焉敬脫輓曰臣願見上言便宜又說上曰陛下都洛陽不便不如入關據秦之固是日車駕西都長安應劭曰軒謂以木當胷以輓車也論語摘輔像曰子貢

李蕭遠運命論注引敝作弊

子雲陋漢之壽與史公同後孟堅亦塱觀於東京而知之也

坻

坻即說文氏字韋昭又音是古氏與作底仲遠則作坻

掉三寸之舌動於四海之內五帝垂典三王傳禮百世不易叔孫通起於枹鼓之間解甲投戈遂作君臣之儀得也左氏傳曰援枹而鼓漢書叔孫通曰臣願徵魯諸生弟子共起朝儀也呂刑靡敝秦法酷烈尚書呂命序曰穆王訓夏贖刑禮記曰國家靡敝鄧展曰靡音糜聖漢權制而蕭何造律宜也漢書曰相國蕭何捃摭秦法取其宜於時者作律九章故有造蕭何之律於唐虞之世則悖矣服虔曰悖猶繆也悖布迷切悖或作繆有作叔孫通儀於夏殷之時則惑矣有建婁敬之策於成周之世則乖矣左氏傳曰召公糾合宗族于成周有談范蔡之說於金張許史之間則狂矣金日磾張安世許廣漢史恭史高也夫蕭規曹隨留侯畫策陳平出奇功若泰山響若坻隤應劭曰天水有大坂名曰隴坻其山堆傍着崩落作

贍 漢書及本文東方朔畫贊馬汧督誄兩注引并不誤

三頭三臨言皆不為所謂非聖哲之主不能於此驗矣

名 漢書注兩炙字亦係此改

聲聞數百里故曰坻隤坻丁禮切韋昭坻音若是理之是字書曰巴蜀名山堆落曰坻韓子曰泰山之功長立於國家日月之名久著於天地雖其人之贍智哉亦會其時之可爲也故爲可爲於可爲之時則從爲不可爲於不可爲之時則凶若夫藺生收功於章臺晉灼曰相如獻璧於此臺四皓采榮於南山四皓已見上文采榮采取榮名也公孫創業於金馬驃騎發跡於祁連孟康曰公孫弘對策於金馬門史記曰弘至太常對策爲第一拜爲博士又曰驃騎將軍霍去病擊匈奴至祁連山捕首虜甚多司馬長卿竊貲於卓氏東方朔割炙於細君史記曰文君夜亡奔相如卓王孫不得已分予文君僮百人錢百萬爲富人居漢書曰伏日詔賜從官肉太官丞日晏不來東方朔獨拔劒割肉即懷肉去太官奏之上曰先生起自責也朔曰受賜不待詔何無禮也拔劒割肉一何壯也割之不多

又何廉也歸遺細君又何仁也上笑曰使先生自責乃反自譽復賜酒一石肉百斤歸遺細君割炙割損其炙也

僕誠不能與此數子並故默然獨守吾太玄

○荅賓戲一首 并序

班孟堅

永平中爲郎典校祕書專篤志於儒學以著述爲業或譏以無功項岱曰或有譏班固雖篤志博學無功勞於時仕不富貴也又感東方朔楊雄自喻以不遭蘇張范蔡之時曾不折之以正道明君子之所守故聊復應焉其辭曰

賓戲主人曰蓋聞聖人有一定之論烈士有不易之分項岱曰謂庖羲堯舜文王周公孔子也論論道化也一定五經垂之萬世後人不能改也分決也謂許由巢父

王簡棲頭陀寺碑文注引之治作治之

陸士衡演連珠注引暖作煖

羨文 注及漢書皆無

漢書及注 英華謂名字

伯成子高夷齊吳札志自然之決不可變易也善曰淮南子曰士有一定之論女有不易之行亦云名而巳矣如淳曰唯貴得名耳故太上有立德其次有立功左氏傳叔孫豹之辭也夫德不得後身而特盛功不得背時而獨彰言德以潤身而功以濟世故德不得後其身而特盛功不得背其時而獨彰言貴及身與時也是以聖哲之治棲棲遑遑言貴及時故不避棲遑之弊也棲遑不安居之意也孔席不暖墨突不黔韋昭曰暖溫也言坐不暖席也文子曰墨子無黔突孔子無煖席非以貪祿慕位欲起天下之利除萬民之害也小雅曰黔黑也巨炎切由此言之取舍者昔人之上務著作者前列之餘事耳劉德曰取者施行道德也舍者守靜無為也今吾子幸遊帝王之世躬帶紱冕之服師古曰帶大帶冕冠也項岱曰冕服三公卿大夫之服也浮英華湛道德英華草木之美故以喻帝德也浮沉言其洋溢可游泳也禮斗威儀曰帝者德其英華湛古沉

藉漢书

字字或爲耽於義雖同非古文也纁龍虎之文舊矣孟康曰纁被也蘇林曰謂被龍虎之
衣也易曰人人虎變其文炳言文章之盛久也纁莫版切卒不能攄首尾奮翼鱗項岱
曰攄舒也翼鱗皆謂飛龍振拔洿塗跨騰風雲說文曰洿濁水不流也塗泥也使見
之者影駭聞之者響震言見之者雖影而必駭聞之者雖響而必震言驚懼之甚不俟形聲也蒼頡篇曰駭
驚也爾雅曰震懼也徒樂枕經籍書紆體衡門上無所蒂下無所根韋昭
曰蔕都計切獨攄意乎宇宙之外銳思於毫芒之內項岱曰毫毛也
芒毛之顛杪也潛神默記絚以年歲如淳曰緪音亘亘竟之亘方言曰緪竟也古鄧切晉灼
曰以亘爲緪然而器不賈於當己用不効於一世劉德曰賈讎也賈音
古雖馳辯如濤波如淳曰潮水之激者爲濤波摛藻如春華韋昭曰摛布也
勅施切藻水草之有文者鹽鐵論曰文學繫於春華猶無益於殿最也漢書音義曰上功曰

馭王元長策秀才文
劉越石勸進表沈休
文奏彈王源陸士衡
辯亡論注並引作御
說文闞望也虓闞形容虎視
劉孝標廣絕交論
注引飈作颮漢亦作
颮

敢下功日穀意者且運朝夕之策定合會之計使存有顯號

亡有美謚不亦優乎主人逌爾而笑曰項岱曰逌寬舒顏色之貌也讀

作攸若賓之言所謂見世利之華闇道德之實守窔奧之

熒燭未仰天庭而覩曰日也應劭曰爾雅曰西南隅謂之奧東南隅謂之窔字林

曰窔一弔切熒小光也曩者王塗蕪穢周失其馭項岱曰周王失牧御之化也

侯伯方軌戰國橫鶩項岱曰方併也軌轍也東西交馳謂之鶩七國爭彊車既併轍騎復

橫鶩於是七雄虓闞分裂諸夏龍戰虎爭晉灼曰詩云闞如虓虎項岱曰

龍以喻人君周易曰龍戰于野其血玄黃虎以喻猛力爭不以任也遊說之徒風飈電激

並起而救之其餘焱飛景附霅煜其間者蓋不可勝載

韋昭曰飈風之聚猥者也音庖晉灼曰霅音昰爾之昰說文熛火飛也焱與熛古字通並必遙切霅煜光明之

漢之叛注投曲趣合歌曲也
遇时之容漢之作偶时之會

貌也雲炎輒切煜弋叔切當此之時搦朽摩鈍鉛刀皆能一斷韋昭曰搦摩也女握切韓詩外傳陳饒謂宋燕曰鉛刀畜之而干將用之不亦難乎是故魯連飛一矢而蹶千金魯連已見上文李奇曰蹶蹋也虞卿以顧眄而捐相印史記曰秦昭王遺趙王書持魏齊頭來魏齊亡出見趙相虞卿虞卿度趙王終不可說乃解其印與魏齊閒行夫啾發投曲感耳之聲項岱曰啾口吟也投曲投合歌曲也合之律度淫𧾷而不可聽者非韶夏之樂也李奇曰淫蠅不正也因勢合變遇時之容項岱曰容宜也或因際會之勢合變譎之事遇時獨槩得容也本遇多爲偶容多爲會風移俗易乖迕而不可通者非君子之法也及至從人合之衡人散之者韋昭曰從人合之助六國衡人散之佐秦者也亡命漂說羈旅騁辭項岱曰委君之徒謂之亡命謂亡君命也善曰左傳陳敬仲曰羈旅之臣杜預曰羈寄也旅客也商鞅挾

李周翰云三術謂帝王霸漢書注應劭注与服虔同

呂韓未遒即此遒字漢書作酋應劭曰酋雄也王念孫云酋當作就解

三術以鑽孝公服虔曰王霸富國强兵爲三術李斯奮時務而要始皇項岱曰奮發也時務謂六國更相攻伐爭爲雄伯之務彼皆躡風塵之會履顛沛之勢項岱曰彼謂商鞅李斯輩也風發於天以喻君上塵從下起以喻斯等據徼乘邪以求一日之富貴言據徼幸而乘邪僻也朝爲榮華夕爲顦顇福不盈眥禍溢於世李奇曰當富貴之間視之不滿目凶人且以自悔况吉士而是賴乎項岱曰凶人謂商鞅之輩臨死敗皆悔恨之言吉士班固以自託也尚書曰其惟吉士且功不可以虛成名不可以僞立韓設辨以激君呂行詐以賈國服虔曰韓韓非設辨於始皇韋昭曰呂不韋立子楚以市秦利說難既遒其身乃囚應劭曰遒好也項岱曰韓非作說難之書欲以爲天下法式上書既終而爲李斯所疾乃囚而死秦貨既貴厥宗亦墜史記曰秦昭王子子楚質於趙呂不韋賈邯鄲見曰此奇貨可居乃以五百金與子

注晧 晧誤正字作昦与皓義亦近耳項訓為白則顥之假借也

發音注

楚復以五百金買奇物玩好而遊秦獻華陽夫人立子楚爲嫡嗣秦王甍諡爲孝文子楚代立爲莊襄王以呂不韋爲丞相竟飲酖而死故云厥宗亦隊墜尚書曰弗德罔大墜厥宗是以仲尼抗浮雲之志孟軻養浩皓然之氣孔叢子子思曰抗志則不愧於道論語子曰不義而富且貴於我如浮雲孟子曰我善養吾浩然之氣敢問何謂浩然之氣曰難言也其爲氣也至大至剛以直養而無害則塞乎天地之間項岱曰皓白也如天之氣皓然也彼豈樂爲迂闊哉道不可以貳也項岱曰迂遠也貳二也君子履端於始歸成於終擬聖人之道豈可二行如斯鞅韓非不韋之徒也善曰說文曰迂羽夫切方今大漢洒埽群穢夷險芟發荒晉灼曰發開也今諸本皆作芟字善曰埽即今掃字也廓帝紘恢皇綱項岱曰紘張也皇君也善曰許慎淮南子注曰紘維也基隆於羲農規廣於黃唐其君天下也炎之如日威之如神函之如海養之如春說文曰炎火也謂光照也史記曰帝堯其仁如天其智如神就

文選四十五　十五

此猶不能扶命運之〻嚴常形也然日氣失時皆屬偶然則不謝功於天地矣

堥漢書作旄

之如日望之如雲朝錯新書曰臣聞帝王之道包之如海養之如春是以六合之內莫不同源共流韋昭曰六合天地四方也沐浴玄德稟仰太龢史記太公曰沐浴膏澤尚書曰玄德升聞法言曰或問太和曰其在唐虞成周也龢古和字枝附葉著譬猶草木之植山林鳥魚之毓川澤得氣者蕃滋失時者零落項岱曰蕃盛也零凋病也言遇仕者昌盛不遇者凋病如萬物於天地之間也參天地而施化豈云人事之厚薄哉項岱曰參三也言漢家之施化布德周參天地豈人所能論耶今吾子勵皇代而論戰國曜所聞而疑所覿欲從堥敦而度高乎泰山懷氿濫而測深乎重淵亦未至也服虔曰敦音頓頓丘也應劭曰爾雅曰前高堥丘如覆敦者敦丘也爾雅曰氿泉穴出穴出仄出也濫泉正出正出湧出也服虔曰氿音軌韋昭曰濫音檻堥音旄郭璞爾雅注曰敦盂也都回切賓曰若夫鞅斯之倫衰

漢文

垠漢書作沂水崖也又音檀也

以上皆不干進取辛能立用於世以顯其名

周之凶人既聞命矣項岱曰周襄王霸起鞅斯說得行故言襄周凶人也敢問上古之士處身行道輔世成名可述於後者默而已乎主人曰何為其然也昔者咎繇謨虞箕子訪周尚書曰咎繇矢厥謨又曰武王勝殷以箕子歸又曰王訪于箕子言通帝王謀合神聖殷說夢發尚書曰高宗夢得說使百工營求諸傅巖史記曰太公望以漁釣奸周西伯將出卜之曰所獲非龍非虎非熊非羆所獲霸王之輔西伯果遇太公渭濱於傅巖周望兆動於渭濱齊甯激聲於康衢漢良受書於邳垠說苑陳子說梁王曰甯戚飯牛康衢擊車輻而歌桓公得之而霸也爾雅曰五達曰康四達曰衢漢書曰張良從容步游下邳圯上有一老父出一編書曰讀是則為王者師晉灼曰垠涯也邳水之涯也皆俟命而神交匪詞言之所信故能建必然之策展無窮之勳也近者陸子優游新語以興

劉揚　對下陸賈

譚 漢書作覃

吳季重答魏太子牋注引作藝術

聖德 漢書作聖聽
以上皆由學術得名以見得名不如盡由他途也

漢書無二字

董生下帷發藻儒林鄭玄曰優游不仕也史記高帝拜陸賈爲太中大夫謂賈曰試爲我著秦所以失天下我所以得之者何陸生乃述存亡之徵凡著十二篇號其書曰新語又曰董仲舒以治春春爲博士下帷講誦第子或莫見其面劉向司籍辨章舊聞揚雄譚思法言太玄項岱曰司主也籍書籍也善曰漢書曰光祿大夫劉向校經傳諸子詩賦每一卷書已向輒條其篇目撮其旨意錄而奏之又曰揚雄譚思渾天又譔十二卷象論語號曰法言渾天即太玄經也皆及時君之門闈究先聖之壼奧應劭曰爾雅曰宮中巷謂之壼苦本切婆娑乎術藝之場項岱曰婆娑偃息也場圃講經藝之處也休息乎篇籍之囿以全其質而發其文用納乎聖德烈炳乎後人斯非亞與項岱曰聖德明君知賢而納用之也烈業也後人著書傳之後世若乃伯夷抗行於首陽柳惠降志於辱仕顏潛樂於簞瓢孔終篇於西狩論語子曰

皆不肖棄富貴而名益大

共漢書 與今曼倩文所有乏 其特屠羽小殊耳

賢哉回也一簞食一瓢飲在陋巷人不堪其憂回也不改其樂左氏傳曰哀公十四年春西狩獲麟春秋元命包曰孔子曰丘作春秋始於元終於麟王道成也聲盈塞於天淵眞吾徒之師表也項岱曰言若此之榮名上達皇天下洞重泉也且吾聞之一陰一陽天地之方周易曰一陰一陽之謂道孔安國論語注曰方猶常也乃文乃質王道之綱項岱曰或施質道或施文道此王者所以爲綱維也善曰春秋元命包曰一質一文據天地之道天質而地文曰正朔三而改文質再而復有同有異聖哲之常項岱曰有同仕遇而進有異不合而退此聖人之常道故曰愼脩所志守爾天符委命共已味道之腴項岱曰符相命也腴道之美者也善曰文子曰不言之師不道之道若或通焉謂之天符桓譚荅楊雄書曰子雲勤味道腴者也神之聽之名其舍諸項岱曰有賢智君子行之如此神豈舍之乎將必福祿之善曰毛詩曰神之聽之式穀與汝賓又不聞和氏之璧韞於荊石隋侯之

珠藏於蚌蛤乎歷世莫賬不知其將含景曜吐英精曠千載而流光也韓子曰楚人和氏得璞玉於楚山之中奉而獻之咸王王使玉人理其璞而得寶焉遂名曰和氏之璧淮南子曰隋侯之珠和氏之璧得之者富失之者貧高誘曰隋侯見大蛇傷斷以藥傅而塗之後蛇於江中銜大珠以報之因名曰隋侯之珠應龍潛於潢汙魚黿媟之項岱曰天有九龍應龍有翼服虔曰左氏傳注曰蓄小水謂之潢不洩謂之汙不覩其能奮靈德合風雲超忽荒而躆昊蒼也項岱曰忽荒天上也昊蒼皆天名也徐廣史記注躆音戟躆與據同謂之足戟持之並京逆切故夫泥蟠而天飛者應龍之神也先賤而後貴者和隋之珍也時暗而久章者君子之真也項岱曰時暗未顯用時也久舊也章明也言君子懷德雖初時未見顯用後亦終自明達如應龍蟠屈而升天隋和先賤而後貴也如此是比君子道德之真言屈仲如一無變也善曰淮南子曰君子之道久而章遠而隆

也若乃牙曠清耳於管絃離婁眇目於毫分項岱曰牙伯牙也曠師曠也管鍾律之管絃琴瑟之調也毫分秋毫之末分也善曰纏子董無心曰離婁之目察秋毫之末於百步之外可謂明矣逢蒙絶技於弧矢般輸推巧於斧斤吳越春秋陳音曰黃帝作弓後有楚狐父以其道傳羿羿傳逢蒙項岱曰公輸若之族名班韋昭曰推猶專也良樂軼能於相馭烏獲抗力於千鈞項岱曰良王良晉人也樂伯樂秦穆公時人也軼過也王良善御馬伯樂工相馬抗力力抗也三十斤曰鈞千鈞者三萬斤善曰呂氏春秋薄疑說衛嗣君曰烏獲舉千鈞又況一斤乎和鵲發精於鍼石研桑心計於無垠左氏傳曰晉侯求醫於秦秦伯使醫和視之史記曰扁鵲使弟子子陽厲鍼砥石又曰越王勾踐困於會稽之上乃用范蠡計然計然韋昭曰研范蠡之師計然之名也漢書曰桑弘羊雒陽賈人子以心計爲侍中也走亦不任厠技於彼列故密爾自娛於斯文服虔曰走孟堅自謂也爾雅曰密靜也

元白斑湛凋靜語以為作於元鼎四年十月是也十月則夏正八月也

懷

雄才大略而有意神仙由此念也王通以為有悔心非

辭

秋風辭一首 并序　漢武帝

上行幸河東祠后土顧視帝京欣然中流與群臣飲燕上歡甚乃自作秋風辭曰

秋風起兮白雲飛草木黃落兮鴈南歸禮記曰季秋之月草木黃落鴻鴈來蘭有秀兮菊有芳攜佳人兮不能忘泛樓舡兮濟汾河應劭漢書注曰作大舡上施樓故號曰樓舡橫中流兮揚素波列女傳津吏女歌曰水揚波兮杳冥冥簫鼓鳴兮發棹歌棹歌引棹而歌歡樂極兮哀情多列女傳陶荅子妻曰樂極必哀來少壯幾時兮奈老何古長歌行曰少壯不努力老大乃悲傷

此題最是今皆従曰帰去来辭非

此言以為形役然亦何益惟有帰耳

晋宋之熹并作希言也熹微蓋連語即微耳訓熹為光則不詞

歸去來一首

陶淵明序曰余家貧又心憚遠役彭澤縣去家百里故便求之及少日眷然有歸與之情自免去職因事順心命篇曰歸去來

歸去來兮田園將蕪胡不歸毛詩曰式微式微胡不歸既自以心爲形役奚惆悵而獨悲淮南子曰是皆形神俱役者也楚辭曰惆悵兮而私自憐悟已往之不諫知來者之可追論語楚狂接輿歌曰往者不可諫來者猶可追寔迷途其未遠覺今是而昨非迷途已見丘遲與陳伯之書莊子謂惠子曰孔子行年六十而化始時所是卒而非之未知今之所謂是之非五十九非也舟遙遙以輕颺風飄飄而吹衣問征夫以前路恨晨光之熹微毛詩曰駪駪征夫聲類曰熹亦熙字也熙光明也乃瞻衡宇載欣載奔毛詩曰衡門之下可以棲遲僮僕

趨注 成趨謂成徑路也

歡迎稚子候門。周易曰得僮僕貞史記曰楚懷王稚子子蘭三逕就荒松菊猶存。三輔決録曰蔣詡字元卿舍中三逕唯羊仲求仲從之遊皆挫廉逃名不出攜幼入室有酒盈罇戰國策曰扶老攜幼迎孟嘗君嵇康贈秀才詩曰旨酒盈樽引壺觴以自酌眄庭柯以怡顏。陸機高祖功臣頌曰怡顏高覽倚南窗以寄傲審容膝之易安。韓詩外傳北郭先生妻曰今結駟列騎所安不過容膝食方丈於前所甘不過一肉園日涉以成趣門雖設而常關。爾雅曰堂上謂之行堂下謂之步門外謂之趨中庭謂之走郭璞曰此皆人行步趨走之處因以名趨避聲也七喻切策扶老以流憩時矯首而遐觀。易林曰鳩杖扶老衣食百口王逸楚辭注曰矯舉也雲無心以出岫鳥倦飛而知還。景翳翳以將入撫孤松而盤桓。丁儀妻寡婦賦曰時翳翳而稍陰日亹亹以西列子墜爾雅曰盤桓不進也歸去來兮請息交以絕游

別本無當義

巾柴 據江文通引陶徵君詩注所引改

時與下三字韻

曰公孫穆屛親昵絕交游世與我而相遺復駕言兮焉求桓子新論曰凡人性難極也難知也故其絕異者常爲世俗所遺失焉毛詩曰駕言出遊又曰知我者謂我心憂不知我者謂我何求悅親戚之情話樂琴書以消憂說文曰話會合爲善言也劉歆遂初賦曰玩琴書以滌暢農人告余以春及將有事乎西疇賈逵國語注曰一井爲疇或命巾車或棹孤舟孔叢子孔子歌曰巾車命駕將適唐都鄭玄周禮注曰巾猶衣也既窈窕以尋壑亦崎嶇而經丘曹攄贈石荆州詩曰窈窕山道深埤蒼曰崎嶇不安之貌木欣欣以向榮泉涓涓而始流毛萇詩傳曰欣欣樂也家語金人銘曰涓涓不壅爲江爲河善萬物之得時感吾生之行休大戴禮曰君道當則萬物皆得其宜郭璞遊仙詩曰吾生獨不化莊子曰其生若浮其死若休已矣乎寓形宇內復幾時曷不委心任去留尸子老萊子曰人生於天地之

間寄也琴賦曰委性命兮任去留胡爲遑遑欲何之孟子曰傳云孔子三月無君則遑遑如也孔叢子孔子歌曰天下如一欲何之富貴非吾願帝鄉不可期大戴禮孔子曰所謂賢人者躬爲匹夫而不願富貴莊子華封人謂堯曰乘彼白雲至于帝鄉懷良辰以孤往或植杖而耘耔東征賦曰選良辰而將行淮南子要略曰山谷之人輕天下細萬物而獨往者也司馬彪曰獨往任自然不復顧世論語曰植其杖而耘毛詩曰或耘或耔登東皐以舒嘯臨清流而賦詩阮籍奏記曰將耕東皐之陽毛萇詩傳曰舒緩也琴賦曰臨清流而賦新詩聊乘化以歸盡樂夫天命復奚疑家語孔子曰化於陰陽象形而發謂之生化窮數盡謂之死莊子曰生有所乎萌死有所乎歸周易曰樂天知命故不憂

序上

毛詩序一首

卜子夏家語曰卜商字子夏衛人也 鄭氏箋

陸士衡辯亡論下注引困作怨

關雎后妃之德也風之始也所以風天下而正夫婦也故用之鄉人焉用之邦國焉風風也教也風以動之教以化之詩者志之所之也在心爲志發言爲詩情動於中而形於言言之不足故嗟嘆之嗟嘆之不足故永歌之永歌之不足不知手之舞之足之蹈之也情發於聲聲成文謂之音發猶見也聲謂宮商角徵羽也聲成文者宮商上下相應也治世之音安以樂其政和亂世之音怨以怒其政乖亡國之音哀以思其民困故正得失動天地感鬼神莫近於詩先王以是經夫婦成孝敬厚人倫美教化移風俗故詩有六義焉一曰風二曰賦三曰比四曰興五曰雅六曰頌

上以風化下下以風刺上主文而譎諫言之者無罪聞之者足以戒故曰風風化風刺皆謂譬喻不斥言也主文主與樂宮商相應也譎諫詠歌依違不直諫也至于王道衰禮義廢政教失國異政家殊俗而變風變雅作矣國史明乎得失之迹傷人倫之廢哀刑政之苛吟詠情性以風其上達於事變而懷其舊俗者也故變風發乎情止乎禮義發乎情民之性也止乎禮義先王之澤也是以一國之事繫一人之本謂之風言天下之事形四方之風謂之雅雅者正也言王政之所由廢興也政有小大故有小雅焉有大雅焉頌者美盛德之形容以其成功告於神明者也是謂四始詩之志

此與家語序文體相似今世排古文者謂之僞則又非也文體沿其出以來之襲

也始者謂王道興衰之所由也然則關雎麟趾之化王者之風故繫之周公南言化自北而南也鵲巢騶虞之德諸侯之風也先王之所以教故繫之召公自從也從北而南謂其化從岐周被江漢之域先王斥大王王季文王也周南召南正始之道王化之基是以關雎樂得淑女以配君子憂在進賢不淫其色哀窈窕思賢才而無傷善之心焉是關雎之義也哀蓋字之誤也哀當爲衷謂中心念恕之也无傷善之心謂好仇也

尚書序一首　孔安國漢書曰孔安國以治尚書爲武帝博士臨淮太守

古者伏犧氏之王天下也始畫八卦造書契以代結繩之政由是文籍生焉伏羲神農黃帝之書謂之三墳言

覩史二句不似西漢

匡謬正俗稱晉宋時書皆云懼覽非是不一更通自敘篇同

芟夷四句亦不似西漢

大道也少昊顓頊高辛唐虞之書謂之五典言常道也至于夏商周之書雖設教不倫雅誥奧義其歸一揆是故歷代寶之以爲大訓八卦之說謂之八索求其義也九州之志謂之九丘丘聚也言九州所有土地所生風氣所宜皆聚此書也春秋左氏傳曰楚左史倚相能讀三墳五典八索九丘即謂上世帝王遺書也先君孔子生於周末覩史籍之煩文懼覽之者不一遂乃定禮樂明舊章刪詩爲三百篇約史記而修春秋讚易道以黜八索述職方以除九丘討論墳典斷自唐虞以下訖於周芟夷煩亂翦截浮辭舉其宏綱撮其機要足以垂世

龍興出楊子雲文閻若璩以此議之則非也
以闡大猷不似西漢
傳出使也

立教典謨訓誥誓命之文凡百篇所以恢弘至道示人主以軌範也帝王之制坦然明白可舉而行三千之徒並受其義及秦始皇滅先代典籍焚書坑儒天下學士逃難解散我先人用藏其家書于屋壁漢室龍興開設學校旁求儒雅以闡大猷濟南伏生年過九十失其本經口以傳授裁二十餘篇以其上古之書謂之尚書百篇之義世莫得聞至魯共王好治宮室壞孔子舊宅以廣其居於壁中得先人所藏古文虞夏商周之書及傳論語孝經皆科斗文字王又升孔子堂聞金石絲竹之音乃不壞宅悉以書還孔氏科斗書廢已久時人無能

研精至此末皆不似西漢

知者以所聞伏生之書考論文義定其可知者爲隸古
定更以竹簡寫之增多伏生二十五篇伏生又以舜典
合於堯典益稷合於皐陶謨盤庚三篇合爲一康王之
誥合於顧命復出此篇并序凡五十九篇爲四十六卷
其餘錯亂摩滅不可復知悉上送官藏之書府以待能
者承詔爲五十九篇作傳於是遂研精覃思博考經籍
採摭羣言以立訓傳約文申義敷暢厥旨庶幾有補於
將來書序序所以爲作者之意昭然義見宜相附近故
引之各冠其篇首定五十八篇既畢會國有巫蠱事經
籍道息用不復以聞傳之子孫以貽後世若好古博雅

元凱別本

君子與我同志亦所不隱也

春秋左氏傳序一首

杜預臧榮緒晉書曰杜預字元凱京兆人也起家拜尚書郎稍遷至鎮南大將軍都督荆州諸軍事平吳加位特進薨

春秋者魯史記之名也記事者以事繫日以日繫月以月繫時以時繫年所以紀遠近別同異也故史之所記必表年以首事年有四時故錯舉以爲所記之名也周禮有史官掌邦國四方之事達四方之志諸侯亦各有國史大事書之於策小事簡牘而已孟子曰楚謂之檮杌晉謂之乘而魯謂之春秋其實一也韓宣子適魯見

不得據此以春秋爲周公所制之法

何但考真僞志典禮而已乎

即用舊史 自來無此說惟杜此而後不盡掇先師之說耳

近世謂六經乃周公之舊仲尼則而傳之其謬乃自元凱始漢之本自分明也

此條係評上以遵周公之遺制句原評在即用舊史傳前 焯

易象與魯春秋曰周禮盡在魯矣吾乃今知周公之德與周之所以王也韓子所見蓋周之舊典禮經也周德既衰官失其守上之人不能使春秋昭明赴告策書諸所記注多違舊章仲尼因魯史策書成文考其真僞而志其典禮上以遵周公之遺制下以明將來之法其教之所存文之所害則刊而正之以示勸誡其餘皆即用舊史史有文質辭有詳略不必改也故傳曰其善志又曰非聖人孰能修之蓋周公之志仲尼從而明之（爲傳）左丘明受經於仲尼以爲經者不刊之書也故傳或先經以始事或後經以終義或依經以辨理或錯經以合異隨

隨義而發重如所今
疏以隨義而發絕句非
也言但就所重發例而
於其它又法不盡舉之
此暗駁先師一字褒貶
之說也孔疏釋之皆誤

周公垂法之凱之概言
也

據舊例之凱之私意

此名之凱所概

此踩縫之詞也

義而發其例之所重舊史遺文略不盡舉非聖人所修之要故也身爲國史躬覽載籍必廣記而備言之其文緩其旨遠將令學者原始要終尋其枝葉究其所窮優而柔之使自求之饜而飫之使自趨之若江海之浸膏澤之潤渙然冰釋怡然理順然後爲得也其發凡以言例皆經國之常制周公之垂法史書之舊章仲尼從而脩之以成一經之通體其微顯闡幽裁成義類者皆據舊例而發義指行事以正褒貶諸稱書不書先書故書不言不稱書曰之類皆所以起新舊發大義謂之變例然亦有史所不書即以爲義者此蓋春秋新意故傳不

○仍須觸類而長，則不背先師所已明者矣

言凡曲而暢之也其經無義例因行事而言則傳直言其歸趣而已非例也故發傳之體有三而爲例之情有五一曰微而顯文見於此而義起在彼稱族尊君命舍族尊夫人梁亡城緣陵之類是也二曰志而晦約言示制推以知例參會不地與謀曰及之類是也三曰婉而成章曲從義訓以示大順諸所諱辟璧假許田之類是也四曰盡而不汙直書其事具文見意丹楹刻桷天王求車齊侯獻捷之類是也五曰懲惡而勸善求名而亡欲蓋而章書齊豹盜三叛人名之類是也推此五體以尋經傳觸類而長之附于二百四十二年行事王道之正

一字褒貶亦由比例知之非曰止此一字即見褒貶也此不足以難先師依傳爲斷此最足以藏人然何用如先師不見左氏微也

預亦未嘗不竊公穀也特先師所取則駁之耳其術与王子雍之難鄭同

人倫之紀備矣或曰春秋以錯文見義若如所論則經當有事同文異而無其義也先儒所傳皆不其然荅曰春秋雖以一字爲褒貶然皆須數句以成言非如八卦之爻可錯綜爲六十四也固當依傳以爲斷古今言左氏春秋者多矣今其遺文可見者十數家大體轉相祖述進不成爲錯綜經文以盡其變退不守丘明之傳於丘明之傳有所不通皆没而不說而更膚引公羊穀梁適足自亂預今所以爲異專脩丘明之傳以釋經經之條貫必出於傳傳之義例總歸諸凡推變例以正褒貶簡二傳而去異端蓋丘明之志也其有疑錯則備論而

○此集解與論語集解穀梁集解皆不同

○將令至之也爲一句

闕之以俟後賢然劉子駿創通大義賈景伯父子許惠卿皆先儒之美者也末有潁子嚴者雖淺近亦復名家故特舉劉賈許潁之違以見同異分經之年與傳之年相附比其義類各隨而解之名曰經傳集解又別集諸例及地名譜第歷數相與爲部凡四十部十五卷皆顯其異同從而釋之名曰釋例將令學者觀其所聚異同之說釋例詳之也或曰春秋之作左傳及穀梁無明文說者以爲仲尼自衛反魯修春秋立素王丘明爲素臣言公羊者亦云黜周而王魯危行言遜以避當時之害故微其文隱其義公羊經止獲麟而左氏經終孔丘卒

此皆預之妄説

此故與先師無隱至孝謹諫相違

敢問所安荅曰異乎余所聞仲尼曰文王既没文不在茲乎此制作之本意也歎曰鳳鳥不至河不出圖吾已矣夫蓋傷時王之政也麟鳳五靈王者之嘉瑞也今麟出非其時虚其應而失其歸此聖人所以爲感也絶筆于獲麟之一句者所感而起固所以爲終也曰然春秋何始於魯隱公荅曰周平王東周之始王也隱公讓國之賢君也考乎其時則相接言乎其位則列國本乎其始則周公之祚胤也若平王能祈天永命紹開中興隱公能弘宣祖業光啓王室則西周之美可尋文武之跡不隊是故因其歷數附其行事采周之舊以會成王義垂

据此左氏先師不說獲麟爲絶筆商瞿卜期日中而孔子尚命以書來然則四月己丑之文未足怪也

法將來所書之王即平王也所用之歷即周正也所稱之公即魯隱也安在其黜周而王魯乎子曰如有用我者吾其爲東周乎此其義也若夫制作之文所以彰往考來情見乎辭言高則旨遠辭約則義微此理之常非隱之也聖人包周身之防既作之後方復隱諱以避患非所聞也子路使門人爲臣孔子以爲欺天而云仲尼素王丘明素臣又非通論也先儒以爲制作三年文成致麟既已妖妄又引經以至仲尼卒亦又近誣據公羊經止獲麟而左氏小邾射不在三叛之數故余以爲感麟而作作起獲麟則文止於所起爲得其實至於反袂

拭面稱吾道窮亦無取焉

三都賦序一首 臧榮緒晉書曰左思作三都賦世人未重皇甫謐有高名於世思乃造而示之謐稱善爲其賦序也

皇甫士安 臧榮緒晉書曰皇甫謐字士安安定朝那人年二十始受書得風痹疾猶手不輟卷舉孝廉不行又辟著作不應卒於家謐自序曰始志乎學而自號玄晏先生玄靜也晏安也先生學人之通稱也

玄晏先生曰古人稱不歌而頌謂之賦漢書曰傳云不歌而頌謂之賦然則賦也者所以因物造端敷弘體理欲人不能加也漢書曰登高能賦可以爲大夫言感物造端材智深美可以列爲大夫也釋名曰賦敷也敷布其義謂之賦引而申之故文必極美觸類而長之故辭必盡麗周易曰引而申之觸類而長之天下之能

事畢矣然則美麗之文賦之作也法言曰詩人之賦麗以則昔之爲文者非苟尚辭而已法言曰或曰君子尚辭乎曰君子事之爲尚將以紐之王教本乎勸戒也說文曰紐系也女九切自夏殷以前其文隱沒靡得而詳焉夏有五子之歌殷有湯頌周監二代文質之體百世可知論語子曰周監於二代郁郁乎文哉吾從周又子曰其或繼周者雖百世可知也故孔子采萬國之風正雅頌之名集而謂之詩漢書曰古有采詩之官王者所以觀風俗知得失自考正也孔子純取周詩詩人之作雜有賦體子夏序詩曰一曰風二曰賦故知賦者古詩之流也兩都賦序曰賦者古詩之流也至于戰國王道陵遲風雅寖頓於是賢人失志辭賦作焉漢書曰春秋之後周道寖壞而賢人失志之賦作矣是以孫卿屈原之屬遺文炳

摯虞云賦者敷陳之稱古詩之流也前世爲賦者有孫卿屈原尚有古詩之義至宋玉則多淫浮之病矣 又云楚辭之賦賦之善者也故揚子稱賦莫深於離騷賈誼之作則屈原儔也 又云古詩之賦以情義爲主事類爲佐今之賦以事形爲主以義正爲助

存者也

制體制也

七略次賦爲四家一曰屈原賦二曰陸賈賦三曰孫卿賦四曰雜賦 屈原言情孫卿效物陸賈賦不可見其屬朱建嚴助朱買臣諸家蓋縱橫之變也

恢張与極美盡麗俶異 空類謂虛構形象

汗牛充棟 龍案此二言而貌異以同也

然辭義可觀西都賦序曰文章炳焉論語曰必有可觀者焉存其所感咸有古詩之意皆因文以寄其心託理以全其制賦之首也漢書曰大儒孫卿及楚臣屈原離讒憂國皆作賦以風諭咸有惻隱古詩之義班固漢書述曰蔚爲辭宗賦頌之首及宋玉之徒淫文放發言過于實誇競之興體失之漸風雅之則於是乎乖漢書曰其後宋玉唐勒競爲侈麗宏衍之詞沒其風諭之義法言曰辭人之賦麗以淫逮漢賈誼頗節之以禮自時厥後綴文之士不率典言並務恢張其文博誕空類孔安國尚書傳曰誕大也大者罩天地之表細者入毫纖之内雖充車聯駟不足以載廣夏接欀不容以居也其中高者至如相如上林揚雄甘泉班固兩都張衡二京馬融廣成王生靈光范曄後漢

此正極美盡麗之源
先耳

書曰馬融爲校書郎時鄧太后臨朝遂寢蒐狩之禮故猾賊縱橫融以爲文武之道聖賢不墜上廣成頌以諷諫初極宏侈之辭終以約簡之制煥乎有文蔚爾鱗集皆近代辭賦之偉也論語子曰大哉堯之爲君煥乎其有文章也周易曰君子豹變其文蔚也難蜀父老曰鱗集仰流若夫土有常產俗有舊風方以類聚物以群分周易曰方以類聚物以羣分吉凶生矣而長卿之儔過以非方之物寄以中域虛張異類託有於無祖構之士雷同影附流宕志反非一時也徐廣史記注曰祖者宗習之謂也蔡邕郭有道碑曰望形表而影附謝承後漢書序曰士庶流宕他州異境曩者漢室內潰四海圮裂孫劉二氏割有交益魏武撥亂擁據函夏公羊傳曰撥亂反正函夏已見赭白馬賦故作者先爲吳蜀二客盛稱其本土險阻瓌琦可以偏

却即後也

退諸二國各於此矣

手埤蒼曰瓌瑋珍琦也而却爲魏主述其都畿弘敞豐麗奄有諸華之意言吳蜀以擒滅比亡國而魏以交禪比唐虞既已著逆順且以爲鑒戒漢書曰甚誖逆之理西京賦曰鑒戒唐詩蓋蜀包梁岷之資吳割荆南之富魏跨中區之衍考分次之多少計殖物之衆寡星之分次物之生殖也周禮曰以星土辨九州之地所封域又曰動物宜毛植物宜皁比風俗之清濁課士人之優劣亦不可同年而語矣過秦論曰則不可同年而語矣二國之士各沐浴所聞史記曰太史公曰成王作頌沐浴膏澤家自以爲我土樂人自以爲我民良皆非通方之論也作者又因客主之辭正之以魏都折之以王道其物土所出可得披圖而校左氏傳賓媚人曰疆理天下物土之宜杜預曰播殖

之物各從土宜體國經制可得按記而驗豈誣也哉周禮曰惟王建國體國經野鄭玄曰體猶分也

思歸引序一首　石季倫

余少有大志夸邁流俗弱冠登朝臧榮緒晉書曰崇早有智慧年二十餘爲修武令有能名范曄後漢書馬援曰吾從弟少遊哀吾慷慨多大志禮記曰不從流俗班固漢書述曰矯矯賈生弱冠登朝歷位二十五年五十以事去官臧榮緒晉書曰崇爲大司農坐未被書擅去官免晚節更樂放逸篤好林藪魏太祖祭喬玄文曰非至親之篤好胡肯爲此辭哉遂肥遁於河陽別業周易曰肥遁無不利其制宅也却阻長堤前臨清渠百木幾於萬株流水周於舍下楚辭曰水周兮堂下有觀閣池沼多養魚鳥家素習技頗有秦趙之聲班固

此後言也

此後言也

（漢書楊惲報孫會宗書曰家本秦人能爲秦聲婦趙女也雅善鼓瑟）出則以游目弋釣爲事入則有琴書之娛（楚辭曰忽反顧以游目劉歆遂初賦曰玩琴書以條暢）又好服食咽氣志在不朽（古詩曰服食求神仙）慠然有凌雲之操（漢書曰司馬相如既奏大人賦天子曰飄飄有凌雲之氣仲長子昌言曰節操凌髙雲）歘（許勿）復見羣羈婆娑於九列（臧榮緒晉書曰崇後爲太僕）困於人間煩黷常思歸而永歎（賈逵國語注曰黷嫚也毛詩曰兹之永歎）尋覽樂篇有思歸引（琴操思歸者衛女之所作也欲歸不得心悲憂傷援琴而歌作思歸引）儻古人之情有同於今故制此曲此曲有絃無歌今爲作歌辭以述余懷恨時無知音者今造新聲而播於絲竹也（周禮曰播之以八音）

文選卷第四十五

壬戌七月四日　侃温尋及此卷

文選卷第四十六

梁昭明太子撰

文林郎守太子右內率府錄事參軍事崇賢館直學士臣李善注上

序下

豪士賦序一首　陸士衡

臧榮緒晉書曰機惡齊王冏矜功自伐受爵不讓及齊亡作豪士賦呂氏春秋曰老聃孔子墨翟關尹子

列子陳駢楊朱孫臏王寥兒良此十人者皆天下之豪士也然機猶假美號以名賦也

夫立德之基有常而建功之路不一左氏傳穆叔曰太上有立德其次有立功何則循心以爲量者存乎我言立德必循於心故存乎我因物以成務者繫乎彼言建功必因於物故繫乎彼存夫我者隆殺止乎其域繫乎物者豐約唯所遭遇言德有常量至域便止功無常則因遇乃成域謂身也落葉俟微風以隕而風之力蓋寡漢書王恢謂韓安國曰夫草木遭霜者不可以遇風孟嘗遭雍門而泣而琴之感以末桓子新論曰雍門周以琴見孟嘗君孟嘗君曰先生鼓琴亦能令文悲乎對曰臣竊爲足下有所悲千秋萬歲後墳墓生荊棘游童牧豎躑躅其足而歌其上曰孟嘗君之尊貴亦猶若是乎於是孟嘗君喟然太息涕承睫而未下雍門周引琴而鼓之徐動宮徵揮角羽初終而成曲孟嘗君遂歔欷而就之是琴之感以末也何者欲隕之葉無所

○緐 煩 晉書作煩

假烈風將墜之泣不足緐哀響也是故苟時啓於天理盡於民時既啓之於天理又盡於人事言立功易也庸夫可以濟聖賢之功斗筲可以定烈士之業說苑曰管仲庸夫也桓公得之以爲仲父論語子貢曰今之從政者何如子曰噫斗筲之人何足算也故曰才不半古而功已倍之蓋得之於時勢也孟子曰當今之時萬乘之國行仁政民之悅之猶解倒懸也故事半古之人功必倍之惟此時爲然歷觀古今徼一時之功而居伊周之位者有矣孟子曰彼一時此一時夫我之自我智士猶嬰其累物之相物昆蟲皆有此情孟子曰爾爲爾我爲我文子曰譬吾處於天下亦爲一物也然則我亦物也而物亦物也物之與我也有何以相物也禮記曰昆蟲未蟄鄭玄曰昆明也明蟲者陽而生陰而藏夫以自我之量而挾非常之勳神器暉其顧眄萬物隨其俯仰老子

○言人主有權天下服之
偶由易失解

曰天下神器不可為也為者敗之心玩居常之安，耳飽從諛之説。史記汲黯曰上置公卿寧令從諛承意陷主於不義乎豈識乎。功在身外。任出才表者哉。宜好榮惡辱，有生之所大期。孫卿子曰好榮惡辱好利惡害是君子小人之所同忌盈害上，鬼神猶且不免。周易曰鬼神害盈而福謙左氏傳狼瞫曰周志有之勇則害上不登於明堂人主操其常柄，天下服其大節。韓子曰操生殺之柄此人主之勢也左氏傳仲尼曰唯器與名不可以假人君之所司也政之大節也故曰天可讎乎。左氏傳曰楚子入于雲中鄖公辛之弟懷將殺王辛曰君討臣誰敢讎之君命天也若死天命將誰讎乎而時有袪服荷戟，立于廟門之下；援旗誓衆，奮於阡陌之上。漢書曰宣帝祠孝昭廟先敺旄頭劒挺墮地首垂泥土中刃嚮乘輿車馬驚於是召梁丘賀筮之有兵謀不吉上還使有司侍祠時霍氏外孫代郡太守任宣坐謀反誅宣子章為公車丞亡在渭城界中夜袪服入廟居郎間

述

執戟立廟門待上至欲爲逆發覺伏誅蘇林曰袨服黒服也過秦論曰陳渉躡足行伍之間而俛起阡陌之中斬木爲兵揭竿爲旗援于元切**況乎代主制命自下財物者哉**后以財成而臣爲之故云自下**廣樹恩不足以敵怨勤興利不足以補害故**尸子曰天生萬物聖人財之**曰代大匠斲者必傷其手**老子曰夫代大匠斲希有不傷其手**且夫政由甯氏忠臣所爲慷慨祭則寡人人主所不乆堪**左氏傳曰衛獻公使與甯喜言曰苟反國政由甯氏祭則寡人**是以君奭鞅鞅**於亮**不悅公旦之舉高平師師側目博陸之勢**尚書序曰召公爲保周公爲師相成王爲左右召公不悅漢書景帝目送周亞夫曰此之鞅鞅非少主臣也又曰魏相字弱翁遷御史四歲代韋賢爲丞相封高平侯班固述魏相曰高平師師惟辟作威圖黜凶害天子是毗韋昭曰師師相尊法也漢書曰列侯宗室見郅都側目又曰霍光爲博陸侯**而成王不遺嫌吝於懷宣帝若負芒刺於背非其然者**

天 注及別本

與尚書曰武王既喪管叔及群弟流言於國曰公將不利於孺子孔安國曰成王信流言而疑周公漢書曰宣帝始立謁見高廟大將軍霍光從驂乘上內嚴憚之若有芒刺在背嗟乎光于四表德莫富焉王曰叔父親莫昵焉尚書曰光被四表毛詩曰王曰叔父毛萇曰叔父謂周公也登帝大天位功莫厚焉守節沒齒忠莫至焉漢書昭帝崩霍光上奏曰太宗亡嗣孝武皇帝曾孫病已可以嗣孝昭皇帝太后詔可尚書伊尹曰天位艱哉李陵與蘇武書曰薄賞子以守節論語或問管仲曰奪伯氏駢邑三百飯蔬食沒齒無怨言而傾側顛沛僅而自全則伊生抱明允以嬰戮文子懷忠敬而齒劍固其所也尚書曰太甲既立不明伊尹放諸桐左氏傳曰高陽氏有才子明允篤誠紀年曰太甲潛出自桐殺伊尹吳越春秋曰文種者本楚南郢人也姓文字少禽禮記孔子曰儒有懷忠信以待舉史記曰勾踐平吳人或讒大夫種且作亂越王乃賜種劍曰子教寡人伐吳七術寡人用其三而敗吳其四在子子爲我從先

王誅之種遂自殺枚叔上書諫吴王曰腐肉之齒利劍也因斯以言夫以篤聖穆親如彼之懿謂周公也大德至忠如此之盛謂霍光也尚不能取信於人主之懷止謗於衆多之口鄒陽於獄上書曰不奪乎衆多之口過此以往惡烏覩其可安危之理斷可識矣又況乎饕餮上土高大名以冒道家之忌運短才而易聖哲所難者哉穀梁傳曰君不尸小事臣不專大名老子曰富貴而驕自遺其咎莊子曰功成者墮名成者虧孰能去功與名而還與衆人身危由於勢過而不知去勢以求安禍積起於寵盛而不知辭寵以招福見百姓之謀已則申宮警守以崇不畜之威左氏傳曰公待於壞隤申宮警備設守而後行杜預曰申整宮備也懼萬民之不服則嚴刑峻制以賈古傷心之怨新序曰商鞅爲嚴刑峻法易古三代之制

忘己 忘依音㕛及別本改

己

杜預左氏傳注曰賈賣也尚書曰民罔不盡傷心然後威窮乎震主而怨行乎

上下漢書蒯通說韓信曰臣聞勇略震主者身危功蓋天下者不賞衆心日陊亘氏危機

將發而方偃仰瞪直孕眄謂足以夸世毛詩曰或棲遲偃仰魯靈光殿賦曰

齊首目以瞪眄埤蒼曰瞪直視也笑古人之未工亡己事之已拙知曩

勳之可矜暗成敗之有會是以事窮運盡必於顛仆音赴

風起塵合而禍至常酷也荅賓戲曰彼皆躡風塵之會履顛沛之勢項岱曰彼謂李

斯輩也風發於天以諭君上塵從下起以諭斯等聖人忌功名之過己惡寵祿

之踰量蓋爲此也夫惡欲之大端賢愚所共有禮記曰飲食男

女人之大欲存焉死亡貧苦人之大惡存焉故惡欲者心之大端也而游子殉高位於生

前志士思垂名於身後受生之分唯此而已夫蓋世之

業名莫大焉漢書曰項羽歌曰力拔山兮氣蓋世震主之勢位莫盛焉震主已見上文率意無違欲莫順焉借使伊人頗覽天道知盡不可益盈難久持周易曰天道虧盈而益謙毛詩序曰太平之君子能持盈守成超然自引高揖而退司馬遷報任少卿書曰寧得自引深藏巖穴耶則巍巍之盛仰邈前賢洋洋之風俯冠來籍而大欲不乏於身至樂無愆乎舊節彌效而德彌廣身逾逸而名逾劭爾雅注曰劭美也此之不爲彼之必昧然後河海之跡堙爲窮流一簣之釁積成山岳論語曰譬如爲山未成一簣止吾止也名編凶頑之條身猒荼毒之痛豈不謬哉毛詩曰人之貪亂寧爲荼毒故聊賦焉庶使百世少有寤云

三月三日曲水詩序一首

風俗通曰周禮女巫掌歲時祓除疾病禊者絜也於水上盥絜也巳者祉也邪疾巳去祈介祉也韓詩曰三月桃花水之時鄭國之俗三月上巳於溱洧兩水之上執蘭招魂祓除不祥也續齊諧記曰晉武帝問尚書摯虞曰三月曲水其義何荅曰漢章帝時平原徐肇以三月初生三女至三日而俱亡一村以爲怪乃招携至水濱盥洗遂因水以泛觴曲水之義起於此帝曰若所談非好事尚書郎束晳曰仲治小生不足以知臣請說其始昔周公成洛邑因流水以泛酒故逸詩曰羽觴隨流波又秦昭王三日置酒河曲見有金人出奉水心劒曰令君制有西夏乃因其處立爲曲水二漢相沿皆爲盛集帝曰善賜金五十斤左遷仲治爲陽城令裴子野宋略曰文帝元嘉十一年三月丙申禊飲於樂遊苑且祖道江夏王義恭衡陽王義季有詔會者咸作詩詔太子中中子顏延年作序

顔延年

夫方策既載皇王之迹已殊鐘石畢陳舞詠之情不一禮記哀公問政子曰文武之道布在方冊春秋說題辭曰尚書者二帝之跡三王之義所推期運明受命之際郭象莊子注曰皇王殊跡隨世爲名漢書曰石曰磬金曰鍾毛詩序曰永歌之不足不知手之舞之雖淵流遂往詳略異聞上林賦曰恐後代靡麗遂往而不反春秋亭曰史有文質辭有詳略然其宅天衷立民極莫不崇尚其道神明其位東京賦曰豈如宅中而圖大呂氏春秋曰古之王者擇天之中而立國擇國之中而立宮周禮曰設官分職以爲民極周易曰聖人以神明其德拓土世貽統固萬葉而爲量者也魏志高堂隆上䟽曰拓跡垂統必俟聖賢晉中興書詔桓玄曰蕃衛王家垂固萬葉有宋函夏帝圖弘遠楊雄河東賦曰函夏之大漢書服虔注曰函夏諸夏也孝經鉤命決曰上乃授帝圖掇秘文高祖以聖武定

鼎規同造物宋高祖也左氏傳王孫滿謂楚子曰成王定鼎于郟鄏莊子孔子曰夫造物者爲人司馬彪曰造物者爲道皇上以叡文承歷景屬宸居皇上宋文帝也尚書曰叡哲文明又曰天之歷數在爾躬景光景連屬也典引曰高光二聖宸居其域蔡邕曰如北辰居其所而衆星拱之隆周之卜既永宗漢之兆在焉楊雄河東賦曰瞰隆周之大寧左氏傳王孫滿曰成王定鼎於郟鄏卜世三十卜年七百漢書文紀曰兆得大橫古曰大橫庚庚余爲天王正體毓德於少陽王宰宣哲於元輔正體太子也喪服傳曰父爲長子三年傳曰何以三年長子正體於上周易曰蠱君子以振民毓德少陽東宮也鄭玄禮記注曰東郊少陽諸侯象也王宰巳見曲水詩毛詩曰宣哲維人文武惟后班固彖邪山文曰晄晄將軍大漢元輔晷緯昭應山瀆效靈説文曰晷日影也緯五星也易乾鑿度曰五緯順軌四時和粟山五嶽也瀆四瀆也效靈山出器車瀆出圖書之類五方雜遝徒合四隩來暨漢書曰京師五方雜錯尚書曰九州攸同四隩

既澤吳都賦曰都輦殷而四奧來暨選賢建戚則宅之於茂典施命發號必酌之於故實左氏傳士會曰楚君之舉也內姓選於親外姓選於舊又曰蔿敖為宰擇楚國之令典尚書武王曰發號施令罔有不臧毛詩序曰能酌先祖之道以養天下國語楚穆仲謂宣王曰魯侯賦事行刑必問於遺訓而資於故實大予協樂上庠肆教東觀漢記孝明詔曰正大樂官曰大予樂官禮記曰有虞氏養國老於上庠章程明密品式周備漢書曰高祖命張蒼定章程謝承後漢書曰魏朗為河內太守明密法令漢書曰宣帝樞機周密品式備具國容眡令而動軍政象物而具司馬法曰國容不入軍軍容不入國左氏傳曰士會曰蔿敖為宰百官象物而動軍政不戒而備箴闕記言校文講藝之官采遺於內輶車朱軒懷荒振遠之使諭德于外左氏傳魏絳曰昔周辛甲之為太史也命百官箴王闕禮記曰言則右史書之西都賓曰啓發篇章校理秘文講論于六藝稽古於同異揚雄荅劉歆書

列言改

曰甞聞先代輶軒之使風俗通曰周秦常以八月輶軒使采異代方言辨士論曰輶軒騁於南荒尚書大傳曰未命爲士不得朱軒西征賦曰衘命則蘇屬國震遠則張博望赬莖素毳昌鋭并柯共穗之瑞史不絕書棧山航海踰沙軼漠之貢府無虛月頳莖朱草也素毳白虎也并柯連理也共穗嘉禾也左氏傳晉司馬叔侯曰魯之於晉也職貢不乏史不絕書府無虛月如是可矣楊雄交州箴曰航海三萬來牽其犀軼余日切烈燧千城通驛萬里穹居之君內首稾朔卉服之酋回面受吏穹居之君匈奴也魏都賦曰思稾正朔尚書曰島夷卉服劇秦美新曰海外遐方回首內嚮漢書曰卭筰之君長欲願爲內臣妾請吏北面是以異人慕嚮俊民間出班固漢書贊曰羣士慕嚮異人並出尚書曰俊民用章漢書曰漢興詩書往往間出警蹕清夷表裏悅穆仲長子昌言曰姦慝既弭警蹕清夷將徙縣中宇張樂岱郊言將徙都洛邑封禪泰山也莊子曰北門成問於黃帝曰帝張咸池

江文通襍體詩袁淑注
引禰作頌

盥當作與　注云與者謂留羣臣也妖謂羣臣留在國不行者也

之樂於洞庭之野增類帝之宮飭禮神之館塗歌邑誦以望屬車之塵者久矣禮記曰天子將出征類于上帝類祭也西(東)都賦曰禮神祇懷百靈司馬相如諫獵曰犯屬車之清塵日躔直連胃維月軌青陸漢書曰日月初躔星之紀韋昭曰躔處也禮記曰季春之月日在胃王仲宣思征賦曰在建安之二八星步次於箕維漢書天文志曰月順入軌道河圖帝臨覽嬉曰立旬春分月從東青道杜預左氏傳注曰陸道也皇祇發生之始后王布和之辰皇天神也祇地神也周禮曰大宗伯掌天神地祇之禮曹植九詠曰皇祇降兮潛靈舞爾雅曰春為發生禮記曰后王命冢宰降德于衆兆人又曰孟春之月命相布德和令思對上靈之心以惠庶萌之願加以三王于邁出餞(儀禮)戒告二王已見上文毛詩曰從公于邁韓詩章句曰送行飲酒曰餞燕禮曰小臣戒盥者鄭玄曰君以宴禮勞使臣則警戒告語焉有詔掌故爰命司歷封禪書曰宜命掌故左氏傳仲尼曰今火猶西流司歷過也獻洛飲之禮具上巳

之儀洛飲上巳並已見上注南除輦道北清禁林左関嵒巖隥都鄧右梁潮源略亭皐跨芝廛苑太液懷曾山上林賦曰輦道纚屬西都賓曰集禁林而屯聚難西蜀父老曰關沫若梁孫原穆天子傳曰天子東升于三道隥郭璞曰隥阪也上林賦曰亭皐千里靡不被築洛神賦曰稅駕乎衡皐秣駟乎芝田漢書有太液池松石峻垝古毀葱翠陰煙游泳之所攢萃翔驟之所往還於是離宮設衛別殿周徼音叫西都賓曰離宮別觀三十六所周以鉤陳之位衛以嚴更之署周廬千列徼道綺錯旌門洞立延帷接梐周禮曰王之會同爲帷宮設旌門楊雄蜀都賦曰延帷揚幕接帳連岡又周禮曰王之會同之舍設梐枑再重杜子春曰梐枑行馬也閱水環階引池分㢈歎逝賦曰閱水以成川春官聯事蒼靈奉塗然後昇秘駕胤緹徒兮騎搖玉鑾發流吹言春官聯事以供職蒼靈奉塗以衛行也周禮有春宮宗伯又曰以官府之六聯合邦治二曰賓客之聯事蒼靈青帝也尚書

帝命驗曰帝者承天立五府蓍曰靈府鄭玄曰蓍君帝靈威仰之府續漢書曰緹騎二百人屬執金吾楚辭曰鳴玉鸞之啾啾兮淮南子曰龍舟鷁首浮吹以虞天動神移淵旋雲被以降于行所禮也羽獵賦曰天動地岋淮南子曰藏志九旋之淵蔡邕獨斷曰天子以天下為家自謂所居為行在所既而帝暉臨幄百司定列鳳蓋俄軫虹旗委旆俄軫委旆不行也東都主人曰鳳蓋棽纚楚辭曰回朕車俾西引搴虹旗於玉門肴蔌芬藉觴醳介勿泛浮毛詩曰其肴維何炰鼈及魚其蔌維何維筍及蒲鄭玄禮記注曰醳旨酒也妍歌妙舞之容銜組樹羽之器古妍歌篇曰妍歌展妙聲發曲吐令辭邊讓章華賦曰妙舞麗於陽阿阮諶三禮圖曰筍虡兩頭並為龍以銜組曹植九詠曰雲龍兮銜組流羽兮交橫毛詩曰設業設簴崇牙樹羽三奏四上之調六莖九成之曲競氣繁聲合變爭節韓子曰師曠奏清徵一奏有玄鶴二八來集再奏而列三奏延頸而鳴擄翼而舞馬融琴賦曰師曠三奏而神

九

物下楚辭曰四上競氣極聲變王逸曰四上謂代奏鄭衛也漢書曰顓頊作六莖尚書曰簫韶九成鳳皇來儀

龍文飾轡青翰侍御班固西域傳贊曰蒲梢龍文魚目汗血之馬也說苑莊辛謂襄城君曰鄂君乘青翰之舟汎新波之中華裔殷至觀聽驚集揚袂風山舉袖

陰澤靚莊藻野袨服縟川籍田賦曰居靡都鄙民無華裔蜀都賦曰觀聽之所踊躍法言曰雷震揚天風薄于山上林賦曰靚莊刻飾鄒陽上書曰袨服叢臺之下者一旦成市說文曰縟繁彩色也

故以殷隱賑外區煥衍都内者矣西京賦曰鄉邑殷賑張載劔閣銘曰矧茲狹隘王之外區王粲羽獵賦曰叢華雜沓煥衍陸離

上膺萬壽下禔氏移百福毛詩曰報以介福萬壽無疆司馬相如難蜀文曰中外禔福毛詩曰介爾百福

帀筵稟和闔堂依德情盤景遽歡洽日斜金駕摠駟聖儀載佇悵鈞臺之未臨慨酆宮之不縣左氏傳曰楚子合諸侯於申椒舉言於楚子曰夏啓有鈞臺之享康

王有酆宮之朝方且排鳳闕以高遊開爵園而廣宴關中記曰建章圓闕臨北道銅鳳在上故號鳳闕鄴中記曰銅爵臺西有爵園並命在位展詩發志楚辭曰展詩兮會舞王逸曰展舒也周易曰有孚發若信以發志也則夫誦美有章陳信無愧者歟詩序曰頌者美盛德之形容左傳曰楚子木問趙孟曰范武子之德何如對曰祝史陳信於鬼神無愧辭

三月三日曲水詩序一首　王元長

蕭子顯齊書曰武帝永明九年三月三日幸芳林園禊飲朝臣勑王融爲序文藻富麗當代稱之

臣聞出豫爲象鈞天之樂張焉時乘既位御氣之駕翔焉周易豫卦曰先王作樂殷薦上帝史記曰趙簡子病二日而悟曰我之帝所甚樂與百神遊于鈞天廣樂九奏萬舞莊子曰北門成問於黃帝曰帝張咸池之樂於洞庭之野莊子曰乘天地之正而御六氣之辨穆天子傳曰天子命駕八駿之乘遂東南翔行馳千里郭璞曰行如飛翔也是以得一奉宸逍遙襄城之

域體元則大悵望姑射之阿然窅眇寂寥其獨適者已老子曰王
侯得一而天下正尚書曰惟辟奉天宸與辰同已見上文莊
子曰黃帝將見大隗于具茨之山至襄城之野東都主人曰
體元立制繼天而作論語子曰唯天爲大唯堯則之莊子曰
堯治天下之民平海內之政往見四子藐姑射之山汾水之
陽窅然喪其天下焉家語孔子曰聖人
舉事可施於百姓非獨適一身之行至如夏后兩龍載
驅璿臺之上穆滿八駿如舞瑤水之陰亦有饗宴云固不
與萬民共也山海經曰大樂之野夏后啓於此舞九代馬
乘兩龍毛詩曰載馳載驅周爰咨諏易歸藏
曰昔者夏后啓筮亨神於晉之墟作爲璿臺於水之陽
穆滿八駿已見江賦又穆天子傳曰天子北升太山之
上以望四野乙丑天子觴西王母於瑤池之上毛詩曰
執轡如組兩驂如舞孟子曰今王田獵於此百姓聞王
車馬之音與羽毛之美父子不相見兄
弟妻子離散此無佗不與民同樂也我大齊之握機創
歷誕命建家接禮貳宮考庸太室蕭子顯齊書曰齊太祖
高皇帝諱道成字紹伯

受宋禪尚書曰我文考文王誕膺天命又曰永建乃家孟子曰舜尚見帝帝館甥於貳室亦饗舜迭爲賓主是天子而友匹夫也趙岐曰尚上也舜在畎畝之時堯友禮之舜上見堯堯舍之於副宮堯亦就饗舜之所設更爲賓主尚書大傳曰維十月五祀舜爲賓客禹爲主人樂正進贊曰尚考太室之義唐爲虞賓鄭玄曰舜旣使禹攝天下之事於祭祀避之居賓客之位獻酒則爲亞獻尚考猶言往時也太室明堂之中央室也義當爲儀儀禮儀也謂祭太室之禮堯爲舜賓也

幽明獻期，雷風通饗，昭華之珍旣從，延喜之玉攸歸。曾子夫子曰天道曰圓地道曰方方曰幽圓曰明禮記曰明則有禮樂幽則有鬼神太公伏符陰謀曰武王伐紂四海神河伯皆曰天伐殷立周謹來受命願獻時雨論語讖曰仲尼云吾聞堯率舜等遊首山觀河渚一老曰河圖將來告帝期尚書曰納于大麓烈風雷雨不迷尚書大傳曰舜將禪禹入風循通又曰堯得舜推而尊之贈以昭華之玉尚書璇璣玉鈐曰玄圭出刻曰延喜之玉

革宋受天保，生萬國度。時洛邑靜鹿丘之歎，遷鼎息大坰之慙。周書武王曰膺

受大命革殷受天明命又曰我聞古商先王成湯保生商人又度邑篇曰維王克殷乃永歎曰嗚呼不淑充天之對自鹿至于丘中具明不寢帝王世紀曰湯即天子位遂遷九鼎于亳至大坰而有慙德周書丘或爲苑

紹清和於帝猷聯顯懿於王表駿發開其遠祥定爾固其洪業言以清和之德繼於大道揚子雲劇秦美新曰鏡瀋粹之至精聆清和之正聲蔡邕月令論曰出比闈視帝猷法言曰昔在有熊高辛唐虞三代咸有顯懿故天因而瑞之爲神明主河圖曰成帝德者堯開王表者禹毛詩曰濬哲維商長發其祥又曰駿發爾私又曰天保定爾亦孔之固劇秦美新曰制作六經洪業

皇帝體膺上聖運鍾下武冠五行之秀氣邁三代之英風昭章雲漢暉麗日月牢籠天地彈壓山川設神理以景俗敷文化以柔遠澤普氾而無私法含弘而不殺蕭子顯齊書曰世祖武皇帝諱賾字宣遠以太子即位墨子曰上聖立爲天子其次立爲三公毛詩序曰下武嗣文

也禮記曰人者五行之秀又孔子曰大道之行也三代之英丘未之逮而有志焉毛詩曰倬彼雲漢爲章于天譬猶天子爲法度於天下也周易曰聖人與日月合其明淮南子曰帝者體太一牢籠天地彈壓山川神理猶神道也周易曰聖人以神道設教而天下服劉義恭丹徒宮集曰昭化景俗立教凝神廣雅曰景炤也尚書曰帝乃誕敷文德録圖曰女聞偃兵建文化尚書曰柔遠能邇淮南子曰覆露昭道普氾而無私周易曰含弘光大品物咸亨又曰古之聰明叡智神武而不殺者夫潛夫論曰簡刑薄威不殺不誅此德之上也

猶且具明廢寢昃晷忘餐念負重於春冰懷御奔於秋駕

具明已見上文尚書曰文王自朝至于日中昃弗皇暇食鄧析子曰明君之御民若乘奔而無轡履冰而負重也尚書曰若蹈虎尾涉於春冰莊子曰尹儒學御三年而無所得夜夢受秋駕明日往朝師師曰今將教子以秋駕司馬彪曰秋駕法駕也

可謂巍巍弗與蕩蕩誰名稟靈圖而非泰涉孟門其何嶮

論語子曰巍巍乎舜禹之有天下而不與焉又曰大哉堯之爲君蕩蕩乎民無

能名焉春秋漢含孳曰天子南面秉圖書成公綏大河賦曰靈圖授録於羲皇孟子曰以其道舜受堯之天下不以爲泰呂氏春秋曰舜修德而苗服孔子聞之曰通乎德之情則孟門太行不爲嶮矣儲后睿哲在躬妙善居質內積和順外發英華斧藻至德琢磨令範言炳丹青道潤金璧出龍樓而問豎入虎闈而齒胄愛敬盡於一人光耀究於四海蕭子顯齊書曰世祖立皇太子長懋漢書疏廣曰太子國儲副君尚書曰睿作聖明作哲禮記曰清明在躬桓子新論曰聖賢之材不世而妙善之技不傳禮記曰和順積中而英華外發法言曰吾未見斧藻其德若斧藻其粢者應劭漢官儀曰太子太傅曰就月將琢磨玉質言太子有玉之質琢磨以道也法言或問聖人之言炳若丹青有諸曰丹青初則炳久則渝渝乎哉淮南子曰夫道潤乎草木浸乎金石毛詩曰如金如錫如珪如璧漢書成紀曰上嘗召太子出龍樓門禮記曰文王之爲太子朝於王季日三雞初鳴至寢門外問內豎曰今日安不何如周禮曰師氏以三德教國子居虎門之左蔡邕明堂月令論曰周官有闈門之學禮記曰行一物而三善皆得者惟世子

而已其齒於學之謂也尚書曰夔典樂教胄子孝經曰
愛敬盡於事親毛詩曰夙夜匪懈以事一人吕氏春秋
曰愛敬盡於事親光耀加於百
姓究於四海此天子之孝也若夫族茂麟趾宗固盤
石跨掩昌姬韜軼炎漢毛詩曰麟之趾振振公子漢書宋昌曰帝王子弟犬牙相制所
謂盤石之宗春秋録圖曰倉精萌姬稷之後
昌東觀漢記序曰漢以炎精布耀或幽而光元宰比肩
於尚父中鉉繼踵乎周南分陝流勿翦之懽來仕允克
施之譽莫不如珪如璋令聞令望朱芾斯皇室家君王
者也元宰家宰也中鉉司徒也説苑晏子謂楚王曰齊之臨淄比肩繼踵毛詩曰惟師尚父周易曰鼎金鉉鄭玄曰
金鉉喻明道能舉君之官職也鄭玄尚書注曰鼎三公象也
毛詩序曰周南言化自北而南故繫之周公公羊傳曰自陝
以西召公主之毛詩曰蔽芾甘棠勿翦勿伐召伯所茇國語
曰秦后太子來仕其車千乘韋昭曰王仕於晉也班固漢書
貢禹贊曰禹既黄髮以德來仕尚書曰君陳克施有政毛
詩曰如珪如璋令問令望又曰朱芾斯皇室家君王本

枝之盛如此稽古之政如彼用能免羣生於湯火納百姓於休和草萊樂業守屏稱事毛詩曰文王孫子本枝百世尚書曰若稽古帝堯史記曰文帝時會天下新去湯火人人樂業左氏傳君子曰一人刑善百姓休和莊子曰農夫無草萊之事則不比禮記諸侯曰某土之守臣其在邊邑曰某屏尸子曰能官者必稱事引鏡皆明目臨池無洗耳沈冥之怨旣鈌。薖軸之疾已消。譙周考古史曰公孫述竊位於蜀蜀人任永乃託目盲及述誅永澡盥引鏡自照曰時清則目明也皇甫謐高士傳曰堯致天下讓許由巢父聞之以爲汙乃臨池水而洗耳漢書曰蜀嚴沈冥侯巴曰嚴君平常病不事沈冥而死亦絜矣毛詩曰考槃在陸碩人之軸考槃在阿碩人之薖鄭玄曰薖飢意軸病也謂賢人隱居而離困病也薖苦和切與廉舉孝歲時於外府署行議年日夕于中甸漢書曰詔執事與廉舉孝又詔曰有懿稱明德者遣詣相國府署行議年蘇林曰行狀年紀也尚書曰五百里甸服協律摠章之司

厚倫正俗崇文成均之職導德齊禮漢書曰李延年爲協律都尉魏志曰
明帝立揔章觀荀氏傳曰勗爲光祿大夫公以爲魏杜
夔所制律呂檢挍大樂揔章鼓吹八音與律呂乖毛詩
序曰先王以是厚人倫美教化移風俗風俗通曰爲政
之要辯風正俗最其上也魏志曰明帝置崇文觀徵善
文者以充之周禮曰大司樂掌成均之法以教建國之
學校而合國之子弟焉論語子曰導之以德齊之以禮
挈壺宣夜辯氣朔於靈臺書笏珥彤紀言事於仙室周禮
夏官曰挈壺氏掌懸壺蔡邕天文志曰言天體者有三
家其一日宣夜鄭玄毛詩箋曰天子有靈臺者所以觀
祲象察氣之妖祥左氏傳曰公既視朔遂登觀臺以望
而書雲物禮記曰造受命於君則書於笏潘岳賈武公
誄曰惟帝以公通揚祖宗延登東序服袞珥彤史記曰
秦文公初有史以紀事禮記曰動則左史書之華嶠後
漢書曰學者稱東觀爲老氏
藏室道家蓬萊今故言仙室褰帷斷裳危冠空履之吏范曄
後漢書曰賈琮爲冀州刺史車垂
彯搖武猛扛鼎揭旗之士赤帷而行及至州白言曰刺

圜注

史當遠視廣聽糾察美惡何反垂帷裳以自掩塞乎乃命御者褰之百城聞風自然震悚漢書曰蓋寬饒初拜爲司馬未出殿斷其單衣令短離地說苑曰楚人長劍危冠而有子西漢書曰唐遵以明經飾行顯名於世衣弊履穿又曰霍去病每從大將軍受詔與壯士爲嫖姚校尉華嶠後漢書曰丁白爲武猛校尉法言曰或問力能扛鼎揭華旗知德亦有之乎曰百人也

勤恤民隱，糾逖王慝，射集隼於高墉，繳大風於長隧，不仁者遠，惟道斯行。國語祭公謀父曰勤恤民隱而除其害左氏傳曰王謂晉文侯曰以綏四方糾逖王慝周易曰公用射隼于高墉之上淮南子曰堯之時大風爲害堯命羿繳大風於青丘之澤許慎曰大風風伯也毛詩曰大風有隧論語子夏曰舜有天下選於衆舉皐陶不仁者遠矣禮記曰大道之行也

讒莠蔑聞，攘爭掩息，稀鳴桴於砥路，鞠茂草於圜扉。毛詩曰好言自口莠言自口尚書曰無或攘敓說文曰桴鼓柄也漢書曰張敞爲京兆尹桴鼓稀鳴市無偷盜毛詩曰周道如砥其直如矢又曰踧踧周道鞠爲茂草周禮曰以圜土教罷民

耆年

侮食乃海金之誤而王元長用之困學紀聞以為刺風淮南之類　此下引用周書多錯誤

闕市井之游稚齒豐車馬之好宮鄰昭泰荒憬衣九清夷史記太史公曰文帝時百姓皆安自年六七十翁未嘗至市井游遨嬉戲如小兒狀閑居賦曰昆弟斑白兒童稚齒杜氏幽求子曰年五歲聞有鳩車之樂七歲有竹馬之歡應劭漢官儀曰不制之臣相與比周比周者宮鄰金虎宮鄰金虎者言小人在位比周相進與君爲鄰堅若金讒言人惡若虎毛詩曰憬彼淮夷來獻其琛仲長子昌言曰警蹕清夷侮食來王左言入侍離身反踵之君髽側麻首貫匈之長屈膝厥角請受纓縻漢書匈奴傳曰壯者食肥美老者食其餘貴壯健賤老弱也古本作晦食周書曰東越侮食尚書曰四夷來王楊雄蜀王本紀曰蜀之先名曰蠶叢柏濩魚鳬開明是時人民椎髻左言漢書曰南越王太子嬰齊入侍周書曰離身染齒之國以龍角神龜爲獻爾雅曰北方有比肩人焉迭食而迭望郭璞曰此即半體之人人各有一目一鼻孔一臂一脚亦猶魚鼠之相合爾呂氏春秋曰舜登爲天子大人反踵皆被其澤高誘淮南子注曰反踵國名其人南行迹北向也淮南子曰三

○周書作紈
○露犬恐非可玩之獸颮犬即說文之蚼犬食人者也

苗髽首山海經曰有貫匈國其人匈有竅括地圖曰禹平天下會于會稽之野又南經防風之神弩射之有迅雷二神恐以刃自貫其心禹哀之乃拔刃療以不死之草皆生是爲貫匈之民喻巴蜀文曰交臂受事屈膝請和孟子曰武王之伐殷百姓若崩厥角趙岐曰厥角叩頭以額角犀㩻地也漢書終軍曰願受長纓必羈南越王致之闕下難蜀父老曰蓋聞天子之收夷狄也其義羈縻勿絕而已

文鉞碧砮之琛奇幹善芳之賦紈牛露犬之玩乘黃茲白之駟文鉞未詳一曰鉞當爲越杜篤展武論曰文越水震鄉風仰流徐廣晉紀曰鮮卑以碧石爲寶王沈魏書曰東夷矢用楛青石爲鏃孔安國尚書傳曰砮中矢鏃也家語孔子曰昔武王克商於是肅慎氏貢楛矢石砮其長尺有咫周書曰成王時貢奇幹善芳者頭若雄雞佩之令人不昧孔晁曰奇幹亦北狄善芳者鳥名不昧不忘也周書曰卜盧國獻紈牛紈牛小牛也又曰渠搜獻颮犬颮犬露犬也能飛食虎豹又曰白民乘黃乘黃者似狐其背有兩角又曰西方正北曰義渠獻茲白茲白者若馬鋸齒食虎豹

盈衍儲邸充仞郊虞匭牘相

尋鞮譯無曠儲邸猶府藏也郊虞掌山澤之官也尚書曰苞匭菁茅匭音軌聘禮曰賈人啓櫝取
圭垂繅而受宰晉中興書王禹上言曰貢篚相尋連舟載路周官曰鞮鞻氏掌四夷之樂禮記曰西方曰狄鞮北方曰譯尚書大傳曰成王
時越裳氏重九譯而獻白雉一尉候於西東合車書於南北暢轂埋
轔轔之轍綏而惟旍卷悠悠之旆楊雄解嘲曰東南一尉西北一候禮記曰書同
文車同軌毛詩曰文茵暢轂范曄後漢書曰張綱埋其車輪於洛陽都亭毛詩曰有車轔轔禮記曰武車綏旌
魏都賦曰虹旍攝麾以就卷毛詩曰悠悠旆旌四方無拂五戎不距偃革辭軒
銷金罷刃周書曰四方無拂奄有天下又曰五戎不距加用師旅漢書張良曰昔武王伐殷紂事已
畢偃革爲軒陳琳應機曰治刃銷鋒偃武行德天瑞降地符升澤馬來器車出
紫脫華朱英秀佞枝植歷草孳詩緯曰天下和同天瑞降地符升孝經援神契
曰德至山陵則澤出神馬禮記曰山出器車禮斗威儀曰人君乘土而王其政太平而遠方神獻其朱英紫脫

星

宋均注曰紫脁北方之物上值紫宮凡言常生者不死也死則主當之尚書大傳曰德先地序則朱草生瑞應圖曰朱草亦曰朱英田倈子曰黃帝時有草生於帝庭階若佞臣入朝則草指之名曰屈軼是以佞人不敢進也又曰堯爲天子蓂莢生於庭爲帝成歷尚書帝命驗曰舜受命蓂莢孳雲潤星暉風揚月至江海星象龜龍載文京房易飛候曰青雲潤澤蔽日在西北爲舉賢良禮斗威儀曰君乘土其政平則鎮星黃而多暉禮含文嘉曰朋友有舊內外有差則箕爲之直月至風揚宋均曰月至月行以度至也禮斗威儀曰其君乘水而王江海著其象龜龍被文而見宋均曰龜龍水物也文青黃白赤黑也具有此色見於水故曰被方握河沈璧封山紀石邁三五而不追踐八九之遙迹帝王世紀曰堯與羣臣沈璧於河乃爲握河記今尚書候是也孝經鉤命決曰封于太山考績燔柴禪于梁父刻石紀號禮記逸禮曰三皇禪云云五帝禪亭亭史記楚子西曰孔子丘述三五之法明周召之業八九謂七十二君曹植魏德論曰越八九於往素蹤黃帝之靈矩功旣成矣世

既貞矣信可以優游暇豫作樂崇德者歟禮記曰王者功成作樂老子曰王侯得一以爲天下貞曹植魏德論曰帝猷成矣股肱貞矣尚書大傳曰周公作樂優游三年孫子兵法曰人效死而上能用之雖優游暇譽令猶行也譽猶豫古字通周易曰先王作樂崇德于時青鳥司開條風發歲粤上斯巳惟暮之春左氏傳郯子曰青鳥氏司啓者也易通卦驗曰立春條風至楚辭曰獻歲發春汨吾南行上巳巳見上文毛詩曰嗟嗟保介惟暮之春同律克和樹草自樂禊飲之日在茲風舞之情咸蕩去肅表乎時訓行慶動於天矚周禮曰太師掌六律六同以合陰陽之聲鄭玄曰同陰律也尚書曰八音克諧孔安國曰諧和也漢書文帝詔曰方春和時草木羣生之物皆有以自樂禮傳曰禊者絜也仲春之時於水上釁絜也論語曰風乎舞雩詠而歸蔡邕月令章句曰秋冬肅急之後故布生德和政令去肅急禮記曰孟春之月命相布德和令行慶施惠載懷平圃乃睠芳林芳林圃者

福地奥區之湊丹陵若水之舊殷殷上均平姚澤膴膴

尚於周原狹豐邑之未宏陋譙居之猶褊山海經曰槐江之山實惟帝之平圃南望崑崙十洲記曰芳林園在青溪菰首橋東齊高帝舊宅齊有天子爲舊宮宮東築山鑿池號曰芳林園遁甲開山圖曰驪山之西原有阜名曰風涼雍州之福地西京賦曰寔惟地之奥區神皐帝王世紀曰堯生於丹陵呂氏春秋曰顓頊生於若水乃登爲帝又曰舜陶於河濵釣於雷澤登爲天子賢士歸之萬人譽之陳陳殷殷無不戴悦高誘曰殷盛也呂氏春秋曰舜爲天子輒輒敁敁莫不戴悦高誘曰敁敁動而喜貌也殷殷或爲敁敁故兩引之輒知葉切敁仕勤切帝王世紀曰瞽叟之妻曰握登生舜於姚墟故姓姚氏堯求賢而四嶽薦舜堯乃命于順澤之陽毛詩曰周原膴膴堇荼如飴漢高祖豐人魏太祖譙人

求中和而經處揆景緯以裁基飛觀神行虚檐鹽雲構周禮曰以土圭之法正日影日至之影尺有五寸謂之地中陰陽之所和故曰中和也景日也緯星也毛詩曰定之方中作爲楚宮

揆之以日作爲楚室東京賦曰飛閣神行莫我能形劉公幹詩曰大夏雲構離房乍設層樓閒起負朝陽而抗殿跨靈沼而浮榮鏡文虹於綺疏浸蘭泉於玉砌蜀都賦曰百室離房李尤平樂館銘曰層樓通閣禁闈洞房爾雅曰山東曰朝陽西京賦曰蹠龍首以抗殿狀巍峩以嶪岌毛詩曰王在靈沼鄭玄禮記注曰榮屋翼也傅玄陽春賦曰丹霞播景文虹竟天李尤東觀銘曰房闥內布綺疏外陳張衡七辨曰迴飈拂其寮蘭泉注其庭劉楨魯都賦曰金階玉砌玄枑雲阿幽幽叢薄秩秩斯千曲拂邅迴潺湲徑復楚辭曰叢薄深林人上慓毛詩曰秩秩斯干幽幽南山淮南子曰曲拂邅迴以像偶語高誘曰拂戾邅迴水流也楚辭曰川谷徑復流潺湲新荓泛沚華桐發岫雜夭采於柔荑亂嚶聲於緜羽禮記月令曰季春之月桐始華荓始生爾雅曰小洲曰沚山有穴爲岫毛詩曰桃之夭夭灼灼其華又曰手如柔荑又曰鳥鳴嚶嚶又曰緜蠻黃鳥薛君注曰緜蠻文貌禁軒承幸清宮俟

宴緹帷宿置帟幕宵懸如淳漢書注曰省中本爲禁中然乘輿之物通呼曰禁漢書曰太僕先清宮南都賦曰朱帷連綱鄭司農周禮注曰在旁曰帷在上曰幕鄭玄曰帟在幕若幄中坐上承塵也皆以繒爲之既而滅宿澄霞登光辨色式道執殳展軨效駕徐鑾警節明鍾暢音宿列宿也張平子東京賦曰以須消啓明掃朝霞登天光於扶桑禮記曰朝辨色始入漢書曰式道左右中候也毛詩曰伯也執殳禮記曰君車已駕則僕展軨效駕鄭玄曰展軨具視也效駕白已駕也淳于髡斗酒說曰明鍾擊磬調歌紼舞七萃連鑣九斿由齊軌建旗拂霓揚葭振木周穆王傳曰天子賜七萃之士郭璞曰萃聚也猶傳有七輿大夫張景陽七命曰駟馬連鑣文穎曰甘泉鹵簿天子出道車五乘斿車九乘蔡邕釋誨曰羣車方奔于險路安能與之齊軌東京賦曰龍輅充庭雲旗拂霓列子曰秦青撫節悲歌聲振林木魚甲煙聚貝冑星羅重英曲瑵側絞之飾絕景遺風之騎昭灼甄部駔祖朗駿

函列虎視龍超雷駭電逝轟轟隱隱紛紛軫軫羌難得而稱計孫卿子曰楚鮫革犀兕以爲甲堅如金石毛詩曰公徒三萬貝胄朱綅又曰二矛重英西京賦曰葩瑤曲莖魏書曰上所乘馬名絕景爲矢所中呂氏春秋曰故須青龍之匹遺風之乘孫子兵法曰長陳爲甄魏都賦曰冀馬塡廄而駔駿周易曰虎視眈眈南都賦曰馬鹿超而龍驤潘岳閑居賦曰礮石雷駭嵆康贈秀才詩曰風馳電逝說文曰轟轟轟羣車聲也羽獵賦曰隱隱軫軫被陵緣坂莫莫紛紛山谷爲之風飇左思吳都賦曰羌難得而覼縷爾乃迴輿駐罕嶽鎮淵渟睟邃容有穆賓儀式序授几肆筵因流波而成次蕙肴芳醴任激水而推移東觀漢記曰天子行有畢罕孫子兵法曰其鎮如山其渟如淵石崇楚妃歎曰矯矯莊王淵渟嶽峙孟子曰君子所性仁義禮智根於心其生色也睟然見於面趙岐曰睟潤澤貌也毛詩曰天子穆穆又曰序賓以賢又曰式序在位又曰或肆之筵或授之几古逸詩云羽觴隨流波楚辭曰蕙肴蒸兮蘭藉子虛賦曰涌泉清池

激水推移蓧佾陳階金匏在席戚奏翿舞籥動豳詩張晏漢書注曰以翠羽爲蓧也佾舞行列也毛詩曰我姑酌彼金罍禮記曰器用陶匏司馬彪續漢書曰執干戚舞雲翹周禮曰籥章掌土鼓豳籥又曰仲春擊土鼓歌豳詩以迎暑也召鳴鳥于弇菴州追伶倫於嶰谷發參差於王子傳妙靡於帝江山海經曰弇州之山五采之鳥名曰鳴鳥爰有百樂歌舞之風漢書黃帝使伶倫自大夏之西崑崙之陰取竹嶰谷斷兩節間而吹之以爲黃鍾之宫孟康曰解脫也谷竹溝也取竹之脫無溝節者楚辭曰望夫君兮未來吹參差兮誰思列仙傳曰王子喬好吹笙作鳳鳴山海經曰天山有神鳥其狀如黃囊其文丹六足四翼渾沌無面目是識歌舞寔惟帝江正歌有闋羽觴無筭上陳景福之賜下獻南山之壽詩信凱讌之在藻知和樂於食苹桑榆之陰不居草露之滋方渥儀禮曰工告于樂正曰正歌備禮記曰有司告以樂闋鄭玄曰闋終也楚辭曰瑤漿蜜勺實羽觴燕禮曰

此為既没者作之序
之字法

無筭之爵毛詩曰君子萬年介爾景福又曰如南山之壽不騫不崩又曰魚在在藻有莘其尾王在在鎬飲酒樂愷毛詩序曰鹿鳴廢則和樂缺詩曰呦呦鹿鳴食野之苹桑榆曰所入也東觀漢記光武曰失之東隅收之桑榆毛詩曰湛湛露斯在彼豐草有詔曰今日嘉會咸可賦詩周易曰嘉會足以合禮揚雄蜀都賦曰吉日嘉會凡四十有五人其辭云爾

王文憲集序一首　任彥昇

公諱儉字仲寶琅邪臨沂魚依人也蕭子顯齊書曰王儉字仲寶其先自秦至宋國史家諜待協詳焉琅邪王氏録曰王氏之先出自周王子晉秦有王翦王離世為名將七略曰子雲家諜言以甘露元年生也晉中興以來六世名德海內冠冕晉中興書曰王祥弟覽生導導生洽洽生珣珣生曇首沈約宋書曰王僧綽曇首長子遇害子儉嗣晉中興書庾冰疏曰臣因家寵冠冕當世古語云仁人之利天道運行左氏

筮注

傳君子曰仁人之言其利愽哉莊子曰天道運行而無所積故萬物成故呂虔歸其佩刀郭璞誓淮水晉中興書曰魏徐州刺史任城呂虔有刀工相之爲三公可服此刀虔謂別駕王祥曰苟非其人刀或爲害卿有公輔之量故以此相與及祥死之日以刀授弟覽曰吾兒凡汝後必興之足稱此刀故以相與王氏家譜曰初王導渡淮使郭璞筮之卦成璞曰吉無不利淮水絕王氏滅若離翦之止殺吉駿之誠感蓋有助焉史記曰王翦者頻陽人也事秦始皇使翦將兵而攻趙闕與破之後遂拔趙陳勝之反秦秦使王翦之孫王離擊趙王孔安國尚書傳曰以殺止殺終無犯者漢書曰王吉字子陽琅邪人也爲諫議大夫子駿亦爲諫議大夫超遷御史大夫吉居長安其東家有大棗樹垂吉庭中吉婦取棗以啖吉吉後知之乃去婦東家聞而欲伐其樹鄰里固請吉令還婦子駿元帝時爲御史大夫妻死不復娶漢書張賀贊曰賀之陰德亦有助云公之生也誕授命世體三才之茂踐得二之機周易曰有天道焉有地道焉兼三才而兩之又子曰知幾其神乎顏氏之子其殆庶幾乎有不善未嘗不知知

而未嘗復行。韓康伯曰：在理則昧，造形則悟，顔子之分也。失之於幾，故有不善；得之於二，不遠而復，故知之未嘗復行也。

信乃昴宿垂芒，德精降祉。春秋佐助期曰：漢相蕭何，昴星精。垂芒，謂發秀。乃精星也。異苑曰：汝南陳仲弓從諸息姪詣潁川荀季和父子，于時德星爲之聚。太史奏：五百里內必有賢人集焉。

有一于此，蔚爲帝師。漢書曰：張良從容步游下邳圯上，有一老父出一編書，曰：讀是則爲王者師。

况乃淵角殊祥，山庭異表。論語撰考讖曰：顔回有角額，似月形。淵，水也。月是水精，故名淵。摘輔像曰：子貢山庭，斗繞口。謂面有三庭，言山在中，皐高有異相也。故子貢至孝，顔回至仁也。

望衢罕窺其術，觀海莫際其瀾。孟子曰：觀海有術，必觀其瀾。趙岐曰：瀾，水中大波也。

宏覽載籍，博游才義，著乃金版玉匱之書，海上名山之旨。七略曰：太公金版玉匱，雖近世之文，然多善者。抱朴子曰：鄭君有玉匱記、金版經。范曄後漢書曰：荀爽遭黨錮，隱於海上，又遁漢濱，以著述爲事，題爲新書，凡百餘篇。司馬遷書曰：僕誠著此書，藏諸名山。

沈鬱澹

初本

雅之思離堅合異之談楊雄爲方言劉歆與雄書曰非子雲澹雅之才沈鬱之志不能成此書莊子公孫龍問於魏牟曰龍少學先王之道長明仁義之行合同異離堅白呂氏春秋曰相劍者曰白所以爲堅也黃所以爲紉也黃白雜則堅且紉良劍也難者曰黃白雜則不堅且不紉又柔則錈堅則折劍折且錈焉得爲利劍也莫不摠制清衷遞爲心極斯固通人之所包非虛明之絶境亦不可窮者其唯神用者乎言金版玉匱之書無不制在情衷爲心之極斯故通人君子或能兼而包之故非王公之絶境也然其不可窮而盡者其唯有神用乎言難測也衷中心也虛明亦心也然檢鏡所歸人倫以表雲屋天構匠者何自咸洛不守憲章中輟劉琨勸進表曰仍承西朝不守禮記曰仲尼憲章文武賀生達禮之宗蔡公儒林之亞晉中興書曰賀循字彥先博覽羣書尤明三禮爲江東儒宗徵拜博士又曰諸葛恢字道明時潁川荀顗字道明陳留蔡謨字道明俱有名譽號曰中興三明

時人爲之歌曰京都三明各有名蔡氏儒雅荀葛清闕典未補大備茲日劉秦美新曰帝典闕而不補至若齒危髮秀之老含經味道之生鄭玄禮記注曰危高也然齒危謂高年也髮秀猶秀眉也東觀漢記杜詩請功曹郭丹曰今功曹稽古含經可謂至德桓譚荅楊雄書曰子雲勤味道腴莫不北面人宗自同資敬漢書于定國爲廷尉乃迎學春秋身執經北面備弟子禮孝經曰資於事父以事母而敬同性託夷遠少屏塵雜自非可以弘獎風流增益標勝未嘗留心習鑿齒晉陽秋曰王夷甫樂廣俱以宅心事外名重於時故天下之言風流者稱王樂焉朞歲而孤叔父司空簡穆公早所器異蕭子顯齊書曰王僧虔兄僧綽之子儉又曰世祖即位遷僧虔爲侍中甍贈司空侍中如故謚簡穆公年始志學家門禮訓皆折衷丁仲於公論語子曰吾十有五而志于學羽獵賦序曰不折衷于泉臺孝友之性豈伊橋梓夷雅之體

無待韋弦毛詩曰張仲孝友尚書大傳曰伯禽與康叔朝於成王見于周公三見而三笞之康叔有駭色乃與伯禽問於商子曰吾二子見於周公三見而三笞何也商子曰南山之陽有木名橋北山之陰有木名梓二子盍往觀焉於是二子如其言而往觀之見橋木高而仰見梓木實而俯反以告商子商子曰橋者父道也梓者子道也二子明日復見入門而趨登堂而跪周公迎拂其首而勞之曰汝安見君子乎二子以實對公曰君子哉商子也言王公有孝友之性自天而成豈惟見橋梓而知也夷平也體性也韋皮繩喻緩也弦弓弦喻急也孫子曰由禮則雅不由禮則夷韓子曰西門豹之性急故佩韋以自緩董安于之心緩故佩弦以自急言王公平雅之性無待此韋弦以成也蓋自天性得中也汝郁之幼挺淯至黃琬之早標聰察曾何足尚東觀漢記曰汝郁字幼異陳國人年五歲母被病不能飲食郁常抱持啼泣亦不肯飲食母憐之強爲餐飯欺言已愈郁察母顏色不平輒復不食宗親共奇異之因字幼異挺拔也淯至謂淯孝之甚至也范曄後漢書曰黃琬字公琰少失父母而辨慧祖父瓊育之瓊初爲魏郡太守建和元年正月日蝕京

師不見而瓊以狀聞梁太后詔問所蝕多少瓊思其對而未知所出琬年七歲在傍曰何不言日蝕之餘如月之初瓊大驚即以其言應詔標立也言此二子濇孝聰察比之王公則二子曾何足尚也年六歲襲封豫寧侯拜日家人以公尚幼弗之先告旣襲珪組對揚王命因便感咽若不自勝蕭子顯齊書曰儉數歲襲爵豫寧侯拜受茅土流涕嗚咽江表傳曰潘濬見孫權涕泣交橫哀咽不能自勝初宋明帝居蕃與公毋武康公主素不協及即位有詔廢毀舊塋投棄棺柩公以死固請誓不遵奉表啓酸切義感人神太宗聞而悲之遂無以奪也太宗宋明帝也蕭子顯齊書曰宋明帝以儉嫡母武康公主同太初巫蠱事不可以爲婦姑欲開冢離葬儉因人自陳密以死請故事不行初拜秘書郞遷太子舍人以選尚公主拜駙馬都尉吳均齊春秋曰宋明帝太始中儉尚陽羨公主拜駙馬都

尉爲秘書郎太子舍人元徽初遷秘書丞沈約宋書曰蒼梧王改年曰元徽吳均齊春秋
曰儉超遷秘書丞於是采公曾之中經刊弘度之四部蕭子顯齊書曰
儉又撰定元徽四部書目王隱晉書曰荀勗字公曾領
秘書監與中書令張華依劉向別錄整理錯亂又得汲
冢竹書身自撰次以爲中經臧榮緒晉書曰李充字弘
度爲著作郎于時典籍混亂刪除煩重以類相從分爲
四部甚有條貫秘閣以爲永制五經爲甲
部史記爲乙部諸子爲丙部詩賦爲丁部依劉歆七略
更撰七志蕭子顯齊書曰秘書丞上表求校墳籍撰七
志四十卷上表獻之漢書曰劉歆總羣書而
奏其七略故有輯略有六藝略有諸子略
有詩賦略有兵書略有術數略有方技略蓋嘗賦詩云
稷契匡虞夏伊呂翼商周自是始有應務之跡生民屬
心矣時司徒袁粲有高世之度脫落塵俗沈約宋書曰袁粲字景倩
順帝即位遷中書監司徒侍中袁喬與褚左軍
解交書曰雖欲虛詠濠肆脫落儀制其能得乎見公弱

齡便望風推服歎曰衣冠禮樂在是矣吳均齊春秋曰儉精神秀徹體識聰異司徒袁粲見之歎曰宰相之門也栝栢豫章雖小已有棟梁之氣矣時粲位亞台司公年始弱冠春秋漢含孶曰三公象五嶽在天法三能台與能同禮記曰人生二十曰弱冠年勢不侔公與之抗禮漢書婁敬曰今欲比隆成康之時臣竊以不侔矣又曰將軍衛青位既益尊然汲黯與抗禮因贈粲詩要以歲暮之期申以止足之戒韓詩曰蟋蟀在堂歲聿其暮薛君曰暮晚也言君之年歲已晚也老子曰知足不辱知止不殆粲荅詩曰老夫亦何寄之子照清襟服闋拜司徒右長史儉遭所生母憂服闋也司徒袁粲也出爲義興太守風化之美奏課爲最漢書曰倪寛爲司農都尉大司農奏課聯最韋昭曰聯得第一也還除給事黃門侍郎旬日遷尚書吏部郎參選晉毛玠之公清李重之識會兼之

者公也魏志曰毛玠字孝先陳留人也少爲縣吏以公清稱魏國初建以玠爲尚書僕射復典選舉傳暢晉諸公讚曰王戎爲選官時李重李毅二人操異俱處要職戎以識會待之各得其所玠音介俄遷侍中以憗侯始終之職固辭不拜蕭子顯齊書曰升明二年儉遷長史兼侍中以父終此職固讓沈約宋書曰王僧綽遷侍中二凶巫蠱事泄上召僧綽具言之劭於宮夜饗將士僧綽密以啓聞頊之劭亂檢太祖巾箱得僧綽所啓饗士并廢諸王事乃收害焉世祖贈散騎常侍金紫謚憗侯補太尉右長史蕭子顯齊書曰進太祖太尉也時聖武定業肇基王命聖武謂齊高帝也干寶晉武革命論曰高光爭伐定功業也尚書曰至于太王肇基王迹寤寐風雲實資人傑毛詩曰寤寐思服毛萇曰服思之也周易曰雲從龍風從虎聖人作而萬物覩漢書高祖曰夫運籌於帷幄之中決勝千里之外吾不如子房鎮國家撫百姓給餉饋不絕粮道吾不如蕭何連百萬之衆戰必勝攻必取吾不如韓信三者皆人傑吾能用之是以宸居膺列宿之表圖緯

策劭注

著王佐之符若漢高祖之膺五星李通之著赤伏宸居已見上文班固漢書贊曰劉向稱董仲舒有王佐之才俄遷左長史齊臺初建蕭子顯齊書曰進太祖位和國爲齊公也以

公爲尚書右僕射領吏部時年二十八宋末艱虞百王

澆季班固漢書贊曰漢承百王之弊禮紊舊宗樂傾恒軌自朝章國紀

典彝備物奏議符策文辭表記素意所不蓄前古所未

行皆取定俄頃神無滯用太祖受命太祖謂齊高祖也以佐命

之功封南昌縣開國公食邑二千戶建元二年遷尚書

左僕射領選如故自營部分司盧欽兼掌譽望所歸允

集茲日應劭漢官儀曰獻帝建始四年始置左右僕射以執金吾營部爲左僕射衛臻爲右僕射今以策劭爲營部誤也營役瓊切部烏合切虞預晉書曰盧欽少好學爲尚書僕射領吏部欽清實選舉稱爲廉平

尋表解選詔加侍中又授太子詹事侍中僕射如故固辭侍中改授散騎常侍餘如故太祖崩遺詔以公爲侍中尚書令鎮國將軍永明元年進號衛將軍二年以本官領丹陽尹本官謂侍中尚書令六輔殊風五方異俗漢書曰兒寬遷左内史表奏開六輔渠韋昭注曰六輔謂京兆馮翊扶風河東河南河内五方已見上文公不謀聲訓而楚夏移情楊雄與桓譚書曰望風景附聲訓自結史記曰淮南沛陳汝南郡此西楚也潁川南陽夏人之居也故至今謂之夏故能使解劒拜仇歸田息訟謝承後漢書曰許荊字子張吳郡人兄子世嘗報讎殺人其讎操兵欲殺世荊與相遇乃解劒長跪曰今願身代世死仇讎者曰許掾郡中稱君爲賢何敢相侵遂解劒而去漢書曰韓延壽爲東郡太守春因行縣至高陵人有昆弟相與訟田延壽乃自悔責閉閤不出於是訟者宗族傳相責讓此兩昆弟深自悔皆自髡肉袒謝願以田相移終不敢復爭延壽乃起聽事

前郡尹温太真劉真長或功銘鼎彝或德標素尚王隱晉書曰温嶠字太真太原人也爲郡尹後平蘇峻之亂藏榮緒晉書曰劉惔字真長沛國人也爲丹陽尹性重莊老禮記曰鼎有銘銘者論譔其先祖之德美功烈勳勞而酌之祭器左氏傳臧武仲曰大伐小取其所得以作彝器銘其功以示子孫孔欣猛虎行曰飢不食邪蒿萊倦不息無終里邪蒿垂素尚無終喪若始臭味風雲千載無爽言其感應千載不差也左氏傳季武子謂晉范宣子曰今譬於草木寡君之臭味也楚辭曰虎嘯而谷風至龍舉而景雲從言物類之相感也王逸曰虎陽物也谷風陽氣也言虎悲嘯而吟則谷風至而應其類龍介蟲陰物也景雲亦陰也言神龍將舉升天則景雲覆而扶之輔其類也親加弔祭表薦孤遺遠協神期用彰世祀左氏傳史趙曰盛德必百世祀時簡穆公薨以撫養之恩特深恒慕表求解職有詔不許蕭子顯齊書曰儉父僧綽遇害爲叔父僧虔所養國學初興華夷慕義經師

人表允資望實漢書平帝詔曰校書置經師一人任昉雜傳魏德公謂郭林宗曰經師易獲人師難遭何法盛晉中興書曰王安期爲東海王越記室參軍勑子玼曰王參軍人倫之表汝其師之

復以本官領國子祭酒三年解丹陽尹領太子少傅餘悉如故掛服捐駒前良取則臥轍棄子後予胥怨掛服未詳王隱晉書曰王遜字劭伯爲上洛太守遜在郡有私馬生駒私牛生犢悉留以付郡去是爲郡所産以還官也三輔決録曰長安劉氏唯有孟公談者取則范曄後漢書曰侯霸字君仲爲臨淮太守王莽敗霸率全一郡更始元年遣使徵霸百姓號哭遮使者車或當道而卧皆曰願乞侯君復留朞年百姓乃戒其乳婦棄其孩子侯君當去必不能全也尚書曰湯初征自葛東征西夷怨南征北狄怨曰奚獨後予言儉解丹陽尹百姓亦如此戀之

皇太子不矜天姿俯同人範師友之義穆若金蘭蜀志曰諸葛亮與杜微書曰今年始十八天姿仁敏愛德下士説苑曰燕昭王問於郭隗

曰寡人地狹人寡齊人削取八城宗廟恐危社稷存亡
有道乎郭隗曰帝者之臣其實師也王者之臣其實友
也王誠能與隗請爲天下之士開路周易曰
二人同心其利斷金同心之言其臭如蘭又領本州
大中正頊之解職四年以本號開府儀同三司餘悉如
故本號衛將軍也謙光愈遠大典未申謂辭儀同三司也周易曰謙尊而光卑而不可
踰君子之終也六年又申前命儀同三司之命七年固辭選任帝所重
違選任尚書令也謝承後漢書曰楊賜讓還侯爵朝廷重違其志也詔加中書監猶叅
掌選事長輿追專車之恨公曾甘鳳池之失言昔者任非其人或
專車而獨坐或發志於見奪今儉有德故專車者追恨
失之者甘心臧榮緒晉書曰和嶠爲黃門侍郎遷中書
令舊監令共車入朝及嶠爲令荀勗爲監嶠不禮勗常
以意氣加之每同乘高抗專車而坐乃使監令異車自
嶠始也晉中興書曰荀勗字公曾從中書監爲尚書
令人賀之乃發恚云奪我鳳皇池卿諸人賀我耶夫

奔競之塗有自來矣晉諸公讚曰傅宣定九品未訖劉疇代之悉改宣法於是人人望品求者奔競以難知之性恊易失之情桓子新論曰凡人性難極也難知也故其絶異者常爲世俗所遺失焉必使無訟事深弘誘論語子曰聽訟吾猶人也必也使衆訟乎公提衡惟允一紀于茲漢書曰衡平也所以平輕重也言選曹以材授官似衡之平物故取以喻焉韓子曰貴賤不相踰愚智提衡而立孫綽王蒙誄曰提衡左府舉直閑邪孔安國尚書傳曰十二年曰紀拔奇取異興微繼絶王隱晉書羊祜曰吾不能取異於屠釣拔奇於版築豈不愧知人之難哉興微即興滅也論語子曰興滅國繼絶世望側階而容賢候景風而式典燕丹太子曰田光見太子太子側階而迎家語孔子謂魯哀公曰衛有士曰慶足者國有大事則必赴而治之國無事則退而容賢靈公悅而敬之王肅曰言其所以退欲以容賢於朝也淮南子曰景風至施爵禄賞有功春秋三十有八七年五月三日薨于建康官舍臯

朝軫慟儲鉉傷情漢書疏廣曰太子國儲副君周易曰鼎金鉉鄭玄尚書注曰鼎三公象也有識銜悲行路掩泣說苑雍門周說孟嘗君曰有識之士莫不爲足下寒心酸鼻論衡曰行路之人皆能論之豈直舂者不相工女寢機而已哉史記趙良謂商鞅曰五羖大夫死秦國男女流涕童子不歌謡舂者不相杵劉縚聖賢本紀曰子産治鄭二十年卒國人哭於巷婦人哭於機故以痛深衣冠悲纏教義豈非功深砥礪道邁舟航尚書高宗曰若金用汝作礪若濟巨川用汝作舟檝没世遺愛古之益友左氏傳曰子産卒仲尼聞之出涕曰古之遺愛也班固漢書賛曰劉向指明梓柱以推廢興豈非直諒多聞古之益友與追贈太尉侍中中書監如故給節加羽葆鼓吹增班劒六十人漢官儀曰班劒者以虎皮飾之謚曰文憲禮也謚法曰忠信接禮曰文博文多能曰憲公在物斯厚居身以約玩好絶於耳目布素表於

造次齊春秋曰儉不好聲色未嘗遊宴衣裘服用自周而已周禮曰凡式貢之餘財以供玩好之用尚書曰弗役耳目則百度惟貞論語子曰造次必於是室無姬姜門多長者左氏傳君子曰詩曰雖有姬姜無弃憔悴漢書曰陳平少時家貧然門外多長者車轍立言必雅未嘗顯其所長孝經援神契曰矜莊嚴栗出言必雅孫資別傳曰朝臣會議資奏是非擇善者推而成之終不顯己之德持論從容未嘗言人所短風俗通曰太尉范滂辯於持論謝承後漢書曰夏勤從容議論吳志曰是儀時時有所進未嘗言人之短弘長風流許與氣類檀道鸞晉陽秋曰謝安爲桓温司馬一不存小察盡弘長之風流已見上文謝承後漢書曰桓礹邴營氣類經緯士人雖單門後進必加善誘三輔決録曰王豹出自單門論語曰夫子善誘人勗以丹霄之價弘以青冥之期鍾會集言程盛曰丹霄之鳳青冥之龍公銓品人倫各盡其用廣雅曰稱謂之銓聲類曰銓所以稱物也居厚者不矜其多

處薄者不怨其少[老子曰前識者道之華而愚之始是以大丈夫處厚不處薄]窮涯。而反。盈量。知歸。[莊子市南子曰君涉於江南而浮於四海望之而不見其涯愈往而不知其所窮送君者皆自涯而反]皇朝以治定制禮功成作樂[禮記曰王者功成作樂治定制禮]思我民譽緝熙帝圖[左氏傳曰晉悼公即位六官之長皆民譽也毛詩曰維清緝熙文王之典帝圖已見上文]雖張曹爭論於漢朝荀摯[至]競爽於晉世[東觀漢記曰張酺拜太尉章帝詔射聲校尉曹褒案漢舊儀制漢禮酺以爲褒制禮非禎祥之特達有似異端之術上疏曰褒不被刑誅無以絕毀實亂道之路臧滎緒晉書曰太尉荀顗先受太祖勑述新禮太康初尚書僕射朱整奏付尚書郎摯虞討論之虞表所宜增損條目改正禮新昔異狀凡十五事左氏傳晏子曰二惠競爽猶可]無以仰模淵旨取則後昆[尚書曰以義制事以禮制心垂裕後昆]每荒服請罪遠夷慕義宣威授指寄宏略理積則神

異端猶多技也

無忤往事感則悅情斯來無是已之心事隔於容諮罕愛憎之情理絶於毀譽造理常若可干臨事每不可奪約已不以廉物弘量不以容非魏文帝典論曰君子謹乎約已弘乎接物魏志孟康薦崔林曰體高雅之弘量謝承後漢書郎顗章曰陛下寬不容非攻乎異端歸之正義論語曰攻乎異端斯害也已公生自華宗世務簡隔魏志曹植上疏曰華宗貴族必應斯與漢書曰嚴安徐樂上書言世務至於軍國遠圖刑政大典既道在廊廟則理擅民宗若乃明練庶務鑒達治體潘尼潘岳碣曰君深達治體垂化三宰懸然天得不謀成心求之載籍翰牘所未紀訊之遺老耳目所不接至若文案自環主者百數皆深文爲吏積習成姦漢書曰張湯務在深文拘守職之吏應劭風俗通曰積習而成不敢

獨否蓄筆削之刑懷輕重之意漢書曰今有司請定法削即削筆即筆張虔曰言隨君意也又曰嚴延年爲涿郡太守掾趙繡按高氏即爲兩劾欲先白其輕者觀延年意焉怒乃出其重劾公秉理照物動必研機晉中興書謝安石上疏曰王恭超登清任當虛心秉理周易曰夫易所以極深研幾當時嗟服若有神道周易曰聖人以神道設教而天下服矣豈非希世之雋民瑚璉之宏器汝南先賢傳曰謝子微高才遠見許劭年十八時乃歎息曰此希世之偉人也論語子貢問曰賜也何如子曰汝器也曰何器也曰瑚璉也昉行無異操才無異能得奉名節迨將一紀魏志董昭謂太祖曰明公樂保名節而無六責一言之譽東陵侔於西山一眄之榮鄭璞踰於周寶路粹爲曹公與孔融書曰邀一言之譽者詐有餘矣莊子曰伯夷死名於首陽之下盜跖死利於東陵之上彼所殉仁義也則俗謂之君子其所殉貨財也則俗謂之小人其所殉一也司馬彪曰東陵陵名今屬濟南也法言曰

統體即通體也
綴賞無地言無所不美也

夷齊無仲尼則西山餓夫列子曰吾師老商氏三年之
後始得夫子一眄而已戰國策應侯曰鄭人謂玉之未
理者爲璞周人謂鼠之未腊者爲璞周人懷璞過鄭問
賈曰欲買璞乎鄭賈曰欲之出其璞示之乃鼠也因謝
而不取高誘曰理治也鼠未燥腊者號之爲璞尚
書曰弘璧琬琰在西序孔安國曰皆歷代傳寶
士感知己懷此何極曹植祭橋玄文曰士
死知己懷此無忘
出入禮闈朝夕舊館十州記曰崇禮闈即尚書上省門崇禮東建禮門
即尚書下舍門然尚書省二門名禮故曰禮闈也
瞻棟宇而興慕撫身名而悼恩孫卿子孔子謂哀公曰吾
入廟仰視榱棟俛見几筵
君以此思哀則哀
將焉而不至矣
公自幼及長述作不倦仲長子昌言
曰子長班固
述作
之士
固以理窮言行事該軍國豈直彫章縟采而已哉説文曰縟繁采
也彩色也
若乃統體必善綴賞無地王彪之賦曰於
是乎統體而詠
之
雖楚趙羣才漢魏衆作曾何足云曾何足云楚有屈
原趙有

秩言改

王儉謂傅季友以來始復見昉甚作文雲全昉改定

荀卿漢則司馬揚雄魏則陳思王粲昉嘗以筆札見知思以薄技效德陸機
表詣吳王曰臣本以筆札見知淮南子曰齊伐楚市偷進謂楚將子發曰臣有薄技願而行之是用綴
緝遺文永貽世範袁宏三國名臣賛序曰風軌德音爲世作範爲如干秩如
干卷所撰古今集記今書七志爲一家言不列于集集
録如左

文選卷第四十六　初四日中　保覽

文選卷第四十七

梁昭明太子撰

文林郎守太子右内率府録事參軍事崇賢館直學士臣李善注上

頌

王子淵聖主得賢臣頌一首

楊子雲趙充國頌一首

史孝山出師頌一首

劉伯倫酒德頌一首

陸士衡漢高祖功臣頌一首

贊

此非頌也覽褒傳但云頌其言並不題爲頌

夏侯孝若東方朔畫贊一首

袁彥伯三國名臣序贊一首

頌

聖主得賢臣頌一首

善曰漢書曰王褒既爲益州刺史王襄作中和樂職宣布詩王襄因奏言褒有軼才上乃徵褒既至詔爲聖主得賢臣頌

王子淵

夫荷旃被毛毳者難與道純緜之麗密應劭曰不知純緜之麗密也瓚以爲純緜羹藜唅糗者不足與論太牢之滋味服虔曰唅音含糗乾食也今臣僻在西蜀生於窮巷之中長於蓬茨之下戰國策張儀曰蜀西僻之國而戎翟之長也風賦曰起於窮巷之間列子曰北宮子庇其蓬室若廣廈之蔭廣雅曰茨覆也無

有游觀廣覽之知顧有至愚極陋之累不足以塞厚望應明旨雖然敢不略陳愚心而抒情素戰國策蔡澤說應侯曰公孫鞅事孝公竭知謀示情素記曰恭惟春秋法五始之要在乎審己正統而已服虔曰恭敬也胡廣曰五始一曰元二曰春三曰王四曰正月五曰公即位夫賢者國家之器用也所任賢則趨舍省而功施普器用利則用力少而就效衆故工人之用鈍器也勞筋苦骨終日矻矻如湻曰矻矻健作貌苦骨切及至巧冶鑄干將之璞清水淬其鋒越砥斂其鍔應劭曰傳曰得一寶劒不如一甌冶甌冶即巧冶也越絕書曰楚王召風胡子而問之曰寡人聞吳有干將越有甌冶願請此二人爲鐵劒吳越春秋曰干將者吳人造劒二枚一曰干將二曰莫耶郭璞三蒼解詁曰焠作刀鋻也焠子妹切鋻工練切說文云鍔劒刃也晉灼曰砥石出南昌故曰越砥

篲掃也氾灑也塗泥也此四字為兩事 氾灑也方言文饒為師古說

孟康注良馬低頭口至膝替齧膝

水斷蛟龍陸剸犀革胡非子曰負長劒赴榛薄析兕豹赴深淵斷蛟龍字林曰剸截也漢書音義曰剸章兗切忽若篲氾畫塗如淳曰若以篲掃於氾灑之處也篲音遂塗路也如此則使離婁督繩公輸削墨雖崇臺五層延袤百丈而不溷者工用相得也孟子曰離婁之明趙岐曰古之明目者也黃帝時人鄭玄禮記注曰公輸若匠師也般若之族多伎巧者也史記曰蒙恬築長城延袤萬餘里王逸楚辭注曰溷亂也胡困切庸人之御駑馬亦傷吻斃策而不進於行胷喘膚汗人極馬倦及至駕齧膝驂乘旦應劭曰馬怒有餘氣常齧膝而行也張晏曰齧膝乘旦皆良馬名也駕則旦至故以爲名王良執靶韓哀附輿張晏曰王良郵無卹也世本云韓哀侯作御也時已有御此復言之加其精巧也音義或曰靶音霸謂轡也縱騁馳騖忽如影靡過都越國蹶如歷塊追奔電逐遺風遺風風之疾者也周流

陸士衡五等論注引齊桓作齊侯

入極萬里一息何其遼哉人馬相得也故服絺綌之凉者不苦盛暑之鬱燠論語曰當暑袗絺綌孔安國曰絺綌葛也襲狐貉之煖者不憂至寒之淒愴論語曰狐貉之厚以居何則有其具者易其備賢人君子亦聖王之所以易海内也是以嘔一侯切喻受之應劭曰嘔喻和悦貌開寬裕之路以延天下之英俊也夫竭智附賢者必建仁策索人求士者必樹伯迹昔周公躬吐握之勞故有圄空之隆韓詩外傳曰成王封伯禽於魯周公誡之曰無以魯國驕士吾一沐三握髮一飯三吐哺猶恐失天下之士也文子曰法寬刑緩囹圄空虛齊桓設庭燎之禮故有匡合之功韓詩外傳曰齊桓公設庭燎為士之欲造見者朞年而士不至於是東野人有以九九見者桓公使戲之曰九九足以見乎鄙人曰臣不以九九足以見也臣聞君設庭

燎以待士朞年而士不至夫士之所以不至者君天下之賢君也四方之士皆自以爲不及君故不至也夫九九薄能而君猶禮之況賢於九九者乎桓公曰善乃禮之朞月四方之士相選而並至矣論語子曰管仲相桓公一匡天下民到于今受其賜又子曰桓公九合諸侯不以兵車管仲之力也由此觀之君人者勤於求賢而逸於得人臣亦然呂氏春秋曰賢主勞於求賢而逸於治事昔賢者之未遭遇也圖事揆策則君不用其謀陳見悃誠則上不然其信郭璞三蒼解詁曰悃誠信也苦本切進仕不得施效斥逐又非其愆是故伊尹勤於鼎俎太公困於鼓刀魯連子曰伊尹負鼎佩刀以干湯得意故尊宰舍尉繚子曰太公屠牛朝歌文子曰伊尹負鼎而干湯呂望鼓刀而入周百里自鬻甯戚飯牛離此患也孟子萬章問曰或曰百里奚自鬻於秦要秦穆公信乎孟子曰不然好事者爲之也甯戚飯牛已見鄒陽上書及其遇明君遭聖主

也運籌合上意諫諍則見聽進退得關其忠任職得行其術去卑辱奥渫而升本朝離蔬釋蹻而享膏粱張晏曰奥幽也渫狎也辱汙也如淳曰奥音郁應劭曰離此蔬食釋此木屩蹻案屩以繩爲屣也國語欒伯請公族大夫膏粱之性難正也賈逵曰膏肉之肥者粱食之精者言其食肥美者率驕放其性難正也剖符錫壤而光祖考傳之子孫以資説士故世必有聖智之君而後有賢明之臣虎嘯而谷風洌龍興而致雲氣周易曰雲從龍風從虎管輅別傳曰龍者陽精以潜于陰幽靈上通和氣感神二物相扶故能興雲虎者陰精而居于陽依木長嘯動於巽林二數相感故能運風蟋蟀俟秋吟蜉蝣出以陰易通卦驗曰立秋蜻蛚鳴蔡邕月令章句曰蟋蟀蟲名世謂之蜻蛚也毛詩傳曰蜉蝣渠略也又蟲魚疏曰渠略甲下有翅能飛夏月陰時出地中易曰飛龍在天利見大人乾卦之辭也龍以喻大人言龍飛在天

喻聖人之德顯故天下萬物而利見之王肅曰大人在位之日也詩曰思皇多士生此王國毛詩大雅文也毛萇曰皇天也鄭玄曰思願也願天多生賢人於邦故世平主聖俊乂將自至若堯舜禹湯文武之君獲稷契皐陶伊尹呂望之臣明明在朝穆穆列布尚書曰厥后惟明明又曰則以穆穆在乃位聚精會神相得益章雖伯牙操遞鍾蓬門子彎烏號猶未足以喻其意也晉灼曰遞音迭遞之遞二十四鍾各有節奏聲之不常故曰遞鍾瓚以爲楚辭曰奏伯牙之號鍾馬融長笛賦曰號鍾高調號鍾琴名也謂伯牙以善鼓琴不說能擊鍾也且漢書多借假或以遞爲號不得便以迭遞判其音也善曰孫卿子曰羿蠭門善服射者也吳越春秋陳音曰黃帝作弓後有楚狐父以其道傳羿羿傳逢蒙漢書曰黃帝鼎成龍迎黃帝黃帝上騎小臣持龍髯拔墮墮黃帝之弓百姓仰望黃帝龍髯弓號故名其弓曰烏號故聖主必待賢臣而弘功業俊士亦俟明

○别本作喣舊音吁

主以顯其德上下俱欲懽然交欣千載一會論說無疑翼乎如鴻毛遇順風沛乎若巨魚縱大壑春秋保乾圖曰神明之應疾於倍風吹鴻毛其得意如此則胡禁不止曷令不行化溢四表橫被無窮遐夷貢獻萬祥必臻是以聖主不徧窺望而視已明不殫傾耳而聽已聰恩從祥風翱德與和氣游太平之責塞優游之望得為君之道冀太平而優游今已太平是責塞也今已優游是望得也史記泄公曰今王已出吾責塞尚書大傳曰周公作樂優游三年遵游自然之勢恬淡無為之塲莊子曰夫恬淡寂寞虛無無為此天地之平而道德之至休徵自至壽考無疆雍容垂拱永永萬年尚書曰垂拱而天下治何必偃仰詘信若彭祖呴噓呼吸如喬松眇然絕俗離世哉莊子

曰吹呴呼吸吐故納新熊經鳥伸爲壽而已矣彭祖壽考者之所好也列仙傳曰王子喬好吹笙道人浮丘公接以上嵩山又曰赤松子者神農時雨師也至崑崙山上常止西王母石室中詩曰濟濟多士文王以寧蓋信乎其以寧也

趙充國頌一首 漢書曰成帝時西羌常有警上思將帥之臣追美充國乃召黃門郎楊雄即充國圖畫而頌之

楊子雲

明靈惟宣戎有先零漢書曰諸羌先零豪然先零羌別號先零猖狂侵漢西疆漢書宣紀曰元鳳元年西羌反漢命虎臣惟後將軍毛詩曰進厥虎臣闞如虓虎漢書曰昭帝時擢充國爲後將軍整我六師是討是震漢書曰遣後將軍趙充國擊西羌毛詩曰整我六師以脩我戎又曰徐方震驚既臨其域諭以威德漢書曰充國至西部都尉府欲以威信招降罕开乃上疏曰因田致穀威德兼行有守矜功謂之弗克應劭

任彦昇奏彈曹景宗注引亢作佽

曰酒泉太守辛武賢言充國屯田之便不如擊之論語讖曰重耳反譎伐德矜功請奮其旅于罕之羌韋昭曰罕羌名也蘇林曰在金城南武賢言但擊罕羌先零自降也天子命我從之鮮陽應劭曰宣帝使充國共討罕开於鮮水陽營平守節屢奏封章漢書曰充國封營平侯屢奏封章言屯田之便不從武賢之策料敵制勝威謀靡亢制勝已見張景陽雜詩遂克西戎還師于京漢書曰充國奏言凡斬首七千六百級降者三萬一千二百請罷屯兵奏可充國振旅而還鬼方賓服罔有不庭毛詩曰內奰于中國覃及鬼方毛萇曰鬼方遠方也世本注曰鬼方於漢則先零戎是也尚書曰惟周王四征弗庭昔周之宣有方有虎詩人歌功乃列于雅詩小雅曰方叔莅止其車三千又大雅曰江漢之滸王命召虎在漢中興充國作武赳赳桓桓亦紹厥後毛詩曰赳赳武夫公侯干城尚書曰武王曰勗哉夫子尚桓桓

出師頌一首范曄後漢書曰鄧騭字昭伯女弟爲和熹皇后安帝立騭爲虎賁中郎將封上蔡侯涼部叛羌搖蕩西州詔騭將兵擊之車駕幸平樂觀餞送騭西屯漢陽征西校尉任尚與羌戰大敗之遣中郎將迎拜騭爲大將軍既至大會羣臣賜以束帛乘馬

史孝山范曄後漢書曰王莽末沛國史岑字孝山以文章顯文章志及集林今書七志並同皆載岑出師頌而流別集及集林又載岑和熹鄧后頌并序計莽之末以訖和熹百有餘年又東觀漢記東平王蒼上光武中興頌明帝問校書郎此與誰等對云前世史岑之比斯則莽末之史岑明帝之時已云前世不得爲和熹之頌明矣然蓋有二史岑字子孝者仕王莽之末字孝山者當和熹之際但書典散亡未詳孝山爵里諸家遂以孝山之文載於子孝之集非也騭則鄧后之兄元舅則騭也

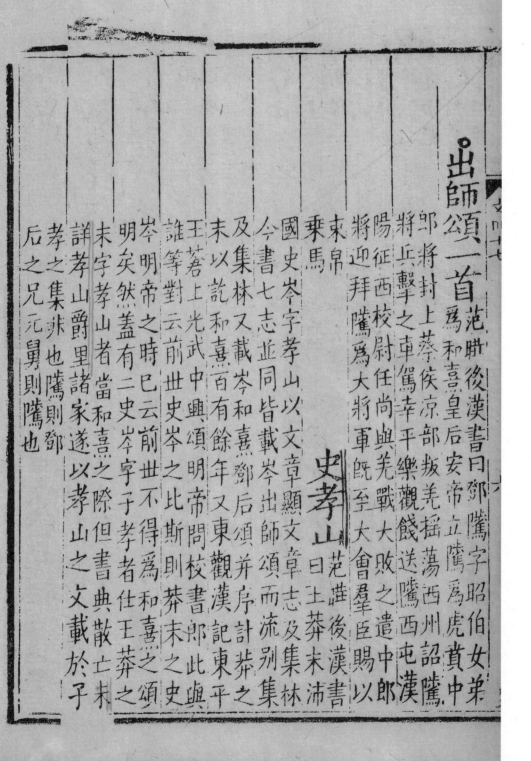

天命中易謂漢厄三七之間然此數語太草次

茫茫上天降祚有漢兆基開業人神攸贊五曜霄映素靈夜歎皇運來授萬寶增煥漢書曰元年冬十月五星聚于東井沛公至霸上應劭曰五星所在其下以義取天下也又曰高祖夜經澤中有大蛇當徑拔劍斬蛇蛇分為兩後人至蛇所有一嫗夜哭人問嫗嫗曰吾子白帝子化為蛇當道今者赤帝子斬之也歷紀十二天命中易漢書曰漢起元高祖終于孝平王莽之誅十有二世也西零不順東夷遘逆西零即先零也乃命上將授以雄戟子虛賦曰建干將之雄戟桓桓上將寔天所啓桓桓已見上文左氏傳晉侯賜畢萬魏卜偃曰以是始賞天啓之矣允文允武明詩悅禮毛詩曰允文允武昭格烈祖左氏傳趙衰曰郤穀說禮樂而敦詩書憲章百揆為世作楷禮記曰仲尼憲章文武尚書曰納于百揆禮記曰今世行之後世以為楷昔在孟津惟師尚父尚書曰武王伐殷師渡孟津毛詩曰維師尚父時惟鷹揚諒彼武王素旄一麾渾一

區宇鬻子曰武王伐紂乃命太公把旄以麾之紂軍反走尚書曰王右秉白旄以麾蒼生更始朔風變楚蒼生猶黔首也尚書曰至于海隅蒼生朔北方也楚南方也史記子貢問樂曰舜彈五絃之琴歌南風之詩而天下治紂爲朝歌北鄙之音身死國亡何也夫南風之詩者生長之音舜樂好之故天下治也夫北者敗也鄙者陋也紂樂好之故身死國亡薄伐玁狁至于太原毛詩小雅文也鄭玄曰薄伐言逐出之而已詩人歌之猶歎其艱況我將軍窮城極邊鼓無停響旗不蹔褰澤霑遐荒功銘鼎鉉禮記曰夫鼎者有銘銘者論譔其先祖之德美功烈勳勞而酌之祭器自成其名焉周易曰鼎金鉉我出我師于彼西疆毛詩曰我出我車于彼牧矣天子餞我路車乘黃言念伯舅恩深渭陽毛詩序曰渭陽康公念母也我見舅氏如母存焉又曰我送舅氏曰至渭陽何以贈之路車乘黃介珪既削列壤酬勳毛詩曰錫爾介珪以作爾寶今我將軍啓土

上郡尚書曰建邦啓土也傳子傳孫顯顯令問毛詩曰假樂君子顯顯令德又曰令問令望

酒德頌一首

劉伯倫臧榮緒晉書曰劉伶字伯倫沛國人也志氣曠放以宇宙爲狹著酒德頌爲建威參軍卒以壽終

有大人先生以天地爲一朝萬期爲須臾日月爲扃牖八荒爲庭衢行無轍迹居無室廬老子曰善行無轍迹馬融琴賦曰游閑公子中道失志居無室廬罔所自置幕天席地縱意所如止則操巵執觚動則挈榼提壺說文曰榼酒器也苦闔切唯酒是務焉知其餘有貴介公子搢紳處士左氏傳曰伯州黎謂鄭皇頡曰夫子爲王子圍寡君之貴介弟也司馬相如封禪書曰因雜搢紳先生之略術臣瓚曰縉赤白色紳大帶應劭風俗通曰處士者隱居放言聞吾

風聲議其所以乃奮袂攘襟怒目切齒〔北征賦曰遂奮袂而北征戰國策張儀說魏王曰天下游士莫不瞋目切齒〕陳說禮法是非鋒起〔春秋感精符曰禍亂鋒起君若贅旒〕先生於是方捧甖承槽銜杯漱醪〔劉熙孟子注曰槽者齊俗名之如酒槽也〕奮髯踑踞枕麴藉糟〔漢書曰朱博遷琅邪齊部舒緩博奮髯抵几曰觀齊兒欲以爲俗耶又曰尉佗魋結箕倨〕無思無慮其樂陶陶兀然而醉豁爾而醒靜聽不聞雷霆之聲熟視不覩泰山之形不覺寒暑之切肌利欲之感情〔莊子曰知反於帝宮見黃帝而問焉曰何思何慮則知道黃帝曰無思無慮始知道毛詩曰君子陶陶〕俯觀萬物擾擾焉如江漢之載浮萍〔廣雅曰擾擾亂也焉如猶何如也〕二豪侍側焉如蜾蠃之與螟蛉〔二豪公子處士也隨已而化類蜾蠃之變螟蛉也法言曰螟蛉之子蜾蠃祝之曰類我類我久則肖之矣速哉七十〕

下焉乃也

晉已貴時妄學嵇阮者皆劉伶而笑嵇含而識者也

主陵上當從沛字

侯上當從武字

子之化仲尼也李軌曰螟蛉桑蟲也蜾蠃蜂蟲也肖類也蜂蟲無子取桑蟲蔽而殪之幽而養之祝曰類我久則化而成蜂蟲矣速疾哉二三子受學仲尼之化疾也

漢高祖功臣頌一首　陸士衡

相國鄼文終侯沛蕭何相國平陽懿侯沛曹參太子少傅留文成侯韓張良丞相曲逆獻侯陽武陳平楚王淮陰韓信梁王昌邑彭越淮南王六黥布趙景王大梁張耳韓王韓信燕王豐盧綰長沙文王吴芮荆王沛劉賈太傅安國懿侯王陵左丞相絳武侯沛周勃相國舞陽侯沛樊噲右丞相曲周景侯高陽酈商太僕汝陰文侯沛夏侯嬰丞相潁陰懿侯睢陽灌嬰代丞相陽陵景侯

城言改

凡四言韻文當以遒健矯壯處爲法

魏傅寬車騎將軍信武肅侯靳歙大行廣野君高陽酈食其中郎建信侯齊劉敬太中大夫楚陸賈太子太傅稷嗣君薛叔孫通魏無知護軍中尉隨何新成（城）三老董公轅生將軍紀信御史大夫沛周苛平國君侯公右三十一人與定天下安社稷者也頌曰

芒芒宇宙上墋下黷天以清爲常地以靜爲本今上墋下黷言亂常也墋不清澄之貌也楚錦切國語觀射父曰民神異業敬而不黷賈逵曰黷媟也波振四海塵飛五岳波振塵飛以喻亂也九服徘徊三靈改卜周書曰乃辨九服之國春秋元命苞曰造起天地鑄演人君通三靈之貺交錯同端赫矣高祖肇載天祿尚書曰天祿永終沈跡中鄉飛名帝錄中鄉即中陽里也漢書曰高祖中陽里人尚書璇璣鈐孔子曰五帝出受錄圖慶

文四十七　八

後注

雲應輝皇階授木 漢書范增謂項羽曰吾使人望沛公其氣皆爲龍成五色此天子氣急擊之勿失春秋孔演圖曰天子皆五帝精必有諸神扶助使開階立遂宋均曰遂道也春秋保乾圖曰黑帝治八百歲運極而授木蒼帝七百二十歲而授火言漢之歷運爲周木德所授也

龍興泗濱虎嘯豐谷 尚書序曰漢室龍興漢書曰高祖爲泗上亭長淮南子曰虎嘯而谷風至漢書曰高祖居沛豐

彤雲晝聚素靈夜哭 漢書曰高祖隱於芒碭山澤間呂后求常得之高祖怪問呂后后曰季所居上常有雲氣故從往常求得季形丹色也素靈夜哭已見上文

金精仍頹朱光以渥 漢書郊祀志曰秦襄公自以居西主少昊之神作西畤祠白帝至獻公時櫟陽雨金以爲瑞又作畦時祠白帝少昊金德也朱光謂漢也殺之者明漢當滅秦也

萬邦宅心駿民效足 尚書曰宅心知訓又曰俊民用章曹植與陳琳書曰驥騄不常一步應良御而効足

堂堂蕭公王迹是因 蕭何爲丞相故曰公論語曾子曰堂堂乎張也難與並爲仁矣

綢繆叡后無競維人

毛詩曰無競維人四方其訓之外濟六師內撫三秦漢書曰漢王與諸侯擊楚何守關中漢王數失軍何常與關中卒輒補缺應劭曰章邯爲雍王司馬欣爲塞王董翳爲翟王分王秦地故曰三秦拔奇夷難邁德振民漢書曰何進韓信漢王以爲大將軍黥布反上自將擊之使使問相國何爲曰爲上在軍拊循百姓尚書曰咎繇邁種德周易曰君子以振民毓德體國垂制上穆下親周禮曰惟王建國體國經野班固蕭何述曰營都立官定制修文然重威則上穆刑約則下親名蓋羣后是謂宗臣班固漢書贊曰蕭何曹參位冠羣后聲施後世爲一代之宗臣張晏曰宗臣國所宗也平陽樂道在變則通論語曰貧而樂周易曰易窮則變變則通爰淵爰嘿有此武功莊子曰君子淵默而雷聲毛詩曰文王受命有此武功長驅河朔電擊壤東漢書曰秦將王離圍鉅鹿參擊王離軍成陽南大破之又擊三秦軍壤東破之文穎曰壤東地名也班固漢書述曰長驅大舉電擊雷震協策淮陰亞迹蕭公漢書曰魏王豹

反黍以假丞相別與韓信東攻魏將孫遬大破之又從韓信擊趙大破之又從韓信擊龍且大破之又曰謁者鄂秋曰位次蕭何第一曹參次之

文成作師通幽洞冥

漢書張良終謚曰文成侯又曰張良從容步游下邳圯上有老父出一編書曰讀是則爲王者師

永言配命因心則靈

毛詩曰永言配命自求多福又曰維此王季因心則友

窮神觀化望影揣情

周易曰窮神知化德之盛也史記太史公曰虞卿斷事揣情爲趙畫策鬼谷子曰測深揣情

鬼無隱謀物無遯形武關是闢鴻門是寧

漢書曰漢王與良西入武關良曰臣聞秦將屠者賈豎易動以利今持重寶啗秦將秦將果欲連和沛公欲聽之良曰此其將欲叛士卒恐不從不如因其解擊之沛公乃擊秦軍大破之又曰項羽至鴻門欲擊沛公良因要項伯見沛公沛公令伯具言沛公不敢背項王項羽意乃解周易曰人謀鬼謀百姓與能

隨難滎陽即謀下邑

隨難滎陽見下文漢書曰漢王兵還至下邑漢王曰吾欲捐關以東誰可與共功者良曰九江王英布楚梟將彭越反梁地此兩人可急

使韓信可屬大事當一面即欲捐之此三人楚可破也銷印惎忌廢推齊勸立漢書曰項羽急圍漢王滎陽酈食其曰誠復立六國後楚必斂衽而朝漢王曰善趣刻印先生行佩之良曰誰爲陛下畫此計者陛下大事去矣且楚唯無彊六國復撓而從之陛下焉得而臣之漢王曰趣銷印後韓信破齊欲自立爲齊王漢王怒良勸漢王因封之班固漢書述張良曰推齊銷印驅致越信運籌固陵定策東襲三王從風五侯允集漢書曰漢王與齊王信魏相國彭越期會擊楚至固陵不會漢王謂張良曰諸侯不從奈何良曰今能取睢陽以北至穀城以王彭越從陳以東傅海與齊王信則楚易敗也於是韓信彭越皆引兵來黥布隨劉賈皆會項羽敗自刎淮南子曰施于寡妻至于兄弟天下從風漢書曰漢王用良計諸侯皆至史記曰漢部五諸侯兵東伐楚又蘇秦曰梁從風而動霸楚寔喪皇漢凱入周禮曰師有功則愷樂怡顏高覽彌翼鳳戢託迹黃老辭世卻粒史記良曰願弃人間事從赤松子游耳乃學辟穀導引輕身曲逆宏達好

謀能深西都賦曰大雅宏達
論語子曰好謀而成遊精杳漠神迹是尋重玄
匪奧九地匪沈重玄天也鄧析子曰
九地之下重天之巔伐謀先兆擠（濟）響于
音言將伐其謀先其未兆欲墜其響在於爲音然兆爲
謀始響爲音初也孫子曰上兵伐謀其次伐交鶡冠
子曰音者所以調聲也未
聞音出而響過其聲者也奇謀六奮嘉慮四迴漢書曰
陳平凡
六出奇計或頗秘之世莫得聞宋仲子法言注曰張良
爲高祖畫策六陳平出奇策四皆權謀非正也然機之
此言有符仲子之說未詳
相承而誤或別有所憑也規主於足離項于懷格人乃
謝楚翼寔摧漢書曰淮陰侯破齊王使使來言漢王漢
王怒而罵平躡漢王漢王寤乃厚遇齊使
音義曰躡謂平躡漢王足也漢書陳平曰項羽骨鯁之
臣亞父鍾離眛龍且周殷之屬不過數人大王捐數萬
金行反間間其君臣破楚必矣漢王以爲然反間既行
羽果疑亞父亞父去發病死尚書曰格人元龜罔敢知
吉韓王窘執胡馬洞開漢書曰人有上書告楚王韓信
反陳平曰陛下第出僞遊雲夢

信聞天子以好遊出其勢必郊迎謁陛下因禽之此特萬卌之事也高祖以爲然信果郊迎即執縛之毛萇詩
傳曰窘困也漢書曰上至平城爲匈奴所圍高祖用平奇計使單于閼氏解圍以得出迎文以謀
哭高以哀漢書曰呂太后崩平與太尉勃合謀誅諸呂立文帝平本謀也又曰高帝崩平馳至宮哭
殊悲灼灼淮陰靈武冠世策出無方思入神契孔安國尚書傳曰神
妙無方蔡邕李咸碑曰明略兼洞與神合契奮臂雲興騰迹虎噬凌險必夷
摧剛則脆呂氏春秋曰凡兵之用也攻亂則脆肇謀漢濱還定渭表漢書蕭何
謂高祖曰必長王漢中無所事信必欲爭天下非信無可與計事者漢王乃拜信大將軍信說漢王曰今王舉
兵而東三秦可傳檄而定也漢王喜遂聽信計舉兵出陳倉定三秦京索既扼引師北討
漢書曰漢擊楚彭城漢兵敗散而還信復發兵與漢王會滎陽復擊破楚京索間齊趙魏皆反與楚和以信爲
左丞相擊魏濟河夷魏登山滅趙漢書曰信遂進擊魏魏盛兵蒲坂塞臨晉信乃益爲

疑兵陳船欲渡臨晉而伏兵從夏陽以木罌缻渡軍襲安邑虜魏王豹信請北舉燕趙選輕騎二千人人持一赤幟從間道登山而望趙軍戒曰趙見我走必空壁逐我若疾入拔趙幟立漢幟後趙空壁爭漢鼓旗奇兵馳入趙壁皆拔趙幟立漢赤幟趙卒見之大驚遂亂走禽趙王歇

威亮火烈。勢踰風掃。孫子曰兵以詐立以利動以分合而爲變者也故其疾如風侵掠如火則彼三軍可奪氣將軍可奪心此用兵之法也

拾代如遺。偃齊猶草。漢書曰信進擊代禽夏說閼與李奇曰代相也孟康曰音焉預邑名也漢書曰信發趙兵未發者擊齊信引兵東遂渡河襲齊歷下軍至臨菑齊王走高密又梅福上書曰高祖取楚如拾遺論語曰草上之風必偃

二州肅清四邦咸舉據禹貢九州之屬魏趙屬冀州齊代屬青州四邦魏代趙齊也

乃眷北燕遂表東海漢書曰信用廣武君策發使使燕燕從風而靡又曰信平齊使人言于漢王齊夸詐多變反覆之國不爲假王以鎮之其勢不定請自立爲假王漢王乃遣張良立信爲齊王表東海已見九錫文

克滅龍且爰取其旅漢書曰齊王走高密使使于楚

別本

楚使龍且救齊與信夾濰水陣信乃夜令人爲萬餘囊盛沙以壅水上流引軍半渡擊龍且佯不勝還走龍且果喜曰固知信怯遂追渡水信使人決壅囊水大至龍且軍太半不得渡即急擊殺龍且楚卒皆降之劉項懸命人謀是與漢書蒯通說信曰當今之時兩主縣命於足下足下爲漢則漢勝與楚則楚勝人謀已見上文念功惟德辭通絕楚漢書曰項王使盱眙人武涉往說信曰足下何不與楚連和三分天下而王齊信辭曰人信親我背之不祥蒯通知天下權在信深說以三分天下之計信自以功大漢不奪我齊遂不聽尚書曰惟帝念功彭越觀時弢韜迹匿光人民具爾瞻翼爾鷹揚杜預左氏傳注曰韜藏弢與韜古字通也毛詩曰赫赫師尹人具爾瞻又曰維師尚父時維鷹揚威凌楚域質委漢王靖難河濟即宮舊梁漢書曰漢使人賜越將軍印綬使下濟陰以擊楚大敗楚軍拜越爲魏相國漢敗彭城越皆亡其所下城獨將其兵北居河上往來爲漢王游兵擊楚絕其糧於梁地項籍死封越爲梁王都定陶禮記孔悝爲鼎銘曰即宮於宗周烈

烈烈黥布，眈眈其眄。漢書曰黥布姓英氏項梁定會稽布以兵屬之周易曰虎視眈眈名
冠彊楚，鋒猶駭電。漢書曰楚兵常勝功冠諸侯者以布數以少敗衆覩幾蟬蛻
悟主革面。漢書曰漢王使隨何說布布間行與何歸漢淮南子曰蟬飲不食三十日而蛻周易曰小
人革面以從君也肇彼梟風，翻爲我扇。漢書曰上立布爲淮南王與擊項籍天命
方輯，王在東夏。東夏即陽夏也漢書曰漢王追項羽至陽夏南矯矯三雄，至于
垓下。三雄韓信彭越英布漢書曰漢王發使使韓信彭越至皆引兵來黥布隨劉賈皆會圍羽垓下毛詩
曰矯矯虎臣也元凶既夷，寵祿來假。元凶謂項羽班固漢書張湯述曰既成寵祿亦罹咎
慝保大全祚，非德孰可。左氏傳楚子曰保大定功班固漢書張湯述曰子孫遵業全祚
保國謀之不臧，舍福取禍。毛詩曰謀之不臧則具是依左氏傳劉子曰能者養之以福不
能者敗以取禍張耳之賢，有聲梁魏。漢書曰張耳大梁人也少時及魏公子毋忌爲客毛

詩曰文王有聲士也罔極。自詒伊愧。漢書曰張耳陳餘相與爲刎頸交耳與趙王歇走入
鉅鹿王離圍之餘自度兵少不敢前後耳得出鉅鹿責餘餘怒脫印綬與耳耳佩其印綬後餘以兵襲耳耳敗
走毛詩曰士也罔極二三其德又曰心之憂矣自詒伊慼詒音怡俯思舊恩仰察五緯
漢書耳曰漢王與我有故而項王强立我我欲之楚甘公曰漢王之入關五星聚東井先至必王耳走漢易乾
鑿度曰五緯順軌四時和肅脫迹違難披榛來洎改策西秦報辱北
冀漢書曰漢定三秦方圍章邯廢丘耳謁漢王又曰漢遣張耳與韓信擊破趙井陘斬餘泜水上追殺趙王
歇於襄國泜音祗悴葉更輝枯條以肄以木爲喻也漢書曰漢立耳爲趙王毛萇詩傳
曰斬而復生曰肄王信韓孽宅士開疆我圖爾才越遷晉陽漢書
曰韓王信故韓襄王孽孫也漢立信爲韓王上以信壯武乃更以太原郡爲韓國徙信以備胡都晉陽毛萇詩
曰我圖爾居盧綰自微婉孌我皇漢書曰高祖與綰壯學書又相愛也班固漢書述哀

紀曰婉孌董公惟亮天工蹻功。踰德。祚爾。輝章。漢書曰群臣知上欲王綰皆曰綰可王上乃立綰爲燕王章印章也人之貪禍寧爲亂亡漢書曰高祖崩綰遂將其衆亡入匈奴死胡中毛詩曰民之貪亂寧爲荼毒鄭玄曰天下之民苦王之政欲其亂亡也吳芮之王祚由梅鋗功微。勢弱。世載。忠賢。漢書曰天下之初叛秦吳芮率越人舉兵以應諸侯沛公攻南陽遇芮之將梅鋗與偕攻析酈上以鋗有功武關故德芮徙爲長沙王高祖賢之詔御史長沙王忠其著之甲令音義曰鋗呼玄切酈持益切肅肅荊王董我三軍漢書劉賈將貳萬人騎數百擊楚孔安國尚書傳曰董督也我圖四方殷薦其勳漢書曰漢王追項籍至固陵賈使人間招楚大司馬周殷周殷反楚佐賈庸親作勞舊楚是分往踐厥宇大啓淮墳漢書曰高祖子弟弱昆弟少欲王同姓以鎮天下詔立賈爲荊王王淮東毛詩曰鋪敦淮墳亡安國違親悠悠我思依依哲母既明且慈引身伏劍永言

像識二字依文選理学權輿所列增

固之漢書曰王陵以兵屬漢項羽取陵母寘軍中陵使至則東鄉坐陵母欲以招陵陵母私送使者泣曰爲老妾語陵善事漢王漢王長者也無以老妾故持二心妾以死送使者遂伏劍而死毛詩曰青青子佩悠悠我思淑人君子實邦之基毛詩曰淑人君子其儀不忒又曰樂只君子邦家之基義形於色憤發于辭漢書曰陵爲人少文任氣好直言高后欲立諸呂爲王問陵陵曰高皇帝刑白馬而盟曰非劉氏而王者天下共擊之今王呂氏非約也公羊傳曰孔父可謂義形於色矣主亡與亡末命是期主亡與亡已見任昉爲范雲立太宰碑表絳侯質木多略寡言漢書曰周勃爲人木強敦厚論語摘輔曰子然公順多略曾是忠勇惟帝攸歎漢書曰始呂后問宰相高祖曰安劉氏者必勃也雲驚靈丘景逸上蘭平代禽豨奄有燕韓漢書曰陳豨反勃復擊豨靈丘破之斬豨定代郡九縣燕王盧綰反勃破綰軍上蘭定上谷右北平遼西遼東寧亂以武斃呂以權漢書曰高后崩呂產秉權欲危劉氏勃與丞相

平誅諸呂左傳樂桓子謂范宣子曰夫尅亂在權滌穢紫宮徵帝太原漢書曰勃已滅諸呂遂共迎立代王是爲孝文皇帝勃又曰臣無功請得除宮乃與太僕滕公入宮載少帝出乃奉天子法駕迎皇帝代邸張衡羽獵賦曰開閶闔兮坐紫宮實惟太尉劉宗以安漢書曰惠帝以勃爲太尉安劉氏巳見上文挾功震主自古所難漢書蒯通說韓信曰功畧震主者身危勳耀上代身終下藩漢書上曰丞相朕所重其爲朕率列侯之國乃免丞相就國薨舞陽道迎延帝幽藪漢書曰陳勝初起蕭何曹參使噲求高祖迎立爲沛公范曄後漢書順帝詔曰張揖竄迹幽藪宣力王室匪惟厥武揔干鴻門披闥帝宇聳顔誚項掩淚悟主漢書曰項羽在鴻門亞父謀欲殺沛公樊噲聞事急乃持楯入曰沛公先入定咸陽以待大王大王聽小人之言與沛公有隙臣恐天下解心疑大王也項羽默然高祖甞病惡見人臥禁中詔戶者無得入羣臣噲乃排闥直入流涕曰始陛下與臣等起豐沛定天下何其壯也今天下已定又何

蔥也高帝笑而起尚書帝曰余欲宣力禮記子曰惣干
而山立武王事也班固漢書贊曰金日磾以篤敬悟主
忠信自著曲周之進于其哲兄俾率爾徒從王于征漢書曰酈食其
進其弟商使將數千人從沛公略地漢書谷
永謝王鳳曰察父哲兄覆青子弟誠無以加振威龍蛻
攄武庸城六師寔因克荼禽黥漢書曰燕王荼反商以將軍從擊荼戰龍蛻破
荼軍音義或曰龍脫地名也音奪漢書曰商又從擊黥
布兩陳以破布軍又曰布軍與上兵遇蘄西上乃壁庸
城巀展曰地名也猗歟汝陰綽綽有裕毛詩曰猗與那與又曰此令兄弟綽綽有裕
戎軒肇迹荷策來附漢書曰上降沛爲沛公以嬰爲太僕常奉車馬煩轡殆
不釋擁樹皇儲時乂平城有謀漢書曰嬰從擊項籍漢王不利馳去見孝惠魯
元載之漢王急馬罷取兩兒弃之嬰常收載行面擁樹
馳晉灼曰今京師謂抱小兒爲擁樹漢書曰平城之難
冒頓乃開一角高帝出欲馳嬰固
請除行弩皆持滿外鄉卒以得脫潁陰銳敏屢爲軍鋒

奮戈東城禽項定功漢書曰項籍敗垓下去嬰追籍至東城破之所將卒斬籍乘
風藉響高步長江收吴引淮光啓于東漢書曰嬰渡江定吴還定淮北
呂氏春秋曰順風而呼聲乃加疾所因便也左氏傳宋向戌曰光啓寡君群臣安矣陽陵之勳元
帥是承漢書曰傅寬屬淮陰擊破齊歷下軍屬丞相叅殘博信武薄伐揚節江陵
夷王殄國俾亂作懲漢書曰靳歙別定江陵身得江陵王致雒陽上林賦曰揚節上浮毛
詩曰戎狄是膺荊舒是懲悏悏廣野誕節令圖進謁嘉謀退守名都
東窺白馬北距飛狐即倉敖庾據險三塗漢書曰漢王數困滎陽成
臯計欲捐成臯以東屯鞏雒以距楚酈食其曰願足下急進兵收取滎陽據敖庾之粟塞成臯之險杜太行之
道距飛狐之口守白馬之津以示諸侯形制之勢則天下歸矣老子曰天網悏悏班固漢書述曰陳湯誕節救
在三哲尚書曰爾有嘉謀嘉猷杜預左氏傳注曰三塗在河南陸渾縣南輶軒東踐漢風載

徂。漢書曰燕趙已定唯齊未下上使酈食其說齊齊王田廣以爲然罷歷下兵守備身死于齊。非說之辜。漢書曰韓信聞食其下齊乃襲齊齊王田廣聞漢兵至以爲食其賣已乃亨食其我皇是念言祚爾孤。漢書曰高祖舉功臣思食其封其子爲高梁侯建信委輅被褐獻寶漢書婁敬脫輅見虞將軍曰臣願見上言便宜事虞將軍欲與鮮衣敬曰臣衣帛衣帛見衣褐衣褐見不敢易衣虞將軍入言於上上召見指明周漢銓時論道移帝伊洛。定都酆鎬。漢書婁敬謂上曰陛下取天下與周異而都雒陽不便不如入關據秦之固是日車駕西都長安班固漢書婁敬述曰敬繇役夫還京定都聲類曰銓所以稱物也柔遠鎮邇寔敬攸考。毛詩曰柔遠能邇以定我王爾雅曰考成也抑抑陸生知言之貫毛詩曰抑抑威儀維德之隅漢書武詔曰詩云九變復貫知言之選應劭曰言變改復禮合於先王舊貫選善也往制。勁越來訪皇漢。漢書曰中國初定尉他平南越因王之高祖使賈賜佗印爲南越王賈卒拜佗

爲南越王令稱臣奉漢約歸報高帝大悅爾雅曰訪謀也附會平勃夷凶翦亂漢書曰諸
呂欲危劉氏陳平患之賈說平曰天下安注意於相危注意於將將相和天下雖有變權不分君何不交驩太
尉深相結平乃以五百金爲絳侯壽太尉勃亦報如之則呂氏謀益壞及誅呂氏賈頗有力焉所謂伊
人邦家之彥毛詩曰所謂伊人於焉逍遥又曰彼己之子邦之彥兮班固漢書王遵贊曰遵實趙
趙邦家之彥百王之極舊章靡存班固漢書贊曰漢承百王之弊典引曰彝倫斁而舊
章欽漢德雖朗朝儀則昏稷嗣制禮下肅上尊穆穆帝典
煥其盈門風睎三代憲流後昆漢書叔孫通曰臣願徵魯諸生與臣弟子共起
朝儀高帝曰得無難乎通曰臣願采古禮與秦儀雜就之上曰可其儀就皇帝葦出房諸侯王以下莫不震恐
肅敬高帝曰今日知爲皇帝之貴也劇秦美新曰帝典闕而不補毛詩曰韓侯顧之爛其盈門包咸論語注云
三代夏殷周也尚書曰垂裕後昆無知叡敵獨昭奇迹察侔蕭相貺同

褭 據前序改

師錫。蕭何進韓信無知進陳平故曰併也漢書曰陳平降漢因魏無知求見漢王後上封平平曰非魏無知臣安得進上乃賞魏無知尚書師錫帝曰有鰥在下曰虞舜隨何辯達因資於敵紓漢披楚唯生之績。漢書漢王曰孰爲我使淮南使之發兵背楚項王必留留數月漢之取天下可萬全隨何曰臣請使之往說布布歸漢毛詩曰酆水東注惟禹之績皤皤董叟謀我平陰三軍縞素天下歸心。漢書曰漢王南渡平陰津至洛陽新城三老董公遮說漢王曰項王無道放殺其主三軍之衆爲之素服東伐四海之內莫不仰德此三王之舉也漢王曰善於是爲義帝發喪兵皆縞素擊楚之殺義帝者論語素王受命讖曰河受圖天下歸心袁生秀朗沈心善照漢旆南振楚威自撓大略淵回元功響效邈哉惟人何識之妙。漢書曰袁生說漢王曰願軍出武關項王必引兵南走王深壁令滎陽成皐間且得休王乃復走滎陽如此則楚所備者多力分漢得休復與之戰破楚必矣漢王從其計出軍宛葉間羽乃聞漢王在苑果引兵南漢書司馬遷述曰大畧孔明史記太史公曰惟祖元功輔臣股肱紀信誑項軺軒是乘攝齊赴節用死孰與身與煙消名與風興漢書曰項羽圍漢王滎陽將軍紀信曰事急矣臣請誑楚可以間出紀信乃乘王車黃屋左纛曰食盡漢王降楚皆之城東觀以故漢王得遯羽見紀信問漢王安在曰巳出去矣羽燒殺信論語曰攝齊升堂周苛慷慨心若懷冰應劭風俗通曰言人清高如冰之潔刑可以暴志不可凌漢書曰楚圍漢王滎陽急漢王出去而使苛守滎陽楚破滎陽欲令將苛罵曰若趣降漢王不然今爲虜矣項王怒亨苛貞軌偕沒亮迹雙升謝承後漢書黃向對策曰雷陳義重出則雙升帝疇爾庸後嗣是膺漢書曰苛子成以父死王事封爲高景侯又曰襄平侯紀通尚符節張晏曰紀信子也晉灼曰紀信焚死不見其後功臣表曰襄平侯紀通父成以將軍從定三秦死王事子侯然則通非信子也機之此言與晏同誤也天地雖順王心有違毛詩曰行道遲遲中心有違懷親望楚

來言長悲侯公伏軾皇媼來歸是謂平國寵命有㷷漢書
曰漢遣陸賈說羽請太公羽弗聽漢復使侯公說羽羽
歸太公媼漢書項羽傳曰歸漢王父母妻子漢書音義
曰媼母別名也烏老切楚漢春秋曰上欲封侯公匿
不肯復見曰此天下之辨士所居傾國故號平國君震
風過物清濁効響文子曰昔堯之治天下也舜爲司徒
契爲司馬禹爲司空后稷爲田疇奚
仲爲工師是以離叛者寡聽從者衆若
風之過簫忽然感之各以清濁應物也大人于興利在
攸往周易曰巽小亨利
有攸往利見大人弘海者川崇山惟壤管子曰海
不辭水故
能成其大山不辭土故能成其
高明主不厭人故能成其衆韶護錯音袞龍比象漢
書
曰舜作韶湯作護周禮王之吉服享先王則袞
龍衣也左傳曰臧哀伯曰五色比象昭其物也明明衆
哲同濟天網毛詩曰明明魯侯崔寔本論曰
舉彌天之網以羅海內之雄劒宣其利
鑒獻其朗廣雅曰鑒炤
也鑑謂之鏡文武四充漢祚克廣尚書曰光
被四表孔

夏侯湛以泰始中對策中第拜郎中累年不調乃作抵疑以自廣

朔傳自訟獨不得大官欲求試用其言專商鞅韓非之語

安國曰光充也充溢四外也毛詩曰克廣德心悠悠遐風千載是仰

贊

東方朔畫贊一首 并序

夏侯孝若 臧榮緒晉書曰夏侯湛字孝若譙國人也美容儀才華富盛早有名譽與潘岳友善時人謂之連璧爲散騎常侍此贊爲當時所重

大夫諱朔字曼倩平原厭次人也漢書曰朔爲太中大夫又曰朔字曼倩平原厭次人漢書地理志無厭次縣而功臣表有厭次侯爰類疑地理誤也魏建安中范曄後漢書曰獻帝改興平三年爲建安元年今云魏疑誤也分厭次以爲樂陵郡故又爲郡人焉漢書平原郡有樂陵縣也事漢武帝漢書具載其事先生瓌瑋博達思周變通家語孔子曰老聃博古而達今王肅曰博達古今而好道周易曰化而裁之謂

自公卿在位朔皆傲弄無所為屈武帝嘗內公孫弘以至司馬遷諸人朔曰臣朔雖不肖尚兼此數子者
諫廣上林苑諫斬董偃
如恐誅侏儒伏日割肉等事

非夷齊而是柳下惠

之變推而行之謂之通又曰變通者趨時者也以爲濁世不可以富貴也故薄遊以取位王逸楚辭序曰不忍以清白久居濁世苟出不可以直道也故頡頏以傲世論語曰直道而事人解嘲曰鄒衍以頡頏而取世資傲世不可以垂訓也故正諫以明節家語南宮叔曰孔子作春秋垂訓後嗣班固漢書贊曰朔正諫似直明節不可以久安也故詼諧以取容班固漢書贊曰朔詼諧逢占其事浮淺字書曰詼啁也口回切孔安國尚書傳曰諧和也史記太史公曰王翦偷合取容潔其道而穢其迹班固漢書贊曰朔穢德似隱清其質而濁其文弛張而不爲邪進退而不離羣禮記孔子曰一張一弛文武之道鄭玄曰張弛以弓弩喻人也班固漢書東方朔述曰弛張沈浮周易曰上下無常非爲邪也進退無常非離羣也若乃遠心曠度贍智宏材楊子雲解嘲曰雖其人之贍智倜儻博物觸類多能史記曰魯仲連好奇偉倜

莊子人間世篇疏鼓筴移云布著播精謂精判吉凶辯精靈也　鼓筴播精移云賣卜

儻之畫策。左氏傳晉侯聞子產之言曰博物君子也周易曰觸類而長之論語太宰曰夫子聖者與何其多能也

合變以明筭，射覆幽贊以知來，周易曰夫爻者何也言乎變者也又曰幽贊於神明而生蓍又曰神以知來智以藏往

自三墳五典八索九丘，左氏傳曰左史倚相趍過王曰是良史也能讀三墳五典八索九丘

陰陽圖緯之學，百家衆流之論，漢書曰陰陽家流者蓋出於羲和之官圖河圖也緯五緯也謝承後漢書曰尤明圖緯百家衆流已見任昉策秀才文

周給敏捷之辯，支離覆逆之數，莊子曰支離疏鼓策播糈足以食十人糈音所漢書曰上嘗使諸數家射覆不能中使朔射之連中輒賜帛逆逆剌也

經脉藥石之藝，射御書計之術，漢書曰醫經者原人血脉經絡而用度箴石湯火之所施調百藥齊和之所宜周禮曰六藝禮樂射御書數也

乃研精而究其理，不習而盡其功，孔安國尚書序曰研精覃思易曰不習無不利

經目而諷於口，過耳而闇於心。孔融薦禰

濟与霽通以濟於言以霽也

朔傳云後世好事者因取奇言怪語附著之朔

衡表曰目所一見輒誦於口耳所暫聞不忘於心夫其明濟開豁包含弘大凌轢卿相嘲哂豪桀籠罩靡前跆籍貴勢漢書曰張楚並興兵相跆籍蘇林曰跆音臺鄧展曰蹋也出不休顯賤不憂戚戲萬乘若寮友視儔列如草芥十洲記曰朔弄萬乘傲王公孟子曰天下大悅而將歸己視之如草芥雄節邁倫高氣蓋世漢書項羽歌曰力拔山兮氣蓋世可謂拔乎其萃遊方之外者已孟子曰聖人之於人亦類也出於其類拔於其萃自生民以來未有盛於孔子也莊子曰子桑戶孟子反子琴張三人相與友子桑戶死未葬孔子聞之使子貢往侍事焉或編曲或鼓琴相和而歌子貢趨而進曰敢問臨尸而歌禮乎二人相視而笑曰是惡乎知禮意子貢反以告孔子孔子曰彼遊方之外者也而丘也遊方之內者也司馬彪曰方常也言彼遊心於常教之外也談者又以先生噓吸冲和吐故納新蟬蛻龍變棄俗登仙莊子曰吹呴呼吸吐故納新此導引

顔真卿集十二碑陰記夏
侯孝若文莊爲樂陵太守
余肅宗說

之士養形之人也淮南子曰至人蟬蜕蛇遊忽然入冥
史記趙高曰聖人龍變而從之列仙傳曰東方朔武帝
時爲郎宣帝時棄去後見會稽神交造化靈爲星辰淮南子曰大丈夫恬然無爲與造化
逍遥高誘曰造化天地也應劭風俗通曰東方朔是太白星精黃帝時爲風后堯時爲務成子周時爲老聃在
越爲范蠡齊爲鴟夷子言其變化無常也此又奇怪惚恍不可備論者也大
人來守此國此國謂樂陵也其父爲樂陵郡守史傳不載難得而知也僕自京都言
歸定省京都洛陽也毛詩曰言告言歸禮記曰凡爲人子之禮昏定而晨省覲先生之縣
邑想先生之高風徘徊路寢見先生之遺像楚辭曰馮翼遺像何
以譏之逍遥城郭觀先生之祠宇慨然有懷乃作頌焉其
辭曰
矯矯先生肥遯居貞矯矯輕舉之貌也毛詩曰矯矯武臣周易曰肥遯無不利又曰居貞

淪字不誤或改倫非也

之吉順以從上也退不終否進亦避榮周易曰物不可以終否故受之以同人臨
世濯足希古振纓楚辭漁父歌曰滄浪之水清可以濯我纓滄浪之水濁可以濯我足涅
而無滓既濁能清論語子曰涅而不緇老子曰孰能濁以靜之徐清淮南子曰濁而徐清沖
而徐盈無滓伊何高明克柔尚書曰沈潛剛克高明柔克能清伊何視
汙若浮班固東方朔述曰懷肉汙殿弛張浮沈樂在必行處淪罔憂周易曰樂
則行之憂則違之跨世凌時遠蹈獨遊瞻望往代爰想遐蹤邈
邈先生其道猶龍莊子曰孔子見老聃而弟子問曰夫子見老聃亦何規哉孔子曰吾乃於
是乎見龍合而成體散而成章乘乎雲氣而養乎陰陽余口張而不能嗋子有何規於老聃哉染迹朝
隱和而不同史記東方朔曰如朔所謂避俗於朝廷閒也論語子曰君子和而不同棲遲
下位聊以從容毛詩曰或棲遲偃仰孟子曰居下位而不獲於上不可得而治也尚書曰寬而

右付子臧德必百世記

有制從容以和我來自東言適茲邑茲邑謂樂陵也毛詩曰我來自東零雨其蒙爾雅曰
適往也敬問墟墳企佇原隰王仲宣贈蔡子篤詩曰允企伊佇墟墓徒存
精靈永戢民思其軌祠宇斯立徘徊寺寢遺像在圖周
旋祠宇庭序荒蕪爾雅曰東西牆謂之序榱棟傾落草萊弗除呂氏
春秋曰農夫弗除肅肅先生豈焉是居是居弗形悠悠我情悠悠
已見上文昔在有德罔不遺靈天秩有禮神監孔明尚書咎繇曰天
秩有禮自我五禮五庸哉毛詩曰祀事孔明仿佛風塵用垂頌聲

三國名臣序贊一首

袁彥伯檀道鸞晉陽春秋曰
袁宏字彥伯陳郡人爲大司馬府記室參軍稍遷至吏部郎出爲東陽郡守卒

夫百姓不能自治故立君以治之漢書成帝詔曰天生衆民不能相治爲之

立君以統理之明君不能獨治則爲臣以佐之墨子曰古者同天之義是故選擇賢者立爲天子天子以其知力爲未足獨治天下是以選擇其次立爲三公然則三五迭隆歷世承基史記楚子西曰孔丘述三五之法明周召之業西京賦曰若歷世而長存又曰繼體承基揖讓之與干戈文德之與武功孔叢子曾子謂子思曰舜禹揖讓湯武用師非相詭乃時也尚書武王曰稱爾戈比爾干宋均樂動聲儀注曰武象象伐時用干戈也莫不宗匠陶鈞而羣才緝熙鄧析子曰聖人逍遥一世間宰匠萬物之形漢書鄒陽上書曰聖王制世御俗獨化於陶鈞之上音義曰陶家名模下圓轉爲鈞毛詩曰維清緝熙元首經略而股肱肆力尚書咎繇歌曰元首明哉股肱良哉遭離不同迹有優劣王命論曰遭遇異時禪代不同孝經鈎命決曰俱在隆平優劣殊迹至於體分冥固道契不墜言至於君臣之體分既固於冥兆上下之契亦存而不墜風美所扇訓革千載其揆一也

蒼頡篇曰黃戒也孟子曰先聖後聖其揆一也故二八升而唐朝盛伊呂用而湯武寧舜舉八元八愷用之於堯時也成湯得伊尹武王得呂望而社稷安也三賢進而小白興五臣顯而重耳霸三賢管仲鮑叔牙隰朋也五臣狐偃趙衰顛頡魏武子司空季子中古凌遲斯道替矣居上者不以至公理物爲下者必以私路期榮御圓者不以信誠率衆執方者必以權謀自顯呂氏春秋曰天道圓地道方聖人之所以立上下主執圓臣處方方圓不易國乃昌高誘曰上君也下臣也於是君臣離而名教薄世多亂而時不治故蘧甯以之卷舒柳下以之三黜論語子曰君子哉蘧伯玉邦有道則仕邦無道則可卷而懷之又曰甯武子邦有道則智邦無道則愚又曰柳下惠爲士師三黜之接輿以之行歌魯連以之赴海論語楚狂接輿歌而過孔子史記曰魯連子下聊城田單歸而欲爵之魯

連逃隱於海上衰世之中保持名節君臣相體若合符契則燕昭樂毅古之流也魏志董昭謂太祖曰明公樂保名節論語比考讖曰君子上達與天合符劇秦美新曰地合靈契史記曰樂毅賢好兵爲魏昭王使於燕燕昭王以客禮待之樂毅遂委質爲燕王以爲亞卿夫未遇伯樂則千載無一驥戰國策楚客謂春申君曰昔者騏驥駕鹽車上吳坂遷延負轅而不能進見伯樂仰而鳴之知伯樂知己也時值龍顏則當年控三傑漢書曰高祖隆準而龍顏應劭曰顏額顙也漢書上曰夫運策於帷幄之中決勝於千里之外吾不如子房鎮國家撫百姓給饋餉不絕粮道吾不如蕭何連百萬之軍戰必勝攻必取吾不如韓信三者皆人傑也漢之得材於斯爲貴高祖雖不以道勝御物羣下得盡其忠蕭曹雖不以三代事主百姓不失其業靜亂庇人抑亦其次左氏傳宰孔謂晉侯曰君務靜亂無勤於行又劉子謂趙孟曰盍遠績禹功而大庇

此彥伯寄言所在

趙曦明云此當引孟子
[illegible]

萬歲一朝當引萬歲更相送賢聖莫能度注之此則人生必有役也

民論語子曰抑亦可以爲次也夫時方顛沛則顯不如隱萬物思治則默不如語毛詩序曰下泉思治也周易曰君子或默或語是以古之君子不患弘道難遭時難遭時匪難遇君難論語子曰人能弘道非道弘人莊子謂魏王曰士有道德而衣弊履穿此所謂非遭時者也文子老子曰欲治之主不世出可與之化不萬一以不世出求不萬一此至化所以千載不一也故有道無時孟子所以咨嗟有時無君賈生所以垂泣孟子曰齊人有言雖有智慧不如乘勢雖有鎡基不如待時漢書賈誼上疏曰臣竊惟事勢可爲流涕者二夫萬歲一期有生之通塗桓子新論曰夫聖人乃千載一出然此文云萬歲一期蓋甚言之以避下文也莊子曰萬世之後而遇大聖知其解者是旦暮遇之也千載一遇賢智之嘉會東觀漢記太史官曰耿況彭寵俱遭際會順時承風列爲蕃輔忠孝之策千載一遇也博奕論曰誠千載之嘉會百世之良遇也周易曰亨者嘉之會也遇之不

異世一時也以上作文之旨

曹操嘗曰公達非常人也吾得與之計事天下當何憂哉

能無欣喪之何能無慨古人之言信有情哉余以暇日常覽國志考其君臣比其行事雖道謝先代亦異世一時也文若懷獨見之明而有救世之心（文子曰必有獨見之明然後能擅道而行左氏傳子產曰吾以救世）論時則民方塗炭計能則莫出魏武（尚書曰有夏昏德民墜塗炭）故委面霸朝豫議世事舉才不以標鑒故久之而後顯籌畫不以要功故事至而後定雖亡身明順識亦高矣董卓之亂神器遷逼（老子曰天下神器不可爲也爲者敗之）公達慨然志在致命（論語子張曰士見危致命）由斯而談故以大存名節至如身爲漢隸而迹入魏幕源流趣舍其亦文若之謂所以存亡殊致始終不同將以文若既明名教

後漢紀言魏氏以代漢者文若之力也
此所以不必識靖子雲子魚也

有寄乎言文若殞身既明仁義之道且寄迹於名教之地也夫仁義不可不明則時宗舉其致莊子曰仁義已明而分守次之生理不可不全故達識攝其契鷦鷯賦曰生生之理足矣相與弘道豈不遠哉弘道已見上文崔生高朗折而不撓管子曰夫玉溫潤以澤仁也折而不橈勇也所以策名魏武執笏霸朝者蓋以漢主當陽魏后北面者哉鍾會與吳主書曰執笏之心載在名策左傳甯武子曰諸侯朝正於王王宴樂之於是乎賦湛露則天子當陽諸侯用命也禮記曰君之南鄉荅陽之義也臣之北面荅君也若乃一旦進璽君臣易位漢書曰君羣臣謹奉天子璽符代王遂即天子位則崔子所不與魏武所不容夫江湖所以濟舟亦所以覆舟孫卿子孔子曰君者舟也人者水也水則載舟亦能覆舟仁義所以全身亦所以亡身然而先賢玉摧於前來哲攘袂

以視司馬懿輩〻光〻与九泉也

於後。（仁義已見上文漢書公孫玃曰攘袂而正議者獨大王耳）豈非天懷發中而名。敎束物者乎。孔明盤桓俟時而動遐想管樂遠明風流（蜀志曰諸葛亮每自比於管仲樂毅時人莫之許也唯博陵崔州平潁川徐元直與亮友善謂爲信然周易曰君子藏器於身待時而動琴賦曰體制風流莫不相襲）治國以禮民無怨聲（論語曰爲國以禮孝經援神契曰得萬國之懽心人說喜無怨聲）刑罰不濫沒有餘泣（蜀志曰廖立爲長水校尉誹謗先帝於是廢立爲庶人徙汶山郡聞諸葛亮卒垂泣曰吾終爲左衽矣左傳聲子曰善爲國者賞不僭而刑不濫）雖古之遺愛何以加茲（左氏傳曰子產卒仲尼聞之出涕曰古之遺愛也）及其臨終顧託受遺作相劉后授之無疑心武侯處之無懼色繼體納之無貳情百姓信之無異辭君臣之際良可詠矣。（蜀志曰先主於永安病篤召亮成都屬以後事謂亮曰若嗣子可輔輔之）

如其不才君可自取亮涕泣曰臣敢竭股肱之力繼之以死又勅後主汝與丞相從事事之如父尚書曰成王將崩作顧命班固漢書述曰博陸堂堂受遺武皇春秋元命苞曰繼體守文之君不害聖人之王

公瑾卓爾逸志不羣總角料主則素契於伯符吳志曰孫策字伯符江表傳策令曰周公瑾與孤有總角之好骨肉之分毛詩曰總角丱兮晚節曜奇則參分於赤壁吳志曰曹公入荊州權遂遣周瑜與備并力逆曹公遇於赤壁初一交戰公軍披退惜其齡促志未可量吳志曰瑜還江陵於道疾卒時年三十六

子布佐策致延譽之美國語曰使張老延君譽于四方輟哭止哀有翼戴之功吳志曰策薨以事授權權哭未及息張昭謂權曰孝廉此寧哭時耶乃扶權上馬使出巡軍士左氏傳叔向謂宣子曰文之伯也翼戴天子神情所涉豈徒蹇愕而已哉周易曰王臣蹇蹇匪躬之故史記趙良謂商君曰千人諾諾不如一士之愕愕東觀漢記戴憑謝上曰臣無蹇愕之節而有狂瞽之言字書曰愕直言也然

而杜門不用登壇受譏吴志曰權以公孫淵稱蕃遣張彌至遼東拜淵爲燕王昭諫權不聽昭忿言不用稱疾不朝權恨之土塞其門昭又於內以土封之江表傳曰權既即尊位請會百官歸功周瑜昭舉笏欲襃贊功德未及言權曰如張公計今已乞食矣昭大慙伏地流汗然而登壇即位之時也夫一人之身所照未異而用舍之間俄有不同論語子曰用之則行舍之則藏況沈迹溝壑遇與不遇者乎漢書高祖功臣頌曰沈迹中鄉孟子曰志士不忘在溝壑漢書曰楊雄以爲遇不遇命也夫詩頌之作有自來矣家語孔子曰諸侯之有冠禮有自來矣或以吟詠情性或以述德顯功子夏毛詩序曰國史明乎得失之迹吟詠情性以風其上頌者美盛德之形容以其成功告於神明者也雖大而同歸所託或乖若夫出處有道名體不滯風軌德音爲世作範不可廢也故復撰序所懷以爲之讚云魏志九人蜀

疑此必經擇題五言也

别本魏志以下别行

渙據後文改

易大過棟橈利有攸往亨以言衰亂之世本末皆弱改遭衰亂聖人利有攸往以拯患亂難乃得亨通

志四人吴志七人荀彧字文若諸葛亮字孔明周瑜字公瑾荀攸字公達龐統字士元張昭字子布袁煥字曜卿蔣琬字公琰魯肅字子敬崔琰字季珪黄權字公衡諸葛瑾字子瑜徐邈字景山陸遜字伯言陳群字長文顧雍字元歎夏侯玄字泰初虞翻字仲翔王經字承宗陳泰字玄伯

火德既微運纏大過火德謂漢也班固漢書高紀賛曰旗幟尚赤協于火德周易曰大過大者過也洪飇扇海二溟揚波揚波喻亂也虯虎雖驚風雲未和周易曰雲從龍風從虎潛魚擇淵高鳥候柯周書曰美爲士者飛鳥歸之蔽於天魚鼈歸之沸於淵左氏傳曰仲尼曰鳥則擇木木豈能擇鳥赫赫三雄並迴乾軸潘岳爲賈

謚贈陸機詩曰三雄鼎足競收杞梓爭采松竹國語聲子謂子木曰若杞梓皮革楚實遺之韋昭曰杞良才也孫子曰真人在冬則松竹也鳳不及棲龍不暇伏谷無幽蘭嶺無亭菊香草善鳥皆喻賢也英英文若靈鑒洞照應變知微探賾賞要周易曰君子知微知章又曰探賾索隱鉤深致遠日月在躬隱之彌曜莊子曰孔子圍於陳蔡之間太公任弔之曰子甚文者脩身以明汙昭昭乎如揭日月而行故不免也文明映心鑽之愈妙孫卿子曰君子通則文而明窮則約而詳論語顏淵曰鑽之彌堅滄海橫流玉石同碎孟子曰當堯之時洪水橫流尚書曰火炎崑崗玉石俱焚達人兼善廢己存愛孟子曰古人窮則獨善其身達則兼善天下謀解時紛功濟宇內老子曰解其紛始救生人終明風槩魏志曰太祖進爵為漢侍中守尚書令董昭等謂太祖宜進爵國公九錫備物以彰殊勳密以咨彧彧以為太祖本興義兵以匡朝寧國君子愛人以德不宜

守鄄城料董卓与袁紹必亡

㨿嘗濡而攸交二十餘年無纖毛可非者又以穎子寓武比之

渙為司徒濤之子渙以學多趙居處渙獨清靜舉動必以禮

如此太祖軍至濡須彧病留壽春魏氏春秋曰太祖饋彧食發之乃空器也於是飲藥而卒公達潛朗思同蓍蔡法言曰樗里之智也使知國若葬吾以疾爲蓍蔡也運用無方動攝（攝為鍾繇所推服）羣會爰初發迹遘此顛沛神情玄定處之彌泰魏志曰荀攸與議郎何顒等謀殺卓垂就而覺收顒攸繫獄顒憂懼自殺攸言語飲食自若會卓死得免班固漢書述曰子明光光發迹西疆蔡邕楊復碑曰景命不延遘此顛沛愔愔（深默也）幕裏筭無不經（逕）魏志荀攸自從太祖征伐常謀謨幃幄時人及子弟莫知其所言左氏傳右尹華曰祈昭之愔愔亹亹通韻迹不暫停雖懷尺璧顧哂連城史記趙惠文王得和氏璧秦昭王聞之使人遺趙王書願以十五城易璧知能拯物愚足全生魏志曰魏國初建攸爲尚書令從征孫權薨太祖每稱公達外愚內智外怯內勇外弱內强不伐善無施勞知可及愚不可及新序溫斯子曰古者有愚以全身莊子曰可以全生郎中溫雅器識純素魏志曰魏國初建渙爲郎中令莊子曰聖人貴純

貴正道而輕小信外溫柔而內能斷如不爲呂布作書罵劉備是

素之道唯神是守素也者謂其無所雜也純也者謂其不虧其神也能體純素謂之眞人 貞而不諒通而能固 論語子曰君子貞而不諒 恂恂德心汪汪軌度 論語曰孔子於鄉黨恂恂如也毛詩曰濟濟多士克廣德心范曄後漢書郭林宗曰黃叔度汪汪若萬頃之陂 志成弱冠道敷歲暮 禮記曰人生二十曰弱冠韓詩曰蟋蟀在堂歲聿其暮薛君曰言君之年歲已晚也 仁者必勇德亦有言 論語子曰有德者必有言仁者必有勇 雖遇履虎神氣恬然 魏志曰呂布擊袁術於阜陵渙往從之遂復爲布所拘留布初與劉備和親後離隙布欲使渙作書罵辱備渙不可再三强之不許布大怒以兵脅渙曰爲之則生不爲則死渙顏色不變笑而應之曰渙聞唯德可以辱人不聞以罵使彼固君子耶且不耻將軍之言彼誠小人耶將復將軍之意則辱在此不在於彼且渙佗日之事劉將軍猶今日之事將軍也如一旦一去此復罵將軍可乎布慙而止周易曰履虎尾不咥人亨列子曰至人者神氣不變 行不脩飾名迹無愆 班固漢書贊曰雋不疑遂立名迹終始可述

不向產業之門取之於人不爲皦察之行然时人服其清

談聲姿高暢眉目疏朗鬚長四尺甚有威重

盧欽著書稱邈或問欽曰徐公當武帝之世人以爲通自在涼州及還京師人以爲介何也欽曰往者毛孝先崔季珪用事貴清素之士於時皆變易車服以求名高而徐公不改其常故人以爲通比來天下奢靡轉相倣效而徐公雅尚自若不與俗同故前日之通乃今日之介也是世人之無常而徐公之有常也

操不激切素風愈鮮邈哉崔生體正心直天骨疎朗牆宇高嶷蔡邕度侯碑曰朗鑒出於自然英風發於天骨論語子貢曰夫子之牆數仞忠存軌迹義形風色義形於色已見上文思樹芳蘭剪除荊棘芳蘭以喻君子荊棘以喻小人惡其上時不容哲左氏傳曰伯宗之妻曰盜憎主人民惡其上琅琅先生雅杖名節雖遇塵霧猶振霜雪孔融薦禰衡表曰忠果正直志懷霜雪運極道消碎此明月魏志曰琰爲中尉太祖爲魏王楊訓發表褒述盛德琰取訓表草視之與訓書有白琰此書傲田怨謗者太祖怒以是罰琰爲徒隸使人視之辭色無撓太祖遂賜琰死周易曰小人道長君子道消景山恢誕韻與道合桓子新論曰老子其心玄遠而與道合形器不存方寸海納周易曰形乃謂之器王輔嗣曰成形曰器列子文摯謂叔龍曰吾見子之心矣方寸之地虛矣和而不同通而不雜和而不同已見上文莊子曰純粹而不雜

遇醉忘辭在醒貽咎魏志曰太祖時利禁斷酒而徐邈私飲至於沈醉校事趙達問以曹
事邈曰中聖人達白太祖甚怒度遼將軍鮮于輔進曰
平日醉客謂酒清者爲聖人濁者爲賢人邈性循慎俾
醉言耳竟坐免刑文帝踐祚歷頴川典農中郎將車駕
幸許昌問邈曰頗復中聖人不邈對曰昔子反斃於穀
陽御叔罰於飲酒臣嗜同二子不能自懲時復中之然
宿瘤以醜見傳臣以醉見識帝大笑顧左右曰名不虛
立後爲光祿大夫薨長文通雅義格終始思戴元首擬伊同恥尚書
曰昔先正保衡作我先王乃曰予弗克俾厥后惟堯舜其心愧恥若撻于市民未知德懼若
在己嘉謀肆庭讜言盈耳魏書曰群前後數陳得失群爲司空錄尚書事薨尚書曰
爾有嘉謀漢書成帝曰久不見班生今日復聞讜言論語子曰洋洋乎盈耳哉玉生雖麗光不
踰把德積雖微道映天下言德喻玉淵哉泰初宇量高雅器
範自然標準無假全身由直迹渏必僞處死匪難理存

愛晉書及別本

則易魏志曰曹爽見誅徵夏侯玄爲大鴻臚數年徙太常中書令李豐謀欲以玄輔政誅大將軍以玄代之大將軍微聞事下廷尉玄臨斬東市顏色不變舉動自若班固漢書楊雄述曰淵哉若人實好斯文史記太史公曰非死者難處死者難萬物波蕩孰任其累六合徒廣容身靡寄范曄後漢書李熊說公孫述曰方今四海波蕩匹夫橫議荀悅漢紀論曰以六合之大匹夫一身之微而無所容豈不哀哉君親自然匪由名教敬授既同情禮兼到孝經曰資於事父以事母而愛同資於事父以事君而敬同烈烈王生知死不撓求仁不遠期在忠孝漢魏春秋曰魏帝見威權日去不勝其忿乃召侍中王沈尚書王經散騎常侍王業謂曰司馬昭之心路人所知也吾不能坐受廢辱今日當與卿自出討之世語曰王沈王業馳告文王尚書王經以正直不出遂被文王殺之魏志曰清河王經甘露中爲尚書坐高貴鄉公事誅裴松之曰經字彥緯今云承宗蓋有二字也班固漢書述曰樂昌篤實不撓不詘論語子曰仁遠乎哉我欲仁斯仁至矣玄伯

蟠注

剛簡大存名體志在高構增堂及陛漢書賈誼上書曰人主之尊譬如堂群臣如陛故陛九級上廉遠地則堂高陛七級廉近地則堂卑高者難攀卑者易凌理勢然也端委虎門正言彌啓臨危致命盡其心禮干寶晉紀曰高貴鄉公之弒司馬文王會朝臣謀其故太常陳泰垂涕入文王待之曲室謂曰玄伯卿何以處我對曰誅賈充以謝天下文王曰爲吾更思其次泰言唯有進於此不知其次文王乃久不言爲侍中轉左僕射薨左氏傳曰晏平仲端委立於虎門之外見危致命已見上文堂堂孔明基宇宏邈堂堂已見上文器同生民獨稟先覺孟子曰伊尹曰天之生斯人使先覺覺後覺也予天民之先覺者也標榜風流遠明管樂孫綽子曰聖賢極其標榜有大力矣管樂已見序也初九龍盤雅志彌確周易曰初九潛龍勿用何謂也子曰龍德而隱者也確乎其不可拔潛龍也方言曰未升天之龍謂之蟠龍百六道喪干戈迭用漢書陽九厄曰初入百六陽九音義曰易傳所謂陽九之厄百六之

四千六百七十一歲為一元初入元百六歲有陽九謂此百六歲中有災歲九

司馬温公謂昭烈之於漢族屬疏遠不能紀其世次名位亦猶南唐烈祖之稱吳王恪後不當以光武為比章太史云昭烈為漢中王時羣臣表於獻帝稱帥騎校葉宗子藩翰又說當璋與備戰之國扣之親仍如兄帝

統少樸鈍

統性好人倫勤於長養每所稱述多過其才

會者也苟非命世孰掃雰雺孟子曰五百年必有王者興其間必有名世者廣雅曰命名也爾雅曰天氣下地氣不應曰雺孔安國尚書傳曰雺陰氣也武功切今協韻音夢宗子思寧薄言解控蜀志曰劉備漢景帝子中山靖王後也故曰宗子也解控謂彼有急而控告於已已能解之也左氏傳王子伯騈曰無所控告杜預曰控引也釋褐中林鬱爲時棟亮爲丞相故曰時棟袁崧後漢書郭林宗與陳留盛仲明書曰足下諸人爲時棟梁士元弘長雅性內融謝承後漢書曰嚴遵雅性高厲崇善愛物觀始知終孟子曰親親而仁民仁民而愛物六韜曰聖人見其所始則知其所終周易曰終以知始始以知終喪亂備矣勝塗未隆先生標之振起清風胡廣書曰建洪德流清風綢繆哲后無妄惟時毛詩曰綢繆束薪毛萇曰綢繆猶纏緜也周易曰無妄之行窮之災也夙夜匪懈義在緝熙毛詩曰夙夜匪懈以事一人緝熙已見上文三略既陳霸業已基蜀志曰劉璋既還成

說文霚之籀文作雺俗作霧

孔明嘗曰公琰託志忠雅當与吾共贊王業者也

仲 別本

司馬懿与孔明書曰黃公衡快士也每坐起歎述足下不去口實

都先主當爲璋北征漢中統說曰陰選精兵晝夜兼道徑襲成都璋既不武素無備豫大軍卒至一舉便定此上計也楊懷高沛璋之名將各杖强兵據守關頭聞數有牋諫璋使發遣將軍還荆州將軍未去豈與相聞說荆州有急欲還救之並使裝束外作歸形此二子既服將軍英名又喜將軍之去必來輕騎來見將軍因此執之進取其兵乃向成都此中計也退還白帝連引荆州徐還圖之此下計也若沈吟不去將致大困不可久矣先主然其中計即斬懷沛還向成都所過輒尅爲軍中郎將卒公琰殖根不忘中正豈曰摸擬實在雅性亦既羈勤負荷時命推賢恭己久而可敬蜀志曰琬爲大將軍錄尚書事卒司馬遷書曰推賢進士爲務論語子曰君子其行己也恭又曰晏平仲善與人交久而敬之公衡仲達秉心淵塞毛詩曰秉心塞淵媚茲一人毛詩曰媚茲一人應侯順德臨難不惑疇昔不造假翮鄰國蜀志先主將東伐吳權諫曰吳人悍戰又水戰順流進易退難臣請爲先驅以當寇陛下宜爲後鎮先主不從以權爲鎮北將

不罪揚戲

鳥擇高梧惜与篇首相犯

軍督江北軍先主自在江南吳將陸議乘虛斷圍南軍敗績先主引退而道隔權不得還故率將所領降于魏拜鎮南將軍進能徽音退不失德蜀志曰魏文帝謂權曰君舍逆効順欲追蹤陳韓耶權對曰臣過受劉氏殊遇降吳不可還蜀無路是以歸命且敗軍之將獲免爲幸何古人之可慕先主薨問至魏群臣咸賀權獨否後爲車騎將軍卒六合紛紜民心將變鳥擇高梧臣須顧眄鳥擇木巳見上文公瑾英達朗心獨見披草求君定交一面崔寔本論曰且觀世人之相論也徒以一面之交定臧否之決桓桓魏武外託霸迹志掩衡霍恃戰忘敵衡霍二山在吳之境卓卓若人曜奇赤壁三光參分宇宙暫隔淮南子曰夫道紘宇宙而章三光高誘曰三光日月星也子布擅名遭世方擾撫翼桑梓息肩江表吳志曰張昭彭城人也漢末大亂徐方士民多避難楊土昭南渡江孫策創業命昭爲長史撫軍中郎將升堂拜母如比肩之舊文武之事一以委

孫權與魯肅合榻對飲密議
張昭以肅年少麤疏未可用

檐即擔字

瑾每諫權亦嘗切俟徵見風采
粗陳指歸如有未合則捨而及
他徐復託事造端以物類
相求於是權意往往而釋

昭班固漢書述曰攜手遯秦撫翼俱起毛詩曰惟桑與梓必恭敬止左氏傳鄭戚公子騑曰請息肩于晉王略威夷吳魏同寶應瑒釋賓曰九有威夷始失其政遂獻宏謨匡此霸道史記商鞅曰吾說孝公以霸道其意欲之桓王之薨大業未純把臂託孤惟賢與親吳志曰孫策臨亡弟權託昭昭率群寮立而輔之東觀漢記張堪把朱暉臂曰欲以妻子託朱生輟哭止哀臨難忘身成此南面寔由老臣吳志張昭謂權曰昔太后桓王不以老臣屬陛下而以陛下屬老臣才為世出世亦須才蘇武答李陵書曰每念足下才為世生器為時出得而能任貴在無猜昂昂子敬拔迹草萊荷擔吐奇乃構雲臺吳志曰初肅見權說權曰為將軍計惟有鼎足江東以觀天下之釁然後建號帝王以圖天下陸機謝平原表曰振影拔迹莊子曰農夫無草萊之事淮南子曰雲臺之高高誘曰高際於雲故曰雲臺子瑜都長體性純懿諫而不犯正而不

易注能涉蹇難而往濟難故曰王臣蹇蹇

破劉備於猇亭敗曹休於夾石

雍寶言穆舉動時當雜嵩謁顧花坐使人不樂

行晉書及列本

毅都長謂體貌都閑而雅性長厚也謝承後漢書曰朱皓德行純懿禮記曰事親有隱而無犯鄭玄曰無犯顏色諫也論語曰事父母幾諫將命公庭退忘私位吳志曰建安二十年權遣使蜀通好劉備與弟亮但公會相見無私面論語曰將命者出毛詩曰公庭萬舞豈無鶺鴒固慎名器毛詩曰鶺鴒在原兄弟急難左氏傳仲尼曰惟器與名不可以假人伯言謇謇以道佐世謇謇已見上文出能勤功入能獻替國語史黯謂趙簡子曰夫事君者諫過而賞善薦可而替不獻能而進賢謀寧社稷解紛挫鋭老子曰挫其鋭解其紛正以招疑忠而獲戾吳志曰遜爲丞相太子有不安之議遜上疏陳太子正統宜有盤石之固魯王藩臣當使寵秩有差彼此得所上下獲安謹叩頭流血以聞書三四上太傅吳粲坐數與遜交書下獄死權累遣中使責讓遜遜憤恚致卒元歎穆遠神和形檢如彼白珪質無塵玷毛詩曰白圭之玷尚可磨也斯言之玷不可爲也東觀漢記杜詩薦伏湛曰自行束脩訖無毀玷立上

以恆匡上以漸 吳志曰雍訪及政職所宜輒密以聞若見納用則歸之上不用終不宣泄周易
曰君子以言有物而行有恆 清不增潔濁不加染 言得清濁之宜也清濁已見上文
仲翔高亮性不和物 吳志曰翻性不協俗多見毀謗 好是不羣折而不
屈屢摧逆鱗直道受黜 吳志曰翻數犯顏諫諍權不能悅權與張昭論及神仙翻指昭
曰彼皆死人而語神仙俗豈有仙人也權積怒非一遂
徙翻交州班固漢書贊曰大雅卓爾不羣韓子曰龍之
爲蟲也擾柔可狎而騎然其喉下有逆鱗徑寸之處若
嬰之則殺人人主有逆鱗說者嬰之則不幾矣論語柳
下惠曰直道而事人焉往而不三黜 嘆過孫陽放同賈屈 楚辭曰驥躊躇於弊輂兮遇孫
陽而得代王逸曰孫陽伯樂姓名也孔叢子子高對魏
王曰驁驥同轅伯樂爲之咨嗟玉石相糅和氏爲之歎
息漢書曰天子以賈誼任公卿之位絳灌之屬害之乃
毀誼天子亦疏之以誼爲長沙王太傅誼既適去意不
自得及度湘水爲賦以弔屈原屈原楚賢臣 詵詵衆賢
也被讒放逐作離騷誼追傷之因以自諭

此段改作燃火之由

重暉承日月言挹味承仁義言

千載一遇毛萇詩傳曰詵詵衆多也使陳切千載一遇已見上文整轡高衢驤首
天路鸚鵡賦曰蕣收整轡登樓賦曰假高衢而騁力鄒陽上書曰蛟龍驤首奮翼枚乘樂府詩曰天路隔無
期仰挹玄流俯弘時務毛萇詩傳曰挹𣂏也名節殊塗雅致同趣
周易曰殊塗同歸嵇康贈秀才詩曰仰慕同趣日月麗天瞻之不墜周易曰日月麗乎天
禮記曰夫日月星辰所以瞻仰也非此族也不在祀典呂氏春秋曰德行昭美比於日月不可息也仁義
在躬用之不匱論語比考讖曰仁義在身行之可强毛詩曰孝子不匱毛萇曰匱竭也尚
想重暉載挹載味羊秀衛公誄曰仰睎遐風重暉冠世後生擊節懦夫增
氣魏略王朗荅太祖曰承旨之日撫掌擊節孟子曰聞伯夷之風者貪夫廉懦夫有立志

文選卷第四十七　初四月日旰　保誦

司馬長卿封禪文一篇
蕩然而稱揚蕃容絕不喫力其
體格境界較班氏典引為高
其善處要處則在逗折
二字先言周所謂逗以次入
漢所謂折也
此卷用韻以○記之

此文蔚采複隱精義堅深雖
子雲孟堅效之不能至也
劇秦美新序但云作封禪
一篇與文字本言注引多稱
為封禪文心雕龍亦但云相
如封禪
南齊王儉序在目用
封禪亦託以諷諫終亡諛議
皆所謂張張沮擇不覩鳴

文選卷第四十八

梁昭明太子撰

文林郎守太子右內率府録事參軍事崇賢館直學士臣李善注上

符命

白虎通云天以高為尊地以厚為德故增泰山之高以報天附梁父之厚以報地

宋林通並稱此文為封禪書

封禪文一首

司馬長卿 史記曰長卿病甚武帝使所忠往求其書及至長卿已卒其妻曰長卿未死時爲一卷書曰有使来求書奏之其遺札書言封禪事所忠奏言

雁雲飛南齊王儉唐崔
日用宋林逋並稱此文為封
禪書
初肇複語也程元然或以肇
字屬下甚非
疑此文當本作率邇者踵
武逖者聽聲乎大乎也
風聲因注而誤或云風諷也
亦通　封禪意已顯
劉李標辨命論注引威蕤
作葳蕤湮作堙
七十二君義各識其一十二而
首無懷放龍夏不曰為舜
禹之樂

三五言其世六經言其書載
籍乃傳即六經以外百家傳
記
維猶也

伊上古之初肇自昊穹兮生民張揖曰昊穹春夏天名郭璞爾雅注曰伊發語辭也歷選列辟以迄於秦文穎曰選數也辟君也率邇者踵武逖聽者風聲漢書音義曰率循也邇近也踵蹈也武迹也逖遠也近者蹈其迹遠者聽其風聲也紛綸葳蕤湮滅而不稱者不可勝數張揖曰紛綸亂貌蕤善也湮沒也勝盡也繼韶夏崇號謚略可道者七十有二君文穎曰韶明也夏大也德明大相繼封禪於泰山者七十有二人也管子曰封太山禪梁父者七十有二家罔若淑而不昌疇逆失而能存應劭曰罔無也若順也淑善也疇誰也服虔曰無有始善而後不昌者又無逆失而能存之者罔與罔同軒轅之前遐哉邈乎其詳不可得聞已五三六經載籍之傳維風可觀也漢書音義曰五五帝也三三王也經籍所載善惡可知也書曰元首明哉股肱良哉尚書益稷之文也因斯以談君莫盛

昭據注義
及漢書
改其韶
亦昭字
必改

假此發端只是欲獨舉周德耳

下堯字羨歟　史漢及別本無

爰於是也

言歷千載而後泯滅也

此皆以抑而揚也

於唐堯臣莫賢於后稷后稷創業於唐堯漢書音義曰唐堯之世播殖百穀公劉發迹於西戎漢書音義曰公劉后稷曾孫文王改制爰周郅隆大行越成文穎曰郅至也行道也文王始開王業改正朔易服色太平之道於是成也如淳曰越於也而後陵遲衰微千載亡聲鄭氏曰無聲無有惡聲也豈不善始善終哉漢書音義曰美周家終始相副若一也莊子曰善始善終人猶効之然無異端慎所由於前謹遺教於後耳言周之先王創制垂業慎其規模又謹其遺教也故軌迹夷易易遵也夷易皆平也言周之軌迹平易易可遵奉也二易並盈鼓切湛恩厖鴻易豐也湛深也厖鴻皆大也言湛恩廣大易可豐厚也湛音沈厖莫江切憲度著明易則也垂統理順易繼也張揖曰垂懸也統緒也理通也文王重易六爻窮理盡性懸於後世其道和順易續而明孔子得錯其象而彖其辭是以業隆於繦緥而崇

終都攸卒　終卒複語也
○首字據下文改
○由此觀之自周而來未有無
法可以封禪其此諷其先
崇道而後鬼神意極明白
劉本逢作漨舊音蜂　逢
涌捐手字也　原泉下
疊韻形容語
○劉本逢作漨舊音蜂
○此諷其先崇道而後鬼神
意極明白

横充也

冠於二后。孟康曰緄緣謂成王也二后謂文武也周公輔成王以致太平功德冠於文武者遵法易

故揆厥所元。終都攸卒。張揖曰都於也卒終也爾雅曰元始也未有殊尤

絕迹可考於今者也。然猶躡梁父甫登泰山。建顯號施尊

名。顯號尊名謂封禪也大漢之德。逢涌原泉。沕潏曼羨。張揖曰逢遇也喻其

德盛若遇原泉之涌出也服虔曰潏泉貌徐廣曰沕沒也士必切音義或曰曼羨廣散也旁魄四塞

雲布霧散。張揖曰旁魄布衍也魄音薄上暢九垓。下泝八埏。孟康曰暢達也

垓重也泝流也埏若兗埏地之八際也言其德上達於九重之天流於地之八際懷生之類霑

濡浸潤。懷生之類皆被恩澤協氣橫流。武節猋逝。協氣和氣也橫流多也猋

逝遠也邇陿遊原。遐闊泳沫。孟康曰邇近也原本也遐遠也闊廣也泳浮也恩德比之

於水近者游其原遠者浮其沫首惡鬱沒。晻昧昭晢。孟康曰始爲惡者皆湮滅晻昧喻夷

澤讀為圛明也圛澤與齊子豈弟之豈弟同
圛徼導犧皆實字虛用故說文訓導為禾即本此文顏何疑許君之誤非也段氏竟改說文尤謬惟小徐說近之
珍字義改文漢書無文穎注不釋可证又周餘放據此注當作周放餘餘亦其所蓄之龜也作周餘則不詞珍又餘之誤耳
鬼神即閒館九字為一句言賓接鬼神靈圉皆於閒館中也注云有似於古靈圉非
郭璞注靈圉仙人也

伏皆化之也穀梁傳曰諸侯不首惡**昆蟲闓澤迴首面內**文穎曰闓澤皆樂也韋昭曰面向也闓音愷澤音驛**然後囿騶虞之珍羣**言騶虞之羣在於苑囿之中毛萇詩傳曰騶虞義獸有至信之德則應也**徼麋鹿之怪獸**漢書音義曰徼遮也遮麋鹿得其奇怪者謂獲曰麟也**導一莖六穗於庖**鄭玄曰導擇也一莖六穗謂嘉禾之米於庖廚以供祭祀**犧雙觡共柢之獸**服虔曰犧牲也觡角也柢本也武帝獲白麟角共一本用以爲牲**獲周餘珍放龜于岐**文穎曰周放畜餘龜於沼池之中至漢得之於岐山之旁龜能吐故納新千歲不死**招翠黃乘龍於沼**漢書音義曰翠黃乘黃也龍翼馬身黃帝乘之而仙言見乘黃而招呼之也禮樂志曰訾黃其何不來下余吾渥洼水中出神馬故言乘龍於沼**鬼神接靈圉賓於閒館**文穎曰是時上求神仙之人得土郡之巫長陵女子能與鬼神交接療病輒愈置於上林苑中號曰神君有似於古靈圉禮待之於閒館舍中**奇物譎詭俶儻窮變**漢書音義或曰俶儻

導宣注史記作導渠說文導禾也
史記有珍字漢書無裴駰集解引漢書音義曰餘珍以寶瑞也是漢書原有珍字乃顏師古刪之以便與下句為偶耳又放龜史記作收龜收

舊音

期應〻期而來也紹至相繼而至也

蓋加也況賜也

別本及史漢有上帝垂恩儲祉將以慶成十字據下章注三神之文則當有之

慶史記作卷

卓異也奇偉之物譎詭非常卓然絕異窮極事變欽哉符瑞臻茲猶以爲德薄不敢道封禪蓋周躍魚隕航休之以燎應劭曰航舟也休美也尚書旋機鈐曰武得兵鈐謀東觀白魚入舟俯取魚以燎也微夫此之爲符也以登介丘不亦恧乎服虔曰介大也言周以白魚爲瑞登泰山封禪不以慙乎小雅曰心慙曰恧女六切進讓之道何其爽歟張揖曰進周也讓漢也爽差也言周未可封禪爲進漢可封禪而不爲爲讓於是大司馬進曰陛下仁育羣生義征不譓音惠文穎曰大司馬上公也故先進議譓順也諸夏樂貢百蠻執贄德侔往初功無與二休烈浹洽符瑞衆變期應紹至不特創見文穎曰不獨一物造見也創初創也意泰山梁甫設壇場望幸蓋號以況榮漢書音義曰意者言太山梁甫設壇場望帝封禪紀號以表榮名也望幸望帝之臨幸也蓋者發語之辭也陛

龜疑係後來獻白龜獲雲龜之類

微夫猶云小哉

舊音

借羼曰口中說請封禪之意

錢云昕史記殺異曰蓋讀如盍文穎訓爲合號稱言合符追號以爲語詞似迂

天爲天之所爲也

天爲質三字乃成語白虎通引禮三正記質法天文選注引元命苞天質而地文說苑質主天白虎通天爲質

此祇其信祥瑞也

濟畫也此語乃一氣虎注非

張注非長卿未知必封太山也

下謙讓而弗發文穎曰弗發發往意挈三神之歡缺王道之儀應劭曰挈絕也李奇曰缺闕也韋昭曰三神上帝太山梁父也羣臣恧焉或曰且天爲質闇示珍符固不可辭孟康曰天道質昧以符瑞見意不可辭讓若然辭之是泰山靡記而梁甫罔幾也漢書音義曰泰山之上無所表記梁父壇場無所庶幾亦各並時而榮咸濟厥世而屈說者尚何稱於後而云七十二君哉應劭曰屈絕也言古者帝王若但作一時之榮畢世而絕者則說無從顯稱於後世也夫修德以錫符奉命以行事不爲進越也文穎曰越踰也不爲苟進而踰禮也故聖王不替而修禮地祇謁款天神漢書音義曰謁告也款誠也言不廢脩禮地祇告誠天神之義也勤功中嶽以章至尊張揖曰蓋先禮中嶽而幸泰山舒盛德發號榮受厚福以浸黎元黎元已見上文皇皇哉此

○觀於王者卒業之文則長卿誘掖之意至顯嘗謂勸封禪之詭辭殊於諫獵賦而後來或用此爲詬病未之思也 ○卒字正與下全字相應
○因雜句言更雜取儒術以就此儀
○猶尚也

俙即欷也

天下之壯觀王者之卒業不可貶也皇皇美也卒終也貶損也卒或爲本願陛下全之張揖曰願以封禪全其終而後因雜搢紳先生之略術使獲燿日月之末光絕炎以展寀錯事漢書音義曰寀官也使諸儒記功著業得覩日月末光殊絕之明以展其官職設錯事業也錯千故切猶兼正列其義祓弗飾厥文作春秋一藝孟康曰猶因也春秋者正天時別人事諸儒既得展事業因兼正天時別人事敘述大義爲一經也將襲舊六爲七攄之亡窮服虔曰舊爲六經漢欲七經孔安國尚書傳曰襲因也俾萬世得激清流揚微波蜚英聲騰茂實蜚古飛字也前聖之所以永保鴻名而常爲稱首者用此宜命掌故悉奏其儀而覽焉漢書音義曰掌故太史官屬主故事者也於是天子俙然改容曰俞乎朕其試哉張揖曰俙感動之意也許皆切俙或爲沛

此指封禪

討字六臣用作進酒曲討審博語同此

此六先後通而後符瑞三章注未盡

不當標行
此下喻治化也

此承文中導一莖六穗也

偏
三字善文漢書作偏我史記索隱引胡廣曰言雨降非偏於我

此承文中騶虞圖與嘉禾韻不誤今史記誤耳漢書亦作圃

般般之獸史記作般漢書作股師古曰股與斑同字從丹青之丹案股字不見說文始見於呂忱字林漢書注古班般通用如檀弓公輸般列子偁同作班司馬遷班如之注班又槃桓不進也是以班為般旌字　般獸之般專字為辯從文說文也或通作班俗體

乃遷思迴慮揔公卿之議詢封禪之事詩大澤之博廣符瑞之富漢書音義曰詩歌詠功德下四章之頌也大澤之博謂自我天覆雲之油油廣博也符瑞之富謂班班之獸以下三章言符應廣大之富饒也遂作頌曰

自我天覆雲之油油漢書音義曰油油雲行貌孟子曰天油然作雲甘露時雨厥壤可遊遊遨也言祥瑞屢臻故可遊遨也滋液滲漉鹿何生不育說文曰滲下漉也又曰漉水下貌韋昭曰滲疏禁切嘉穀六穗我穡曷蓄李奇曰我之稼穡何等不蓄積非惟雨之又潤澤之非惟徧之我氾布護之萬物熙熙懷而慕思周書王子晉曰萬物熙熙非舜而誰名山顯位望君之來韋昭曰名山泰山也顯位封禪之事也君乎君乎侯不邁哉李奇曰侯何也言君何不行封禪般般之獸樂我君圃謂騶虞也春秋考異郵曰虎班文者陰陽雜也白質

也

澤之博

此誤以記大書記也謂作

詩者志也志詩誤不詞

王氏讀書雜志云詩為詩歌之詩則此

非惟偏之史記作非惟濡之

布護史記作蔓護

胡廣注曰言雨降非偏於我普徧布

護也

嘉漢書作熹則上當作圖

徵與叶來韻徵讀祉耳也

此亦文中乘龍也

黑章其儀可嘉毛萇詩傳曰騶虞白虎黑文旼旼穆穆君子之態漢書音義曰旼旼和也穆穆敬也言容態和且敬有似君子也張揖曰旼音旻態他代切蓋聞其聲今親其來親見其來厥塗靡從天瑞之徵文頴曰其道何從乎此乃天瑞之應兹亦於舜虞氏以興文頴曰百獸率舞則騶虞在其中濯濯之麟遊彼靈時漢書音義曰武帝祠五時獲白麟故言遊靈時也毛詩曰麀鹿濯濯孟冬十月君徂郊祀馳我君輿帝用享祉帝天帝也白麟馳我君車之前因取燎祭於天天用歆享之荅以祉福也三代之前蓋未嘗有宛宛黃龍興德而升文頴曰起至德而見也楚辭曰駕八龍之宛宛采色炫燿煥炳煇煌正陽顯見覺悟黎蒸文頴曰陽明也於傳載之云受命所乘如淳曰書傳授其比類或以漢土德則宜有黃龍之應於成紀是也故言受命者所乘厥之有章不必諄諄漢書音義曰天之所

史記建章宮後閣重櫟中有物出焉其狀若麋武帝詔東方朔視之朔曰所謂騶牙者也

黃龍見成紀

此文亦依類託寓也　頌止此

劇趣石勸進表注引作上下之情允洽

頌止此

篇終三段言陳邪瑋檄吳兩校第曲文注引思作慮此肅祇非敬天之此遺失非不封禪也注非據注義及史漢厥段

文四言詭言避辭日此文之真矣

命表以符瑞章明其德不必諄諄然有語言也孟子萬章曰舜之有天下也孰與之孟子曰天與之者諄諄然命之乎曰否諄之純切依類託寓喻以封巒漢書音義曰寓寄也巒山也言依事類託寄以喻封禪披藝觀之天人之際已交上下相發允答聖王之德兢兢翼翼尚書曰兢兢業業毛詩曰小心翼翼爾雅曰翼翼敬也故曰於興必慮衰安必思危太公陰謀机之書曰安不忘危存不忘亡是以湯武至尊嚴不失肅祗舜在假典顧省闕遺此之謂也徐廣曰假大也湯武雖居至尊嚴之位而猶不失肅祗之道舜所以在於大典謂能顧省其遺失言漢亦當不失恭敬而自省也祭天是不忘敬也不封禪是遺失也毛詩曰湯降不遲上帝是祇言舜察璿璣玉衡以已政化有所遺失不合天心今漢亦當順天意而封禪也

劇秦美新

李充翰林論曰揚子論秦之劇稱新之美此乃計其勝負比其優劣之義漢書王莽下書曰定有天下之號曰新

揚子雲王莽潛移

此名下注琊崇賢之語以呈責子雲則卓哉名法實融功臣張純通之侯皆有仕莽之嫌何止區區一郎吏乎

拔擢倫比拔擢於倫比中也

龜鼎子雲進不能辟戟丹墀亢辭鯁議退不能草玄虛室頤性全真而反露才以耽寵詭情以懷祿素餐所刺何以加焉抱朴方之仲尼斯爲過矣

諸吏漢書曰左右曹諸吏皆加官所加或列侯將軍卿大夫中散大夫臣雄稽首再拜上封事皇帝陛下臣雄經術淺薄行能無異數蒙渥恩拔擢倫比與羣賢並媿無以稱職臣伏惟陛下以至聖之德龍興登庸欽明尚古登庸欽明已見上文作民父母爲天下主尚書曰天子作民父母又曰爲天下君執粹清之道鏡照四海聽聆風俗博覽廣包參天貳地兼並神明難蜀父老曰勤思乎參天貳地神明已見顏延年曲水詩序配五帝冠三王開闢以來未之聞也開闢已見西征賦臣誠樂昭著新德光之罔極往時司馬相如作

蔡邕獨斷云漢承秦法羣臣上書皆言昧死言王莽盜位慕古法去昧死曰稽首朝臣曰稽首頓首非朝臣曰稽首再拜

王安石揚子詩千古雄文造聖真眇然幽思入無倫他年未免投天祿虛為新都著劇秦
曾子固答王深甫論揚雄書云鞏自度學無有所進則於雄之無有所得方甫亦以為然則雄之言不幾於測之而愈深窮之而愈遠者乎

劇秦而不劇漢文旨已明

權輿當提行　別本

封禪一篇以彰漢氏之休臣常有顛眴病賈逵國語注曰眩惑也眴與眩古字通恐一旦先犬馬填溝壑先犬馬已見曹子建責躬詩所懷不章長恨黃泉左氏傳鄭伯曰不及黃泉無相見也服虔曰天玄地黃泉在地中故言黃泉敢竭肝膽寫腹心作劇秦美新一篇雖未究萬分之一亦臣之極思也萬分已見江文通詣建平王上書臣雄稽首再拜以聞

權輿天地未袪睢睢盱盱言混沌之始天地未開萬物睢盱而不定也爾雅曰權輿始也睢盱已見景福殿賦睢許惟切盱音吁或玄而萌或黃而牙言天地方開故玄黃異色而生萌牙也易曰玄黃者天地之雜色也玄黃剖判上下相嘔言天地既開玄黃分判故天地上下相與嘔養萬物也易曰天玄而地黃禮記曰煦嫗覆育萬物鄭玄曰以氣曰煦煦與嘔同況俱切爰初生民帝王始存言初有生民之時帝王之義始存也易曰有天地然後有萬物有萬

豐闇卽昏冥也
罕漫卽蒲胡也

劉東[illegible]注引史記乃釋不遺用非釋文中國字

蓱並秦之基業而與之

物然後有男女有男女然後有父子有父子然後有君臣在乎混混茫茫之時豐聞罕漫而不昭察世莫得而云也混混茫茫天地未分豐聞罕漫不明之貌也言天地肇開君臣始樹善惡罕漫而不昭察故世莫得而言之也莊子曰古之人在混茫之中與一時而得澹漠焉厥有云者上罔顯於羲皇罔無也顯明也伏羲爲三皇故曰羲皇中莫盛於唐虞邇靡著於成周左氏傳召公曰糾合宗族于成周仲尼不遺用春秋國斯發司馬遷書曰仲尼厄而作春秋言神明所祚兆民所託罔不云道德仁義禮智言有斯四德乃爲神明所祚兆民所託獨秦屈起西戎邠荒岐雍之疆史記曰秦自非子爲附庸之邑秦號曰秦嬴因襄文宣靈之僭迹史記曰秦莊公卒襄公立卒文公立卒德公立卒宣公立又曰懷公卒懷公太子靈公立立基孝公茂惠文奮昭莊孝公惠文君襄王並已見李斯上書史記曰文王卒子莊

左傳宣公八年正義曰魏齊斗稱於古二而為一周隋斗稱於古三而為一杜氏通典言六朝量三升當今一升稱三兩當今一兩尺一尺二寸當今一尺　孫奭林謂古之一寸適當今之六分有半
中國尺度之制由短而長晉迄後魏三百年間纍增十分之三自唐迄今則所增也微實由魏晉以降以絹布為調而絹布之制率以二尺二寸為幅四丈為匹官吏懼其短耗又欲多取於民故尺度代有增益北朝尤甚自金元以來不課絹布故八百年來尺度相因　唐宋之舊
史記始皇本紀一法度衡石丈尺

襄王立至政破縱擅衡并吞六國遂稱乎始皇史記曰莊襄卒子政立初并天下號始皇帝從横已見上盛從鞅儀韋斯之邪政商鞅張儀呂不韋李斯皆秦相馳騖起翦恬賁之用兵史記曰白起攻楚拔鄢郢入曰王翦羽攻趙拔之翦子賁破定燕齊地又曰蒙恬攻齊大破之刬滅古文刮語燒書史記李斯曰請非博士官所職天下敢有藏書詩百家語者詣守尉雜燒之弛禮崩樂塗民耳目崩樂已見劉歆移太常博士書六韶曰先塗民耳目遂欲流唐漂虞滌殷蕩周流漂滌蕩謂除之也難除仲尼之篇籍自勤功業難古然字改制度軌量咸稽之於秦紀稽考也紀本紀也言考校而著之秦紀是以耆儒碩老抱其書而遠遜禮官博士卷其舌而不談來儀之鳥肉角之獸狙獷而不臻來儀鳳也肉角麟也說文曰狙犬暫齧人且餘切又曰獷犬不可親附也古猛切甘露

神歆靈繹即指徐使返壁海水羣飛謂連弩射魚事

嘉醴景曜浸潭之瑞潛嘉醴醴泉也景曜景星有光曜也浸潭謂滋液浸潤能生萬物也潛藏也大茀經實巨狄鬼信之妖發茀彗星也穀梁傳曰星孛入北斗孛之爲言猶茀也步内切茀步忽切史記始皇本紀曰彗星光見東方北方漢書音義曰經謂星出東入西出西入東也史記始皇本紀曰有隊星下東郡至地爲石漢書曰始皇時有大人身長五丈夷狄之患見臨洮鬼信謂告祖龍死也巳見西征賦神歆靈繹海水羣飛繹猶緒也言神靈歎其舊緒不福祐之繹或爲液海水喻萬民羣飛言亂二世而亡何其劇與二世胡亥也爲趙高所殺劇甚也言促甚也帝王之道兢兢乎不可離已尚書曰兢兢業業夫能貞而明之者窮祥瑞貞正也言既正且明故祥瑞咸格回而昧之者極妖愆回邪也言既邪且闇故妖愆競集也昧或爲蔑上覽古在昔有憑應而尚缺焉言古帝王之興有憑依瑞應而尚毀缺故有行壞徹之道而全立者乎言無也

此段罵莽之盡改漢制之長卿之文諷而已耳子雲則直攻訐之矣

若古者稱堯舜尚書曰若稽古帝堯又云若稽古帝舜威侮者陷桀紂夏桀殷紂也尚書曰威侮五行況盡汛掃前聖數千載功業專用己之私而能享祐者哉況況始皇也私私所爲也而能享祐言不能也毛詩曰洒掃庭内毛萇曰洒灑也洒與汛同所買切會漢祖龍騰豐沛奮迅宛葉漢高祖發迹在於豐沛滅秦道自宛葉自武關與項羽戮力咸陽武關已見陸機高祖功臣頌漢書沛公謝羽曰與將軍戮力攻秦不自意先入關創業蜀漢發迹三秦漢書曰項羽立沛公爲漢王王巴蜀漢中又曰韓信因陳三秦易并之計漢王聽信策尅項山東而帝天下漢書曰灌嬰追斬羽東城漢王即皇帝位于氾水之陽擿秦政慘酷尤煩者應時而蠲蠲除也漢書沛公召秦豪桀曰父老苦秦苛法久矣與父老約法三章餘悉除秦法如儒林刑辟歷紀圖典之用稍增焉歷紀歷數綱紀也秦餘制度項氏爵號

陸士衡辯亡論注引王作皇

震聲日景連下句

旋而成三章

雖違古而猶襲之其秦政制度及項羽爵號雖知違古而猶襲之也孔安國尚書傳曰襲猶因也是以帝典闕而不補王綱弛而未張爲襲秦項故闕者不補弛者未張也道極數殫闇忽不還言天道既極歷數又殫故闇忽而滅不能自還也逮至大新受命大新王莽也已見西征賦上帝還資后土顧懷言上帝迴還而資助后土顧眷而懷歸言天地福祐之也玄符靈契黃瑞涌出玄符天符也靈契地契也黃瑞謂王莽承黃虞之後黃氣之瑞也漢書王莽曰予前在攝黃氣薰蒸以著黃虞之烈焉涌出而瑞之滭浡沕潏川流海渟雲動風偃霧集雨散言衆瑞之多也誕彌八圻八圻猶八埏言下終入圻上列天庭上陳天庭震聲日景言威聲如雷光景若日也易曰震爲雷炎光飛響盈塞天淵之間炎光日景也飛響震聲也塞乎天淵所及遠也天淵已見荅賓戲必有不可辭讓云爾言難辭也於是乃奉若天命

滭浡盛皃 詩觱沸檻泉

明不以秦

二注

窮寵極崇（尚書曰明王奉若天命）與天剖神符地合靈契（分天之符合地之契言應錄而王也）創億兆規萬世（創業經乎億兆規模至於萬世也）奇偉倜儻譎詭天祭地事（言衆瑞所以咸臻者由能祭天事地）其異物殊怪存乎五威將帥班乎天下者四十有八章（漢書曰莽遣五威將王奇等班符命四十二篇於天下）登假皇穹鋪衍下土（假至也言衆瑞升至於皇天鋪衍於下土）非新家其疇離之（離應也）卓哉煌煌眞天子之表也（表儀也）若夫白鳩丹烏素魚斷蛇方斯蔑矣（吳錄曰孫策使張紘與袁紹書曰殷湯有白鳩之祥然古者此事未詳其本尚書帝驗曰太子發渡河中流火流爲烏其色赤素魚白魚也已見封禪書漢書曰高祖夜經澤中有大蛇當徑高祖杖劍斬蛇分爲兩道開也）受命甚易格來甚勤（格至也言莽德盛故受天命甚易令衆瑞咸至甚勤也）昔帝纘皇王纘帝隨前踵古

當從別本作損益而已損益而已正所以作莽之銘改作也云字誤損益未即改云且与帝纘皇王纘帝焉不合 又治已為韻言異術而同云也

孝經鄭注覺大也呂是郭注訓愷爲樂不懇懇則覺德不愷言不懇懇則大德不行於天下也

王仲寶褚淵碑文注引遙集作逍遙

或無爲而治或損益而已也論語子曰無爲而治者其舜也與又曰殷因於夏禮所損益可知也豈知新室家據上文委心積意儲思垂務委亦積也旁作穆穆明旦不寐勤勤懇懇者非秦之爲與言新室所以旁作穆穆勤勤懇懇者以秦之所爲爲非故欲勤修德政也尚書曰勤施於四方旁作穆穆司馬遷書曰勤勤懇懇夫不勤勤則前人不當不懇懇則覺德不愷言不勤勤則不能當先王之意不懇懇則覺德不和也尚書曰篤前人成烈毛詩曰有覺德行左氏傳注曰愷和也是以發祕府覽書林遙集乎文雅之囿翱翔乎禮樂之場言以文雅爲圃囿以禮樂爲場冏胥殷周之失業紹唐虞之絕風胥續也紹繼也懿律嘉量金科玉條律六律也嘉量斗斛也金科玉條謂法令也言金玉貴之也神卦靈兆古文畢發著曰卦龜曰兆神靈尊之也古文先王之典籍也煥炳照曜靡不宣臻宣徧

家據上文

王元長三月三日曲水詩序注引咸作作

也臻至也式軨軒旂旗以示之式用也漢書曰莽立大夫卿車服黻冕各有差軨軒皆車

也尚書大傳曰未命爲士車不得有飛軨鄭玄曰如今窻車也周禮曰交龍爲旂熊虎爲旗揚和鸞

肆夏以節之大戴禮曰行以和鸞趣中肆夏鄭玄周禮注曰鸞和皆金鈴也漢書音義曰肆夏詩

樂也歩則歌之以中節施黼黻袞冕以昭之言制服有差亦明貴賤也尚書曰黼黻絺

繡周禮曰公之服自袞冕而下正嫁娶送終以尊之漢書曰莽請考論五經定要禮親

九族淑賢以穆之漢書莽詔曰姚嬀陳田王子之同族也尚書曰惇序九族五姓世世復無

有所與夫攺定神祇上儀也漢書曰莽奏定南郊欽修百祀咸秩也

漢書曰莽奏定羣神之禮尚書召誥曰祀于新邑咸秩無文明堂雍臺壯觀也漢書曰莽

奏起明堂辟雍九廟長壽極孝也九廟已見西征賦漢書曰王莽隳壞孝元廟獨置孝元廟

故殿以爲文母篹食堂既成名曰長壽宮制成六經洪業也漢書曰莽奏立樂經然經有五

莽待設進善之旌誹謗之木敢諫之鼓

而又立樂故云六經也北懷單于廣德也漢書曰莽重賂匈奴使上書慕從聖制以諱曜
太后若復五爵度三壤晉灼漢書注曰若頊及之辭漢書曰莽奏曰周爵五等地四等臣請
受爵者爵五等地四等尚書曰列爵惟五分土惟三經井田漢書曰莽令天下公田口井其男口不盈
入而田過一井者分餘田與九族周禮曰九夫爲井免人役漢書曰莽令更名天下奴婢曰私屬皆不
得賣方甫刑漢書曰莽分移律令儀法尚書曰穆王作呂刑孔安國曰後爲甫侯匡馬法
之馬法司馬穰苴之法也謂成出革車一乘教戎備也穰苴已見左太冲詠史詩恢崇祗庸爍德
懿和之風周禮曰以樂德教國子中和祗庸孝友爾雅曰懿爍美也廣彼搢紳講習
言諫箴誦之塗搢紳已見封禪書漢書賈山上疏曰古者工誦箴諫瞽誦詩士傳言諫過也
振鷺之聲充庭鴻鸞之黨漸階振鷺鴻鸞喻賢也毛詩振鷺于飛于彼西雝我客戾止亦
有斯容易曰鴻漸于陸俾前聖之緒布濩流衍而不韞韣韞韣已見上文櫝與

麟　别本作燐

術　即述也

鄗古字通音讀郁郁乎煥哉論語曰郁郁乎文哉又曰煥乎其有文章天人之事盛矣鬼神之望允塞言有聖德信能允塞鬼神之望羣公先正罔不夷儀尚書曰羣公既皆聽命又曰亦惟先正夷儀言有常儀也姦宄寇賊罔不振威尚書曰蠻夷猾夏寇賊姦宄紹少典之苗著黃虞之裔史記曰黃帝者少典之子姓公孫河圖著命曰握登見大虹意生黃帝漢書曰予惟黃帝舜帝咸有聖德營求其後將祚厥祀於是封姚恂爲初睦侯奉黃帝後嬀昌爲始睦侯奉虞帝後帝典闕者已補王綱弛者已張炳炳麟麟豈不懿哉麟麟光明也麟與燐古字同用厥被風濡化者京師沈潛甸內匝洽侯衛厲揭要荒濯沐言風化所被近者逾深遠者稍淺故京師沈潛而要荒濯沐也厲揭已見上文而術前典巡四民迄四嶽言法術前典而巡四民至於四嶽也管子曰士農工商四民者國之石民也尚書曰二月東巡狩至于岱宗柴五月南巡

甫 別本

阮嗣宗為鄭沖勸晉王牋顏延年三月三日曲水詩序注引西並作首

據注當為此自來皆未校正言舊二典為此篇因而成三也作舊三則不可通

二

狩至于南嶽八月西巡狩至于西嶽十有一月朔巡狩至于北嶽增封泰山禪梁甫斯受命者之典業也典常也言封禪之事王者常業也管子曰昔封泰山禪梁甫者七十有二家漢書音義項岱曰梁父者泰山下小山也蓋受命日不暇給或不受命然猶有事矣受命謂高祖也言高祖受命而不封禪始皇不受命猶有事乎泰山言俱失也史記曰始皇之上泰山中阪遇暴風雨況堂堂有新正丁厥時崇嶽渟海通瀆之神咸設壇場望受命之臻焉言莽既受命故嶽瀆之神皆設壇場而望來祭也堂堂盛也晏子春秋曰景公將去此堂堂國者而死乎海外遐方信延頸企踵回面內嚮喁喁如也呂氏春秋曰聖人南面而立天下延頸舉踵矣論語素王受命讖曰莫不喁喁延頸歸德帝者雖勤惡可以已乎何休公羊傳注惡猶於何也音烏宜命賢哲作帝典一篇舊三為一襲以示來人摛之罔極言宜

臭即齅也

王元長三月三日曲水詩序注引純作湻

並序 別本

此文諷漢以制作也

篇中絶未言及封禪

而文以云體同記禪

詳誤於蔡伯喈也

命賢智作帝典一篇足舊二典而成三典也謂堯典舜典令萬世常戴巍巍履栗栗巍巍高大也已見上文尚書曰栗栗危懼臭馨香含甘實言明德比於馨香甘實故臭而含之鏡純粹之至精聆清和之正聲易曰剛健中正純粹精也則百工伊凝庶績咸喜尚書曰允釐百工庶績咸熙曰庶績其凝喜與古熙字通熙又廣也荷天衢提地釐孔安國尚書傳曰釐理也上荷天道而下提地理言則而効之斯天下之上則已庶可試哉

典引一首

蔡邕曰典引者篇名也典者常也法也引者伸也長也尚書疏堯之常法謂之堯典漢紹其緒伸而長之也范曄後漢書曰班固字孟堅亦云注典引

班孟堅　蔡邕注

臣固言永平十七年臣與賈逵傅毅杜矩展隆郗萌等善曰後漢書曰賈逵字景伯爲侍中七略曰尚書郎中北海展隆然七略之作雖在哀平之際展隆壽或至永

下贊語中言所下贊語之中也

由今觀之賈生之言乃至平允漢亦一秦耳

具對素聞知狀者具以平昔聞知其非之狀對也

別本無

王子雍言隱切在孝武而不在子長乃得其平

報任安書謂草創未就會遭此禍是作史在前被刑在後然衛宏漢舊儀注說則遷之以禍乃由景紀極言其短及武帝過失則微文刺譏又不因陷刑也

此並不悟長卿之意而知封禪為文辭之首

平之中召詰雲龍門小黃門趙宣持秦始皇帝本紀問臣等曰太史遷下贊語中寧有非耶臣對此贊賈誼過秦篇云向使子嬰有庸主之才僅得中佐秦之社稷未宜絶也此言非是即召臣入問本聞此論非耶將見問意開寤耶臣具對素聞知狀詔因曰司馬遷著書成一家之言揚名後世善曰司馬遷書曰通古今之變成一家之言孝經曰揚名於後世至以身陷刑之故反微文刺譏貶損當世非誼士也司馬相如洿行無節但有浮華之辭不周於用至於疾病而遺忠主上求取其書竟得頌述功德言封禪事忠臣効也至是賢遷遠矣臣固常伏刻誦聖論昭明好惡不遺微細

文以引靡作麗麗即靡耳今人云精微
不典謂不主經義
亡實謂華不足以當

愚戇頓首乃稱惶恐頓首之比也

緣事斷誼動有規矩雖仲尼之因史見意亦無以加臣固被學最舊受恩浸深誠思畢力竭情昊天罔極臣固頓首頓首伏惟相如封禪靡而不典揚雄美新典而亡實然皆游揚後世垂爲舊式臣固才朽不及前人蓋詠雲門者難爲音觀隋和者難爲珍不勝區區竊作典引一篇雖不足雍容明盛萬分之一猶啓發憤滿覺悟童蒙光揚大漢軼聲前代然後退入溝壑死而不朽臣固愚戇頓首頓首曰

太極之元易曰太極是生兩儀兩儀始分烟烟熅熅有沈而奧有浮而清烟烟熅熅陰陽和一相扶貌也奧濁也言兩儀始分之時其氣和同沈而濁者爲地浮而清者

善本云繹當作緯之
事也最是

龍翼指伏羲伏羲
以龍紀官

爲天沈浮交錯庶類混成地體沈而氣昇天道浮而氣降升降交錯則衆類同矣善曰國語曰夏禹能平水土以品處庶類者也老子曰有物混成先天地生肇命民主五德初始民主者天子也尚書曰成湯簡代夏作民主五德五行之德自伏羲已下帝王相代各據其一行始於木終於水則復始也同於草昧易曰天造草昧玄混之中混猶溷濁踰繩越契寂寥而亡詔者系不得而綴也言結繩書契已往其道寂漠亡聲莫能以相告故易系不得綴連也綴知銳切厥有氏號所依爲氏也號功之表也號太昊曰伏羲炎帝曰神農黃帝曰軒轅少昊曰金天顓頊曰高陽帝嚳曰高辛堯曰陶唐舜曰有虞紹天闡繹宗紹天地開道人事莫不開元於太昊皇初之首上哉敻乎其書猶得而修也亞斯之代通變神化函光而未曜若夫上稽乾則降承龍翼善曰翼法也言陶唐上能考天之則下能承龍之法也龍洪龍圖也而炳諸典謨以冠

德卓絕者莫崇乎陶唐。善曰春秋合誠圖曰黃帝德冠帝位陶唐舍胤而禪有虞。有虞亦命夏后稷契熙載越成湯武股肱。既周天迺歸功元首將授漢劉。天有五行之序堯與四臣各據其一行而堯爲之正四臣巳徧故歸功元首之子孫而授漢劉也高祖始於沛公起兵入關後爲漢王以即尊位故遂曰漢也春秋左氏傳曰陶唐氏既衰其後劉累者在夏爲御龍氏在商爲豕韋氏在周爲唐杜氏成王滅唐宣王殺杜伯杜伯之子隰叔奔晉其後士會奔秦而復歸其子留秦者爲劉氏以是明之漢爲堯後善曰尚書曰熙帝之載元首股肱巳見上文俾其承三季之荒末値亢龍之災孽。善曰國語郭偃曰夫三季王之亡宜也韋昭曰季末也三季王桀紂幽王也易曰亢龍有悔窮之災也縣象闇而恒文乖彝倫斁而舊章缺。善曰易曰懸象著明莫大乎日月尚書曰帝乃震怒弗俾洪範九疇彝倫攸斁左氏傳曰季桓子命藏象魏曰舊章不可亡也故先命玄聖使綴學立制。善曰

辰

玄聖孔子也莊子曰夫虛靜恬淡玄聖素王之道也春秋孔演圖曰玄丘制命帝卯行也宏亮洪業表相祖宗贊揚迪喆相助也始受命爲祖繼中爲宗皆不毀廟之稱也言仲尼之作亦顯助祖宗揚明其蹈喆之德備哉燦爛真神明之式也雖臯夔衡旦密勿之輔比茲褊矣茲孔子也善曰謂臯陶后夔阿衡周旦也密勿已見傳季友求贈劉前軍表是以高光二聖宸居其域言高祖光武如北辰居其所而衆星拱之時至氣動乃龍見淵躍善曰易曰見龍在田或躍在淵拊翼而未舉則威靈紛紜海內雲蒸雷動電熛胡繇莽分尚不莅其誅言二祖即位胡亥王莽皆先已誅天之所爲先除也善曰史記曰始皇崩趙高立子胡亥爲大子襲位爲二世皇帝後陳勝等反趙高乃使閻樂誅二世二世自殺漢書曰王莽地黃四年十月漢兵從宣平城門入城中少年朱弟等恐見虜掠私燒其室門呼曰虜王莽何不出來降莽避火之漸臺衆兵上臺商人杜吳殺莽軍人裂莽尸然後欽若上下恭揖羣

虔宗用今文尚書顧命

高光即位皆嘗遜讓

此種句法不可爲式然自子雲來

矢敦謂太誓牧誓並有茂勵之文茂勵皆勉也

曹子建王仲宣諸注引作大漢

誥誓不及五帝比漢於堯故曰誥誓不及

后正位虔宗虔居也宗尊也言二主既除亂諸侯推而尊之然後敬順天地恭揖諸侯正位居尊也善曰易曰君子正位凝命有于德不台淵穆之讓淵穆深美之辭也善曰尚書曰舜讓于德不嗣漢書音義韋昭曰古文台爲嗣靡號師矢敦奮撝之容矢陳也敦勉也毛詩曰矢于牧野善曰言漢取天下無名號師衆陳兵誥誓勸勉秉旄奮麾之容撝與麾音義同蓋以膺當天之正統受克讓之歸運善曰尚書曰誕膺天命又曰允恭克讓蓄炎上之烈精謂火漢之德也蓄聚也善曰尚書曰火曰炎上蘊孔佐之弘陳云爾善曰孔佐即孔子也能表相祖宗故曰佐洋洋乎若德帝者之上儀誥誓所不及已本事曰誥戎事曰誓鋪觀二代洪纖之度洪大也纖細也其賾可探也善曰探賾見文賦並開迹於一匱同受侯甸之服奕世勤民以方伯統牧善曰言殷周二代初皆微開迹於一匱並受夏殷侯甸之服勤勞治人或爲方伯或爲統牧也論語

敦實也其文華而實不華也後漢書華作偉讀亦同

曰雖覆一簣桓子新論曰湯武則久居諸侯方伯之位德惠加於百姓紀年曰武乙即位周王季命爲殷牧師也乘其命賜彤弧黃鉞之威用討韋顧黎崇之不恪韋豕韋顧已姓之國皆夏諸侯也黎崇殷諸侯也四國爲不敬湯文王誅之毛詩曰韋顧既伐又曰既伐于崇作邑於豐書曰西伯既戡黎善曰乘因也言因其命賜以彤弓黃鉞乃始征伐也至于參五華夏京遷鎬亳善曰參五謂參五分之也言殷周參五而分華夏之地然後乃始京遷於鎬亳也論語曰參分天下有其二以服事殷解嘲曰四分五割並爲戰國毛詩曰考卜維王宅是鎬京毛萇曰武王作邑於鎬京尚書湯誥曰王歸自夏至于亳孔安國傳曰湯遷於亳遂自北面虎螭其師革滅天邑天邑天子邑也善曰北面臣位也虎螭如虎如螭也史記武王曰勉哉夫子如虎如羆如豺如離徐廣曰此音義訓並與螭字同尚書曰肆予敢求爾于天邑商是故誼士華而不敦武稱未盡護有慙德不其然歟武周樂也護殷樂也孔子曰韶盡美矣又盡善也謂武盡美矣未盡善也舜禪

此擬子雲而過之矣

稱其祖之孕育甄陶言德兼四代也不必作父母模範解

而周伐故未盡善也延陵季子聘魯觀樂見舞大護者曰聖人之弘也而猶有慙德恥於始伐也豈不然乎左氏傳臧哀伯曰武王克商遷九鼎于洛邑義士猶或非之亦猶於穆猗那翕純皦繹周頌曰於穆清廟商頌曰猗歟那歟孔子曰始作翕如也從之純如也皦如也繹如也以崇嚴祖考殷薦宗配帝善曰周易曰先王作樂崇德殷薦之上帝以配祖考發祥流慶對越天地者對荅也善曰毛詩曰對越在天鄭玄曰越於也舄奕乎千載舄奕光曜流行貌豈不克自神明哉善曰言二代以臣伐君尚能作樂配天豈不能自神明其道哉周易曰聖人以此齋戒以神明其德誕略有常審言行於篇籍光藻朗而不渝耳善曰言二代神明其道大略有常但審言行於篇籍光藻明而不變言無殊功也矧夫赫赫聖漢巍巍唐基泝測其源乃先孕虞育夏甄殷陶周言測虞漢本至唐乃任舜育禹化契成稷皆爲之父母模範也甄陶已見上文然後宣二祖之重光

王仲寶褚淵碑文注引乎作于　沈休文齊故安陸昭王碑文注引乎作于

匿即慝也後漢書作慝　回作迴是也

興弘爲韻厥道當下屬　注並不誤

襲四宗之緝熙宣徧也襲因也高祖光武爲二祖孝文曰太宗孝武曰世宗孝宣曰中宗孝明曰顯宗二祖重光天下四宗盛美相因而起也善曰尚書王曰昔君文王武王宣重光緝熙已見上文神靈曰照光被六幽六幽謂上下四方也尚書曰光被四表格于上下仁風翔乎海表威靈行乎鬼區鬼區絕遠之區也善曰尚書曰方行天下至于海表鬼區即鬼方也毛詩曰覃及鬼方毛萇傳曰鬼方遠方也匿亡回迴而不泯微胡瑣而不頤善曰頤養也何細而不養言皆養也故夫顯定三才昭登之績匪堯不興言明天地人之道明登天之功非堯莫能興也尚書曰昭登于上善曰周易曰易有天道焉有地道焉兼三才而兩之鋪聞遺策在下之訓匪漢不弘厥道善曰言布聞古之遺策聖德在下之訓非漢不能弘道毛詩曰明明在下毛萇傳曰文王之德明明在天下謂天之下也至於經緯乾坤出入三光言使日月星辰出以其節入以其期亡朒朓側匿盈縮之異也善曰言漢之道能經緯天地出入三光也准南子曰

○羣拱項也

○令字是今後漢書作今

○遷正黜色賓監之事特借以目許宣改作者耳

○揚越散也

○与禮樂志同其意旨此不能直斥其君也

○屯聚也

○用字是今後漢書作朋

覆天載地紘宇宙而章三光也外運渾元内沾豪芒言漢道外則運行於渾元内則沾潤於豪芒言巨細咸被也性類循理品物咸亨其已久矣易曰品物咸亨盛哉皇家帝世德臣列辟功君百王言漢之德能臣古之列辟其功又爲百王之君也榮鏡宇宙四表曰宇往古來今曰宙尊亡與亢乃始虔鞏勞謙鞏亦勞也易曰勞謙君子有終吉兢兢業業貶成抑定不敢論制作尚書曰兢兢業業一日二日萬機禮記曰王者功成作樂治定制禮至令遷正黜色賓監之事渙揚寓内漢承周後當就夏正以十二月爲年首而秦以十月爲年首高祖又以十月至霸上因而不改至武帝太初始改焉賈誼公孫臣等議以漢土德服色尚黃至光武中乃黜黃而尚赤立殷後曰紹嘉公周後曰承休公以賓而監二代矣於四者宣揚海内制作之事由未章也禮記曰聖人南面而治天下也改正朔易服色而禮官儒林屯用篤誨之士不傳祖宗之髣髴

來儀羽族肉角毛宗皆倒用以成文不可以式然亦自封禪圖騶虞數句化出也

雖云優慎無乃葸與慎而無禮則葸優謂優游也尚書大傳曰周公作樂優游三年於是三事嶽牧之寮僉爾而進曰三事嶽牧已見上陛下仰監唐典中述祖則俯蹈宗軌躬奉天經惇睦辨章之化洽孝經曰夫孝天之經也尚書曰惇叙九族九族旣睦平章百姓辨與平古字通也巡靖黎蒸懷保鰥寡之惠浹懷安也保養也巡靖巡狩而安之也毛詩曰日靖四方尚書周公曰懷保小民惠鮮鰥寡燔瘞縣沈肅祇羣神之禮備爾雅曰祭天曰燔柴祭地曰瘞埋祭山曰庪縣祭川曰浮沈是以來儀集羽族於觀魏貌恭體仁則鳳皇來儀尚書曰鳳皇來儀肉角馴毛宗於外囿視明禮修家語子夏曰商聞山書曰羽蟲三百有六十而鳳爲之長則麒麟來應廣雅曰麒麟狼題肉角家語子夏曰毛蟲三百有六十而麟爲之長擾緇文皓質於郊思睿信立則白虎擾騶虞也升黃輝采鱗於沼聽德知正則黃龍見禮記曰龜

此類代語已開穎並棄
㠭虬户鐵溪之端宜
勿效也

龍在宮沼甘露宵零於豐草德至天則甘露降毛詩曰湛湛露斯在彼豐草三足軒翥於茂樹烏反哺之鳥至孝之應也楚辭曰鸞鳥軒翥而翔飛若乃嘉穀靈草奇獸神禽應圖合諜窮祥極瑞者朝夕坰牧天子家日月內也邦畿卓犖乎方州洋溢乎要荒昔姬有素雉朱烏玄秬黃麰之事耳素雉白雉也已見東都主人朱烏火流爲烏也毛詩曰誕降嘉種惟秬惟秠爾雅曰秬黑黍也韓詩外傳曰貽我嘉麰薛君曰麰大麥也音莫侯切君臣動色左右相趣濟濟翼翼峨峨如也濟濟翼翼已見上毛詩曰奉璋峨峨蓋用昭明寅畏承聿懷之福毛詩曰昭事上帝聿懷多福尚書曰嚴恭寅畏亦以寵靈文武貽燕後昆覆以懿鑠左氏傳蘧啓疆曰辱見寡君寵靈楚國毛詩曰貽厥孫謀以燕翼子尚書曰垂裕後昆豈其爲身而有顓辭也若然受之亦宜勤恁旅力

繇及注及別本

允信宜行之也与文為韻善屬下非

聖注及別本

寤寐次於心謂思制作瞻前顧後謂仰觀俯察哉

云善無瞻前顧後

豈蘉清廟廟指祖宗言所以敘制作者豈敢輕祖而以勑正天命為難哉

恁思也旅陳也恁如深切以充厥道啟恭館之金縢恭館宗廟金縢之所在御東序之祕寶以流其占東序牆也尚書曰顓頊河圖雒書在東序流演也雒書皆存士之事尚覽之以演禍福之驗也夫圖書亮章天哲也亮信也章明也言河圖洛書至信至明而出天賜之使視而行之孔猷先命聖孚也猷道也言孔子先定道誠至信也體行德本正性也體行正性習堯所履今天子復蹈之逢吉丁辰景命也言逢此吉當此時者皇天之大命也順命以創制易曰湯武革命順乎天應乎人因定以和神治定作樂以和人神荅三靈之蕃祉展放唐之明文善曰三靈天地人也巳見陸機高祖功臣頌尚書旋機鈐曰平制禮樂放唐之文茲事體大而允寤寐次於心瞻前顧後善曰允信也次止也言此事體大式弘大信能寤寐常止於聖心不可忘也大戴禮曰神明自得聖心備矣前謂前代帝王後謂子孫也豈蘉清廟憚勑天命也蘉輕

也別本作乎

文選封禪蔡大誤
義清廟承上寵雲文
武言勑天命承上昭
昭寅畏言

不俾即不畀也書曰惟天不畀
允罔固亂

光度即光宅也孔序曰光宅天下　不俾似不畀也書曰惟天不畀允罔固亂

如台奈何也法邪
以上三事岳牧之辭

繇道也五道謂五經之道也法古邪

也僤難也勑正也言封禪之事皆述祖宗之德今乃推讓豈輕清廟而難正天命乎善曰毛詩序曰清廟祀文王也尚書曰勑天之命伊考自遂古乃降戾爰茲伊維也遂古遠古也戾至也言自遠古以來至於此也楚辭曰遂古之初誰傳道之作者七十有四人善曰古封禪者七十二君今又加之二漢有不俾而假素罔光度而遺章言前封禪之君有天下使之而尚假竹素未有告之以光明之度而遺其篇章今其如台而獨闕也尚書曰夏罪其如台孔安國傳曰台我也是時聖上固以垂精遊神苞舉藝文屢訪羣儒諭咨故老與之斟酌道德之淵源肴覈仁誼之林藪以望元符之臻焉斟酌飲也肴覈食也肉曰肴骨曰覈水深曰淵水本曰源叢木曰林澤無水曰藪言六藝者道德之深本而仁義之叢藪也天子與羣儒故老斟酌肴覈而行以天應之至也詩云泂酌彼行潦又曰肴覈惟旅旣感羣后之讜辭又悉經五繇之碩慮

東塾集卷四跋文選南宋贛州本謂尚書曰上有善曰二字胡氏重刻尤氏本者未見此本耳

孫志祖云詩廣雅絣使也此當作使字解善注非

丕天之大律出今文泰誓鄭注云丕大也律法也案丕光大之也褻鄭鄭裁臣裁臣裁鄭裁由法此言惟唐可以比漢惟漢可以繼唐

矣。讜直言也經常也繇占也王者巡狩須卜五年歲耆其祥習則行不則修德而攷卜言天下巳舉五卜之占而習吉也將絣。萬嗣。揚洪煇奮景炎。揚奮皆振布之意也絣使也絣與絣古字通也扇遺風。播芳烈。久而愈新。用而不竭。注沍乎丕天之。大律。其曀能亘之哉。唐哉皇哉皇哉唐哉。言誰能竟此道惟唐堯與漢漢與唐堯而巳

文選卷第四十八

初四夕　侃誦

文選卷第四十九

梁昭明太子撰

文林郎守太子右内率府録事叅軍事崇賢館直學士臣李善注上

史論上

公孫弘傳賛一首　班孟堅

賛曰公孫弘卜式倪寬皆以鴻漸之翼困於燕雀李奇漢書

注云漸進也鴻一舉而進千里者羽翼之材也弘等言皆以大材初困爲俗所薄若燕雀不知鴻鵠之志

遠迹羊豕之間非遇其時焉能致此位乎 漢書曰公孫弘少時家貧牧豕海上年四十餘乃學春秋武帝初即位召賢良文學士是時弘年六十徵賢良文學對策拜博士遷丞相又曰卜式以田畜爲事式以入山牧羊十餘年羊致千餘頭上拜爲中郎遷御史大夫韋昭漢書注曰遠迹謂耕牧在遠方也 是時漢興六十餘載海内乂安府庫充實而四夷未賓制度多闕上方欲用文武求之如弗及始以蒲輪迎枚生見主父而歎息 漢書曰武帝爲太子聞枚乘名及即位乘已年老迺以安車蒲輪徵乘又曰主父偃齊國臨淄人武帝時言九事其八事爲律令上書闕下朝奏暮召入見謂曰公安在何相見之晚也 羣士慕嚮異人並出卜式拔於芻牧弘羊擢於賈豎 漢書曰桑弘羊洛陽賈人子 衛青奮於奴僕日磾出於降虜

漢書曰衛青其父鄭季與陽信長公主家僮衛媪通生青青姊子入宫幸上召青爲建章監侍中又曰金日磾本匈奴休屠王子王降漢後悔昆邪王殺之將其衆降日磾以父不降沒入宫輸黄門養馬馬肥好上拜爲馬監

斯亦曩時版築飯牛之明朗已。尚書序曰高宗夢得說使百工營求諸野得諸傳巖孟子曰傳說舉於版築之閒呂氏春秋曰甯戚飯牛居車下望桓公悲擊牛角而疾歌矣

漢之得人於茲爲盛。儒雅則公孫弘董仲舒倪寬。漢書曰倪寬治尚書爲侍御史上問尚書一篇擢爲中大夫

篤行則石建石慶。漢書曰石奮長子建次子慶皆以馴行孝謹官至二千石

質直則汲黯卜式。汲黯已見西征賦漢書曰卜式言郡國不便鹽鐵船有筭可罷

推賢則韓安國鄭當時。漢書曰韓安國所推舉皆廉士賢於己者於梁舉壺遂臧固至此皆天下名士鄭當時已見西征賦

定令則趙禹張湯。漢書曰張湯遷太中大夫與趙禹共定諸律令又曰趙禹斄人至中大夫斄音部

文章則司馬遷相如滑稽

則東方朔枚皐楚辭曰突梯滑稽如脂如韋王逸曰轉免隨俗也漢書曰枚皐字少孺不通經
術談笑類俳倡以故得媟黷應對則嚴助朱買臣漢書曰嚴助爲中大夫與朱買臣並
在左右歷數則唐都落下閎漢書曰造漢太初歷方士唐都巴郡落下閎與焉益部耆
舊傳曰閎字長公巴郡閬中人也明曉天文地理隱於落亭武帝時友人同縣譙隆薦閎待詔太史更作太初
歷拜侍中辭不受風俗通曰姓有落下漢有落下閎協律則李延年漢書曰李延年中山人坐
法腐刑善歌新聲爲協律都尉運籌則桑弘羊漢書曰桑弘羊以心計爲侍中奉使則張
騫蘇武張騫蘇武已見西征賦將帥則衛青霍去病衛青霍去病已見長楊賦
受遺則霍光金日磾漢書曰武帝病篤霍光曰如有不諱誰當嗣者上曰立少子君行周
公之事光讓日磾日磾亦曰臣不如光並受遺詔輔少主其餘不可勝紀是以興造
功業制度遺文後世莫及孝宣承統纂修洪業國語曰祭公謀

父曰時序其德纂修其緒亦講論六藝招選茂異六藝六經也漢書武帝詔曰察吏民茂才異等而蕭望之梁丘賀夏侯勝韋玄成嚴彭祖尹更始以儒術進漢書曰蕭望之修齊詩事同縣后倉又曰梁丘賀字長公從京房受易賀入說上善之以賀爲郎至少府又曰夏侯勝從濟南伏生受尚書至長信少府又曰韋賢修詩傳子玄成至丞相又曰嚴彭祖字次公與顏安樂俱事眭孟公羊春秋有顏嚴之學爲太子太傅又曰穀梁學有尹更始爲諫議大夫劉向王褒以文章顯將相則張安世趙充國魏相邴吉于定國杜延年漢書曰張安世字少孺宣帝即位爲大司馬車騎將軍又曰杜延年字幼公爲太僕給事中宣帝任信之即奉駕入給事中趙充國于定國已見西征賦治民則黃霸王成龔遂鄭弘召信臣韓延壽尹翁歸趙廣漢嚴延年張敞之屬漢書曰黃霸字次公爲揚州刺史宣帝以爲潁川太守又曰王成爲膠東相政甚有聲宣帝最先褒之又

蕭嗣何以竟以斯文入選豈是非之公未可泯乎

曰龔遂字少卿宣帝以爲渤海太守人皆富實獄訟止息又曰鄭弘字穉卿爲淮陽相以高第入爲右扶風又曰召信臣字翁卿爲南陽太守吏民親愛號之曰召父又曰韓延壽字長公爲東郡太守吏民敬畏趨鄕之斷獄大減爲天下最又曰尹翁歸字子況拜東海太守東海大治又曰嚴延年字次卿爲涿郡太守道不拾遺趙張已見西征賦皆有功迹見述於後世參其名臣亦其次也

晉紀論晉武帝革命一首　干令升

何法盛晉書曰干寶字令升新蔡人始以尚書郎領國史遷散騎常侍卒撰晉紀起宣帝迄愍五十三年評論切中咸稱善之

史臣曰帝王之興必俟天命尚書曰俟天休命苟有代謝非人事也淮南子曰二者代謝舛馳高誘曰代更也謝次也文質異時興建不同春秋元命苞曰王者一質一文據天地之道也天質而地文又曰正朔三而改文質再而復故古之有

天下者柏皇栗陸以前爲而不有應而不求執大象也莊子曰獨不知至德之時乎昔者柏皇氏栗陸氏若此之時則至治也淮南子曰天地大矣成而弗有老子曰執大象天下往鴻黃世及以一民也父子相承以一民之心也左氏傳史克曰昔帝鴻氏有不材子杜預曰帝鴻黃帝也禮記曰大人世及以爲禮堯舜內禪體文德也漢魏外禪順大名也謝靈運晉書禪位表曰夫唐虞內禪無兵戈之事故曰文德漢晉外禪有翦伐之事故曰順名以名而言安得不借稱以爲禪代之邪靈運之言似出于此文既詳悉故具引之湯武革命應天人也周易曰湯武革命順乎天而應乎人高光爭伐定功業也漢高祖及光武也仲長子昌言曰高光二祖之神武遇際會而不能得管子曰禹平治天下及桀而亂之湯放桀以定禹功也湯平治天下及紂而亂之武王伐紂以定湯功也各因其運而天下隨時隨時之義大矣哉周易曰隨元亨隨時之義大矣哉古者敬其事則命

以始令帝王受命而用其終尚書曰月正元日舜格于文祖孔安國曰將即政故至文祖廟告也魏志曰陳留王咸熙二年十二月禪位于晉嗣王左氏傳曰晉侯使太子申生伐東山皐落氏狐突歎曰時事之徵也故敬其事則命以始令命以時卒閟其事也豈人事乎其天意乎

卽晉祚安得久長之義

晉紀總論一首

干令升

史臣曰昔高祖宣皇帝以雄才碩量應運而仕范曄後漢書曰陶謙奏記於朱儁曰將軍既文且武應運而出值魏太祖創基之初籌畫軍國嘉謀屢中干寶晉紀曰魏武帝爲丞相命高祖爲文學掾每與謀策畫多善遂服輿軫驅馳三世干寶晉紀曰魏文帝即王位爲丞相長史明帝即位遷驃騎大將軍性深阻有如城府而能寬綽以容納行任數以御物而知人善采拔管子曰聖君任法不任智任數不任說尚書禹曰知人則哲能官人故賢愚咸懷小大

過秦一篇并子郭焉數此其一也

摹擬過襍過多未能鎔鍊是此文之病特大體駿健耳

劉知幾云干寶直言敢譏朝士

晉書干寶傳寶少勤學博覽書記以才器召爲著作郎中興草創未置史官王導乃表請以寶領國史寶乃著晉紀自宣帝迄於愍帝五十三年凡二十卷奏之其書簡略直而能婉咸稱良史

隙　晉書作璝

初以口吃不得為幹佐為稻田守叢草吏後為

司馬宣王征孟達時泰導軍為兗州刺史時於討諸葛誕之役極有功

淩　晉書

畢力。尚書穆王曰小大之臣咸懷忠良東觀漢記太史官曰明主勞神忠臣畢力爾乃取鄧艾於農隙，引州泰於行役，委以文武，各善其事。魏志曰鄧艾字士林義陽人也典農綱紀上計吏因使見太尉司馬宣王宣王奇之辟以為掾遷尚書郎郭頒世語曰初荊州刺史裴潛以州泰為從事司馬宣王鎮宛潛數遣詣宣王由此為宣王所知歷兗豫州刺史故能西禽孟達，東舉公孫淵。干寶晉紀曰新城太守孟達反高祖親征之屠其城斬達魏志曰公孫淵為遼東太守景初元年徵淵遂發兵逆於遼隧自立為燕王三年遣司馬宣王征淵斬淵傳首洛陽內夷曹爽，外襲王陵。干寶晉紀曰高祖與曹爽俱受遺輔政爽橫恣日甚高祖乃奏事永寧宮廢爽爽兄弟以侯歸第有司奏黃門張當辭道爽反狀遂夷三族又曰高祖東襲太尉王陵于壽春初陵以魏主非明帝親生且不明也謀更立楚王彪陵聞軍至面縛請降高祖解縛反服見之送之京都飲藥而死神略獨斷，征伐四克。楊雄連珠曰兼聽獨斷聖王之法也法言曰湯武桓桓征伐四克維御

輔頰也口旁肌之名也輔車本一処分為二名輔為外表車是内骨

據晉書及別本乙

老子執大象天下往

群后大權在已春秋孔演圖曰天子執圖諸侯得之大權成屢拒諸葛亮節
制之兵而東支吳人輔車之勢漢書曰齊桓晉文之兵可謂入其域而有節制
矣左氏傳宮之奇曰諺所謂輔車相依脣亡齒寒世宗承基太祖繼業干寶晉紀曰世
宗景皇高祖崩以撫軍大將軍輔政又曰太祖文皇帝母弟也世宗崩進位大將軍録尚書事輔政軍旅
屢動邊鄙無虞於是百姓與能大象始構矣周易曰人謀鬼謀百
姓與能大象已見上文玄豐亂内欽誕寇外干寶晉紀曰中書令李豐推太常夏侯玄
謀廢大將軍世宗聞之乃遣王羨迎豐至世宗責之豐知禍及遂肆惡言勇士築殺之皆夷三族又曰楊州刺史
文欽自曹爽死後陰懷異志乃矯太后令罪狀世宗世宗自帥中軍討之欽敗得入吳又曰鎮東大將軍諸葛
誕貳于我太祖親率六軍東征拔之斬誕首夷三族也潛謀雖密而在幾必兆淮
浦再擾而許洛不震咸黜異圖用融前烈左氏傳曰咸黜不端尚書

九錫：大輅戎輅、衮冕赤舃、軒懸之樂、六佾之舞、朱戶以居、納陛以登、虎賁之士三百人、鈇鉞、彤弓彤矢、玈弓玈矢、秬鬯圭瓚、
藝文類聚載袁淑俳諧集載驢廬山公九錫文、雞會稽公九錫文

王曰公劉克篤前烈然後推轂鍾鄧長驅庸蜀干寳晉紀曰景元四年大舉伐蜀太祖部分諸軍指授方略使征西將軍鄧艾自狄道攻姜維於沓中使鎮西將軍鍾會自駱谷襲漢中漢書馮唐曰上古王者遣將也跪而推轂曰閫以內寡人制之閫以外將軍制之戰國策曰樂毅輕卒銳兵長驅至齊尚書曰及庸蜀人三關電掃劉禪入臣吳志賀邵曰劉氏據三關之險守重山之固張瑩漢南記曰蜀有陽平江關白水關此爲三關干寳晉紀曰鄧艾進軍城北蜀主劉禪面縛輿櫬詣壘門范曄後漢書閻忠說車騎將軍皇甫嵩曰旬月之間神兵電掃天符人事於是信矣東觀漢記耿純說上曰天時人事已可知矣始當非常之禮終受備物之錫干寳晉紀曰天子命太祖爲晉公九錫之禮又進公爵爲王左氏傳子魚曰備物典策名器崇於周公權制嚴於伊尹至於世祖遂享皇極世祖武帝也尚書考靈耀曰建用皇極宋均曰建立也皇極大中也正位居體重言慎法周易曰君子正位居體也法言曰重言重

易坤卦疏云正位居體者居中
得正是正位也處上體之中是
居體也

行言重則有法仁以厚下儉以足用周易曰山附於地
行重則有德剥上以厚下安宅
毛詩序曰儉以和而不弛寬而能斷論語曰君子和而
足用寬以愛民不同韋昭國語注
曰弛廢也尚書曰故民詠惟新四海悅勸矣毛詩曰周
寬而栗斷猶決也雖舊邦其
命惟新周易曰說以先民民忘其勞說
以犯難民忘其死說之大民勸矣哉聿修祖宗之志
思輯戰國之苦毛詩曰無念爾腹心不同公卿異議而
祖聿修厥德
獨納羊祜之策以從善為衆干寶晉紀曰征南大將軍
羊祜來朝上疏云以國家
之盛強臨吳之危弊軍不踰時尅可必也上納之而未
宣左氏傳欒武子曰善鈞從衆夫善衆之主也從之不
亦可故至於咸寧之末遂排群議而杖王杜之決干寶
乎晉紀
曰咸寧五年龍驤將軍王濬上疏曰吳王荒淫且覲時
運宜征伐上將許之賈充荀勖等陳諫以為不可張華
固勸之杜預亦上疏上先納羊祜之
謀重以濬預之決乃發詔諸方大舉況舟三峽介馬桂

桂陽今湘南地杜預取江陵沅湘以南接於交廣望風降下

陽左氏傳晉讖秦輸之粟命之曰汎舟之役劉淵林蜀都賦注曰三峽巴東永安縣有高山相對民謂之峽左氏傳曰晉郤克與齊侯戰于鞍齊侯不佚

役不二時介馬而馳之漢書曰有桂陽郡高帝置之

江湘來同干寶晉紀曰咸寧五年十一月命安東將軍王渾龍驤將軍王濬帥巴蜀之卒浮江而下太康元年四月王濬鼓譟入于石頭吳主孫皓面縛輿櫬降于濬毛詩曰淮夷來同也

夷吳蜀之壘垣通二方之險塞掩唐虞之舊域班正朔於八荒漢書曰賈捐之曰堯舜之盛也地方不過數千里論語比考讖曰正朔所加莫不歸義甘泉賦曰八荒協兮萬國諧

太康之中天下書同文車同軌禮記子曰今天下書同文車同軌

牛馬被野餘糧棲畝行旅草舍外閭不閉東觀漢記曰建武十七年商賈重寶單車露宿牛馬放牧道無拾遺淮南子曰昔容成之時置餘糧於畝首蔡邕胡廣碑曰餘糧棲乎畎畝毛詩曰召伯所茇毛萇曰茇草舍也禮記曰外戶不閉謂之大同

民相遇者如親其匱乏者

說文諺傳言也傳言者古語也凡
鍾傳所稱之諺皆屬前代故
訓字人作注始以俗語俗論
當之

七

取資於道路禮記孔子曰昔者大道之行也人不獨親其親不獨子其子故于時有天下無窮人之諺莊子孔子曰當堯舜而天下無窮人非知得也當桀紂而天下無通人非知失也雖太平未洽亦足以明吏奉其法民樂其生百代之一時矣東觀漢記詔曰吏安其職民樂其業孝經援神契曰天下歸往人人樂生論語曰百世可知言喻遠也武皇既崩山陵未乾漢書霍禹曰將軍墳墓未乾楊駿被誅母后廢黜干寶晉紀曰永平元年誅太傅楊駿遷太后楊氏于永寧宮策廢為庶人居於金墉城朝士舊臣夷滅者數十族尋以二公楚王之變干寶晉紀曰太子太傅孟觀知中宮旨因譖二公欲行廢立之事楚王瑋殺太宰汝南王亮太保衛瓘張華以二公既亡楚必專權使董猛言於后遣謁者李雲宣詔免瑋付廷尉瑋以矯詔伏誅宗子無維城之助而閼伯實沈之郤歲構毛詩曰懷德維寧宗子維城左氏傳子產曰昔高辛氏有二子伯曰

廿二史劄記云八王之亂晉書及通
鑑紀事本末所載頭緒繁多
覽者不易了今撮敘於此武帝
臨崩欲以汝南王亮與后父楊
駿同輔政駿匿其詔矯命
亮司馬懿子出鎮許昌惠帝
既立賈后擅權殺楊駿廢
楊太后徵亮入與衛瓘同
輔政亮與楚王瑋不協瑋武帝子
訴於賈后誣亮瓘謀
廢立之謀后遂使帝詔瑋殺亮瓘又坐瑋以擅殺亮瓘之罪即日殺瑋后益肆淫恣廢太子遹惠帝長子非賈后生廢楊太后附趙王倫懿子在京師素諂事賈后
其嬖人孫秀說以太子之廢人言公實與謀宜廢后以雪其聲倫從之秀又恐太子聰明終有疑於倫不如待后殺太子而廢后為太子報讎可以立功乃
使后黨諷后果殺太子倫遂矯詔與齊王冏攸子率兵入宮廢后幽於金墉城尋害之倫自為相國侍中都督中外諸軍事孫秀等恃勢肆橫
冏內懷不平秀覺之出冏鎮許昌倫僭位以惠帝為太上皇遷於金墉於是冏及河間王顒司馬孚之孫惠帝從叔成都王穎武帝子共起兵討倫倫兵敗其

將王輿廢倫斬秀迎惠帝復位倫尋伏誅冏入京帝拜冏爲大司馬冏大權在握恣行非法河間王顒遂上表請廢冏並檄長沙王乂武帝子爲内主冏遣兵襲乂乂徑入宮奉帝討斬冏顒本以乂弱冏强冀乂爲冏所殺而以殺乂之罪討之因廢帝立穎己爲宰相可以專政及乂殺冏其計不遂穎亦以乂在内己不得逞執朝權於是顒遣將張方與穎同向京師帝詔乂爲大都督拒方等先勝後敗東海王越司馬泰之子惠帝從叔祖在京慮事不濟收乂送金墉乂爲張方所殺穎入京朝政悉穎主之穎尋還鄴乘輿服御及宿衛兵皆遷於鄴右衛將軍陳眕不平奉帝討穎穎遣將石超敗帝於蕩陰超遂以帝入於鄴平北將軍王浚復起兵討穎穎戰敗仍擁帝還洛陽時顒遣張方救穎方遂挾帝及穎歸於長安東海王越自徐州起兵迎大駕顒又命穎統兵拒之河橋戰敗越兵入關奉惠帝還洛陽穎爲劉輿所殺顒亦於途爲南陽王模所殺惠帝崩懷帝即位越出討石勒而卒

閼伯季曰實沈居曠壄不相能日尋干戈以相征討閼伯實沈則參商也師尹無具瞻之貴而顛墜戮辱之禍日有毛詩曰赫赫師尹民具爾瞻至乃易天子以太上之號而有免官之謠臧榮緒晉書曰惠帝永寧二年禪位于趙王倫倫以兵留守衛上號曰太上皇改金墉曰永昌宮中書令繆播云太史察星變事當有免官天子民不見德唯亂是聞左氏傳卜偃曰民不見德唯戮是聞朝爲伊周夕爲桀跖莊子曰施不及三王天下太駭矣下有盜跖上有曾史善惡陷於成敗毀譽脅於勢利於是輕薄干紀之士役姦智以投之如夜蟲之赴火范曄後漢書曰李寶勸劉嘉且觀成敗光武聞告鄧禹曰當是長安輕薄兒誤之耳左氏傳季孫盟臧氏曰無或如臧孫紇干國之紀呂氏春秋曰人主有能明其德者天下之士歸之若蟬之赴明火也內外混淆庶官失才鄭玄毛詩箋曰內謂諸夏也外謂夷狄也尚書曰推賢讓能庶官乃和名實反錯

建安中單于於扶羅來朝曹操留之使右賢王去卑監國分其衆為五部左部在今汾陽右部在今祁縣南部居隰縣北部居忻縣中部居今文水東北各立貴人為師帥皆稱劉氏魏嘉平中鄧艾上言請馬師宜分并州境內匈奴左部為二國徙居雁門其羌胡與民同處者宜以漸出之使居民表議未及行武帝初郭欽上言戎狄彊獷歷古為患魏初民少西北諸郡皆為戎居內及京兆魏郡弘農往往有之今雖服從若百年後有風塵之警胡騎自平陽上黨不三日而至孟津北地西河太

文四十九

天綱解紐管子曰循名而案實案實而定名名實相爲情國政迭移於亂人禁兵外散於四方方岳無鈞石之鎮關門無結草之固漢書十六兩爲斤三十斤爲鈞四鈞爲石左氏傳曰晉輔氏之役魏顆見老人結草以亢杜回回躓而顛仆李辰石冰傾之於荊揚干寶晉惠紀曰蜀賊李流攻益州發武勇以西赴益州兵不樂西征李辰因之誑曜百姓以山都民丘沈爲主石冰應之石冰略揚州揚州刺史蘇峻降劉淵王彌撓之於青冀干寶晉紀曰劉淵遷離石遂謀亂淵在西河離石攻破諸郡縣自稱王又曰王彌攻東莞東安二郡復攻青州二十餘年而河洛爲墟戎羯稱制二帝失尊山陵無所干寶晉懷紀曰賊劉曜入京都百官失守天子蒙塵於平陽又愍紀曰劉曜寇長安劉粲寇於城下天子蒙塵於平陽矣何哉樹立失權託付非才四維不張而苟且之政多也管子曰不供祖舊則孝悌不備四維不張國乃滅亡四維一曰禮二曰義三曰

八

原隰洄上郡安定盡爲狄庭矣宜及平吳之威徙內地諸胡於邊地峻四夷出入之防明先王荒服之制此萬世長策也不聽元康末閬中氐齊萬年反事平江統作徙戎論

此列傳年寡擬不能脫化非可爲式可檢史通摹擬篇

晉書載記成都王穎拜淵爲北單于淵至左國城劉宣等上大單于之號二旬之間衆已五萬都于離石

離石今山西之永寧縣

廉四曰聰漢書王嘉上疏曰上下相望莫有苟且之意夫作法於治其弊猶亂作法於亂誰能救之左氏傳曰渾罕曰君子作法於涼其弊猶貪作法於貪弊將若之何故于時天下非暫弱也軍旅非無素也彼劉淵者離石之將兵都尉王彌者青州之散吏也干寶晉武紀曰太康八年詔淵領北部都尉蓋皆弓馬之士驅走之人凡庸之才非有吳先主諸葛孔明之能也新起之寇烏合之衆非吳蜀之敵也曾子曰烏合之衆初雖相歡後必相咋脫耒爲兵裂裳爲旗非戰國之器也賈誼過秦論曰斬木爲兵揭竿爲旗自下逆上非鄰國之勢也然而成敗異效擾天下如驅群羊舉二都如拾遺孔安國尚書傳曰擾亂也淮南子曰兵略者乘勢以爲資清淨以爲常避實就虛若驅群羊此所以言兵者也漢書梅福上書曰高祖舉秦如

躬逢喪亂始有感乎斯言

鴻毛取楚如拾遺將相侯王連頭受戮乞爲奴僕而猶不獲干寶
晉紀曰劉曜入京都殺大將軍吳王晏光祿大夫竟陵王其餘官僚僵尸塗地百不遺一后嬪妃主
虜辱於戎卒豈不哀哉孫盛晉陽秋曰劉曜入于京都六宮幽辱征西將軍南陽王模
出降以模妃劉氏賜胡張平爲妻夫天下大器也羣生重畜也文子老子曰天
下大器也不可執也不可爲也爲者敗之執者失之漢名臣奏陳風對問曰民如六畜在牧養者耳愛惡
相攻利害相奪周易曰愛惡相攻而吉凶生情僞相感而利害生六韜曰利害相臻猶循環之
無端其勢常也若積水于防燎火於原未嘗暫靜也周禮曰以
防止水鄭玄曰偃豬畜流水之陂尚書曰若火之燎于原器大者不可以小道治勢
動者不可以爭競擾古先哲王知其然也是以扞其大
患而不有其功禦其大災而不尸其利禮記曰聖王之制祭祀也能禦

爾雅晨風鸇郭璞注云
鷂屬

大災則祀之能扞大患則祀之百姓皆知上德之生已而不謂浚已以生也左氏傳子產寓書於子西以告宣子曰毋寧使人謂子子實生我而謂子浚我以生乎杜預曰浚取也是以感而應之悅而歸之如晨風之鬱北林龍魚之趣淵澤也毛詩曰鴥彼晨風鬱彼北林孫卿子曰川淵深而魚鼈歸之刑政平而百姓歸之川淵者龍魚之居也國家者士人之居也順乎天而享其運應乎人而和其義然後設禮文以治之斷刑罰以威之孝經曰安上治民莫善於禮毛詩序曰君臣上下動無禮文左氏傳叔向詒子產書曰嚴斷刑罰以威其淫謹好惡以示之審禍福以喻之孝經曰示之以好惡而民知禁謝承後漢書曰朱雋宣國威靈審示禍福求明察以官之篤慈愛以固之故衆知向方左氏傳叔向曰猶求聖哲之主明察之官忠信之長慈惠之師禮記曰樂行而人向方皆樂其生而哀其死鶡冠子所

何云君子勤禮二句乃左傳所載劉康公之言

邪僻銷於胷懷當由不飲不寡始於盡邪之令所遂易也

老子云善建者不拔

謂人者惡死樂生悅其教而安其俗孟子曰萬乘之國行仁政民悅之猶解倒懸也老子曰安其居樂其俗君子勤禮小人盡力趙岐孟子章指曰治身勤禮君子所能家語曰子路治蒲孔子曰此其恭敬以信故其人盡力廉恥篤於家閭邪僻銷於胷懷廉恥已見上注禮記曰情慢邪僻之氣不設於身體故其民有見危以授命而不求生以害義論語子張曰士見危致命又子曰志士仁人無求生以害仁又況可奮臂大呼聚之以干紀作亂之事乎漢書淮南王安上疏曰陳勝吳廣奮臂大呼天下響應基廣則難傾根深則難拔文子曰人主之有民猶城之有基木之有根根深則本固基厚則上安理節則不亂膠結則不遷是以昔之有天下者所以長久也夫豈無僻主賴道德典刑以維持之也左氏傳韓厥曰三代之令王皆數百年保天之祿夫豈無辟王賴前哲以免也毛詩曰雖無老成人

校拟子政而引討太多殊累氣而不健意在以周反形晉耳

毛詩云遺夏人亂

尚有典刑故延陵季子聽樂以知諸侯存亡之數短長之期者蓋民情風教國家安危之本也左氏傳曰吳公子札來聘請觀於周樂使工爲之歌鄭曰其細已甚民不堪也是其先亡乎爲之歌齊曰表東海者其太公乎國未可量也昔周之興也后稷生於姜嫄而天命昭顯文武之功起於后稷毛詩序曰后稷生於姜嫄文武之功起於后稷故其詩曰思文后稷克配彼天又曰立我烝民莫匪爾極毛詩周頌文也鄭玄曰周公思先祖之有文德者后稷之功能配天又播殖百穀烝民乃粒天下無不於汝得其中者言反其性又曰實穎實栗即有邰胎家室毛詩大雅文也毛萇曰穎垂穎也鄭玄曰栗成熟也后稷教世種黍稷堯乃封於邰就其家室無變更也至于公劉遭狄人之亂去邰之豳身服厥勞故其詩曰乃裹餱糧于橐託于囊毛詩大雅文毛萇曰小曰橐大曰囊鄭玄曰爲

狄人所迫逐不忍鬭其民裹糧食橐囊之中棄其餘而去陟則在巘復降在原以處其民毛詩大雅文也毛萇曰巘小山別於大山者也鄭玄曰由原而升巘復下在原言反覆之重民居以至于太王爲戎翟所逼而不忍百姓之命杖策而去之莊子曰太王亶父居邠狄人攻之太王曰與人之兄居而殺其弟與人之父居而殺其子吾不忍也子皆勉居矣因杖策而去故其詩緜曰來朝走馬帥西水滸至于岐下毛詩大雅文鄭玄曰來朝走馬言其避惡早且疾也循西水涯漆沮側也謂亶父避狄循漆沮之水而至岐下周民從而思之曰仁人不可失也故從之如歸市毛萇詩傳曰古公處邠狄人侵之乃屬其耆老而告之曰吾聞之君子不以其養人而害人二三子何患無君去之踰梁山邑於岐山之下邠人曰仁人之君不可失也從之如歸市居之一年成邑二年成都三年五倍其初新序曰太王亶父止於岐下百姓扶老攜幼隨而歸之一年成邑二年成都三

此下却佳

年五倍其初每勞來而安集之毛詩序曰萬民離散不安其居而能勞來安集之故其詩曰乃慰乃止乃左乃右乃疆乃理乃宣乃畝毛詩大雅文也毛萇曰慰安也人心定乃安隱其居乃左右而處之乃疆理其經界乃時耕其田畝者鄭玄曰時耕曰宣以至于王季能貊其德音毛詩曰維此王季帝度其心貊其德音毛萇曰心能制義曰度貊靜也鄭玄曰德政應和曰貊故其詩皇矣曰克明克類克長克君載錫之光毛詩大雅文也左傳曰勤施無私曰類教誨不倦曰長慶賞刑威曰君毛萇曰光大也鄭玄曰載始也於使之顯著也至于文王備修舊德而惟新其命毛詩曰周雖舊邦其命惟新鄭玄曰太王國於周至文王而受命言新者美之也故其詩大明曰惟此文王小心翼翼昭事上帝聿懷多福毛詩大雅文也鄭玄曰小心翼翼恭順之貌也昭明也聿述也懷思也謂能明事上天又能述思多福由此觀之周家世積忠厚仁及

老侍者凍梨也 由又者壽也
内則云凡養老五帝憲三王有乞言
先謙云詩言福禄多不别商頌五篇兩言福三言禄大指不殊說文爾雅毛傳皆曰禄福也此古義也鄭既醉箋始為分别之詞然云天予汝福祚至於子孫天覆被汝以禄位使禄臨天下

草木内睦九族外尊事黄耇養老乞言以成其福禄者也毛詩行葦序文而其妃后躬行四教禮記曰古婦人教以婦德婦言婦容婦功鄭玄毛詩箋曰法度莫大於四教尊敬師傅服澣濯之衣脩煩辱之事化天下以婦道毛詩葛覃序也詩曰葛之覃兮毛萇曰葛所以爲絺綌女功之事煩辱者也故其詩（思齊）曰刑于寡妻至于兄弟以御于家邦毛詩大雅文也毛萇曰刑法也鄭玄曰御治也文王以禮法接其妻至于宗族又能爲正治於家邦是以漢濱之女守絜白之志中林之士有純一之德毛詩曰漢有游女不可求思鄭玄曰女雖出游漢水之上人無欲求犯禮者亦由貞絜使之然也毛詩曰肅肅兔罝施于中林赳赳武夫公侯腹心鄭玄曰亦言賢故曰文武自天保以上治内采薇以下治外始於憂勤終於逸樂毛詩六月（魚麗）序也鄭玄曰内謂諸夏也外謂夷狄也於是天下三

文外之意隱約不貼
孔叢子載子思云殷王帝乙之
時王季以九命作伯於西故文
王因之以專征伐
鄭玄云雍梁荆豫徐揚
之人咸被其德而從之

分有二猶以服事殷諸侯不期而會者八百猶曰天命未至（論語孔子曰三分天下有其二以服事殷周之德其可謂至德已矣周書曰武王將渡河不期同時一朝會於武王郊祀下者八百諸侯史記曰武王至於孟津諸侯皆曰帝紂可伐武王曰天命未至也）以三聖之智伐獨夫之紂猶正其名教曰逆取順守保大（時邁）定功安民和衆（琴操曰崇侯譖文王於紂曰西伯昌聖人也長子發中子旦皆聖三聖合謀將不利於君尚書武王曰獨夫受洪惟作威孔安國尚書傳曰湯順天應人逆取順守左氏傳楚子曰夫武禁暴戢兵保大定功安民和衆豐財）猶著大武之容曰未盡善也（論語孔子曰謂武盡美矣未盡善也）及周公遭變陳后稷先公風化之所由致王業之艱難者則皆農夫女工衣食之事也（毛詩七月序也）故自后稷之始基靜民十五王而文始平之十六王而武始居

之十八王而康克安之國語曰靈王十二年穀洛鬭王欲壅之太子晉諫曰后稷始基靜民十五王而文始平之十八王而康克安之其難也如是韋昭曰基始也靜安也自后稷播百穀以始安民凡十五王世脩其德至文王乃平民受命也十五王謂后稷不窋鞠陶公劉慶節皇僕羌弗毀俞公非高圉亞圉公組太王王季文王也十八者加武王成王康王并上十五故其積基樹本經緯禮俗節理人情恤隱民事如此之纒緜也潘元茂九錫文曰經緯禮律王肅家語注曰經緯猶織以成之也國語祭公謀父曰勤恤民隱爰及上代雖文質異時功業不同文質已見上文及其安民立政者其揆一也安民已見上文尚書有立政篇孟子曰先聖後聖其揆一也今晉之興也功烈於百王事捷於三代蓋有爲以爲之矣禮記孔子曰昔者魯公伯禽有爲爲之宣景遭多難之時務伐英雄誅庶櫱以便事左氏傳司馬侯曰或乃多難尸子曰

說苑建本篇云本不正者末必倚始不盛者終必衰春秋之義有正春者無亂秋有正君者無危國

蓋此數語斯旁皇周浹矣

孽晉百名

蔣濟告司馬懿王淩文武具瞻當今無儷廣等志力有美於父耳退而曰此言滅人門宗

此于文勢為太盡其論無疵

恥尚失所共所恥非恥並所尚非尚也　建安十五年令有云若必廉士而後可用則齊桓其何以霸世今天下得無有盜嫂受金而未遇無知者乎

便事以立官也以固其國不及脩公劉太王之仁也受遺輔政屢遇廢置故齊王不明不獲思庸於亳魏志曰齊王芳字蘭卿明帝崩即皇帝位六將軍司馬景王廢帝以太后令遣芳歸藩于齊尚書曰太甲既立弗明伊尹放諸桐宮三年復歸于亳思庸也高貴沖人不得復子明辟魏志曰高貴鄉公諱髦字士彥齊王廢即皇帝位魏氏春秋曰帝自出討文王擊戰鼓出雲龍門賈充自外入帝師潰騎督成倅弟濟以矛進帝崩于師尚書曰惟予沖人弗及知又周公曰朕復子明辟二祖逼禪代之期不暇待參分八百之會也二祖景文是其創基立本異於先代者也景福殿賦曰武創元基加之以朝寡純德之士鄉乏不二之老尚書曰昔君文武則有不二心之臣風俗淫僻恥尚失所學者以莊老為宗而黜六經干寶晉紀劉弘教曰太康以來天下共尚無為貴談莊老少有說事談者以虛薄為

檢晉之

魏董昭上疏云竊見當今年少不復以學問爲本專更以交遊爲業國士不以孝悌清修爲首乃以趨勢游利爲先合黨連羣互相襃歎以毀訾爲罰戮用黨譽爲爵賞附己者則歎之盈言不附者則爲作瑕釁

蕭杌蓋指潘岳題閣道爲謠之類

晉書向秀傳好莊老之學嘗注莊子讀之者超然心悟郭象又述而廣之儒墨之迹見鄙道家之風遂盛

阮籍素有高名口談浮虛不遵禮法其後王衍樂廣慕之俱宅心事外名重於時天下言風流者以王樂爲稱首後進莫不競爲浮誕遂成風俗 ○卞壺斥王澄謝鯤謂悖禮傷教中朝傾覆實由於此范甯亦謂王弼何晏之罪深於桀紂

辯而賤名儉王隱晉書曰王衍不治經史唯以莊老虛談惑衆劉謙晉紀應瞻表曰元康以來以儒術清儉爲群俗行身者以放濁爲通而狹節信劉謙晉紀應瞻表曰以宏放爲夷達王隱晉書曰貴遊子弟多祖述於阮籍同禽獸爲通又傅玄上疏曰魏文慕通達而天下賤守節也進仕者以苟得爲貴而鄙居正鄭玄毛詩箋曰祿仕者苟得祿而已公羊傳曰君子大居正當官者以望空爲高而笑勤恪劉謙晉紀應瞻表曰元康以來望白署空顯以台衡之量尋文謹案目以蘭薰之器是以目三公以蕭杌之稱標上議以虛談之名干寶晉紀云言君上之議虛談也蕭杌未詳劉頌屢言治道傳咸每糾邪正皆謂之俗吏干寶晉紀曰劉頌在朝忠正才經政事武帝重之訪以治道悉心陳奏多所施行又曰尚書郭啓出赴妹葬疾病不辭左丞傅咸糾之尚書弗過王隱晉書傅玄曰論經禮者謂之俗生說法理者名爲俗吏其倚杖虛曠依阿無心者皆名

朱珔以蕭杌字乃當時謠諺造爲斯語非言似成處也晉書無此二句

當時惟裴頠著崇有論江惇著通道崇檢論以矯正之

以此與民俗雖亡百晉可也晉不足惜所痛者華夏之民耳

魏文帝時陳羣奏定九品中正之法其始鄉邑清議不拘爵位褒貶所加足為勸勵猶有鄉論餘風其後逐計資定品惟以居位為重

重海內若夫文王日昃不暇食仲山甫夙夜匪懈者（尚書曰文王自朝至于日中昃弗皇暇食毛詩曰肅肅王命仲山甫將之夙夜匪懈以事一人）蓋共嗤點以爲灰塵而相詬（火候反）病矣（鄭玄毛詩箋曰言時人骨肉無相詬病也說文曰詬恥也）由是毀譽亂於善惡之實情慝奔於貨慾之塗選者爲人擇官官者爲身擇利（謝承後漢書呂强上疏曰苟寵所愛私擢所幸不復爲官擇人反爲人擇官也）而秉鈞當軸之士身兼官以十數（毛詩曰秉國之鈞四方是維桓寬鹽鐵論曰車丞相當軸處中括囊不言）大極其尊小録其要機事之失十恒八九（漢書解故曰機事所揔號令佽發胡廣曰機密之事）而世族貴戚之子弟陵邁超越不拘資次（劉寔崇讓論曰非勢家之子率多因資次而進之）悠悠風塵皆奔競之士（孔安國論語注曰悠悠周流之貌風塵以喻汙辱也晉諸公讚曰人人望

品求者奔競 列官千百無讓賢之舉 孫卿子曰天子千官諸侯百官史記曰司馬季主曰試官不讓賢 子眞著崇讓而莫之省 千寶晉紀曰時禮讓未興賢者壅滯少府劉寔著崇讓論孫盛晉陽秋曰劉寔字子眞平原人 子雅制九班而不得用 王隱晉書曰劉頌字子雅轉吏部尚書爲九班之制裴頠有所駮 長虞數直筆而不能糺 孫盛晉陽秋曰司隸校尉傅咸勁直正厲果於從政先後彈奏百寮王戎多不見從 其婦女莊櫛織紝 紝女金反 皆取成於婢僕 禮記曰婦事舅姑如事父母雞初鳴咸盥漱櫛縰笄總縰見下句 未嘗知女工絲枲 枲胥里反 之業中饋酒食之事也 禮記曰女子十年不出執麻枲治絲繭織紝組紃周易曰在中饋無攸遂毛詩曰乃生女子無非無儀酒食是議 先時而婚任情而動故皆不恥淫逸之過不拘妬忌之惡有逆于舅姑有反易剛柔有殺戮妾媵有黷亂上下 爾雅曰婦

莊字亦作妝說文云飾也上林賦作糚借作裝裹也

休其蠶織 市也婆娑 今古同然平斯可異 抱朴子疾謬云今俗婦女休其蠶織之業廢其玄紞之務不績其麻市也婆娑舍中饋之事修周旋之好

篤守節義亦異姓亂宗二事自南宋後始然

左氏成八年傳凡諸侯嫁女同姓媵之異姓則否

詩摽梅疏引王肅云前賢有言丈夫二十不敢不有室女子十五不敢不事人謂男自二十以及三十女年十五以至二十皆得以嫁娶先是則速後是則晚矣

契即楔也

五臣注云鑿契簨也案桂氏札樸云木工穿鑿謂之卯簨

阮籍傳外稱嘗作大人先生傳謂世之禮法君子如蝨之處褌

阮孚又當別論

爭晉書及別本

稱夫之父曰舅稱夫之母曰姑禮記曰婦將有事大小必請於舅姑又曰男子親迎男先於女剛柔之義也公羊傳曰媵者何諸侯娶一國則二國往媵之以姪娣禮記曰婚禮者上以事宗廟而下以繼後世也尚書說命曰黷于祭祀時謂弗欽父兄弗之罪也天下莫之非也又況責之鬪四教於古修貞順於今以輔佐君子者哉四教已見上文列女傳宋鮑女宗曰貞順婦人之至行也毛詩序曰后妃又當輔佐君子求賢審官禮法刑政於此大壞如室斯構而去其鑿契如水斯積而決其隄防呂氏春秋曰若積大水而失其壅隄矣如火斯畜而離其薪燎也國之將亡本必先顛其此之謂乎左氏傳齊仲孫謂齊侯曰臣聞國之將亡本必先顛而後枝葉從之故觀阮籍之行而覺禮教崩弛之所由干寶晉紀曰阮籍宏逸曠遠居喪不帥常檢察庾純賈充之事而見師尹之多僻干寶晉紀曰賈充饗

晉書及刊本

衆官庾純後至充曰君行常居人前今何以在後純曰有小市井事不了是以後世俗言純乃祖爲五伯又曰充之先爲市魁故以戲荅考平吳之功而知將帥之不讓干寶晉紀曰王渾愧久造江而王濬先之乃表濬違詔不受已節度濬上書自陳曰惡直醜正實繁有徒欲構南箕成此貝錦思郭欽之謀而悟戎狄之有釁干寶晉紀御史大夫郭欽上書曰戎狄強獷歷古爲患今西北郡皆與戎居若百年之後有風塵之警胡騎自平陽上黨不三日至盟津及平吳之盛出北地西河安定復上郡置馮翊平陽帝弗聽覽傅玄劉毅之言而得百官之邪干寶晉紀傅玄上書曰昔魏氏虛無放誕之論盈於朝野使天下無復清議而亡秦之病復發於今又上顧謂劉毅曰朕方漢何主對曰桓靈帝曰吾雖不及古賢猶剋己爲治方之桓靈不亦甚乎對曰桓靈賣官錢入於官陛下賣官錢入私門以比言殆不若也核傅咸之奏錢神之論而覩寵賂之彰干寶晉紀司隸校尉傅咸上書曰臣以貨賂流行所宜深絶又曰魯褒字元道南陽人作錢神論左氏傳曰取

詩序箋云蕩蕩法度廢壞之皃

郜大鼎于宋臧哀伯諫曰官之失德寵賂彰也民風國勢如此雖以中庸之才守文之主治之賈誼過秦篇曰陳涉材能不及中庸論語曰中庸之爲德也其至矣乎民鮮久矣何晏曰庸常也中和可常行之德也公羊傳曰繼文王之體守文王之法度何休曰引文王者文王始受命制度也辛有必見之於祭祀季札必得之於聲樂左氏傳曰初平王之東遷也辛有適伊川見被髮而祭於野者曰不及百年此其戎乎其禮先亡矣又曰季札來聘請觀樂使工爲之歌陳曰國無主其能久乎范燮必爲之請死賈誼必爲之痛哭左氏傳曰范燮反自鄢陵之役使其祝宗祈死曰君無禮而克敵天益其疾矣愛我者唯祝使我速死無及於難范氏之福也漢書賈誼上疏曰可爲痛哭者一也又況我惠帝以蕩蕩之德臨之哉惠帝已見西征賦毛詩曰蕩蕩上帝下民之辟故賈后肆虐於六宮韓午助亂於外內其所由來者漸矣豈特繫一婦人之惡乎

晉書及別本

積印後之訛當改（刪）

干寶晉紀曰賈庶人賜死初武帝爲太子取后在宮不恭遜而甚妬忌有孕者輒殺子或以手戟擿之子隨刃墜又曰韓壽妻賈午寔始助亂懷帝承亂之後得位羈於彊臣干寶晉懷紀曰太傅東海王越總兵輔政愍帝奔播之後徙廁其虛名干寶晉紀曰洛京傾覆秦王業避難密南趣許穎豫州刺史閻鼎以天下無主有輔立之計天下之政既已去矣非命世之雄不能取之矣孟子曰五百年必有王者興其閒必有名世者廣雅曰命名也然懷帝初載嘉禾生于南昌徐廣晉紀曰太康五年八月嘉禾生南昌九月懷帝生毛詩曰文王初載天作之合載猶生也望氣者又云豫章有天子氣干寶晉紀曰初望氣者言豫章廣陵有天子氣及國家多難宗室迭興毛詩曰維予小子未堪家多難史記太史公曰遞興遞廢能者用事以愍懷之正淮南之壯成都之功長沙之權皆卒於傾覆王隱晉書曰愍懷太子適立爲皇太子賈后無子妬害滋

孫志祖云長沙之死由東海王越收送別省爲張方所燒並非敗死陣溪

讖者詭爲隱語預決吉凶史記秦本紀稱盧生奏錄圖書之語是其始也

甚廢太子爲庶人送太子于許昌宫之别坊矯詔使小黄門孫慮害太子趙王倫酖殺賈后帝詔謚遹爲愍懷皇太子又曰武皇帝男允字欽度封淮南王領中護軍孫秀既害石崇等以懼允允遂進圍相府相國趙王倫閉門允兵四勝陷破無前倫息虔僞云有詔助淮南王王下車受詔遂害允又曰穎字章度封成都王拜越屯騎校尉趙王倫簒位穎謀舉義兵迎天子倫死後廢太子覃立穎爲皇太弟張方廢穎歸藩遣田徽殺之於鄴又曰乂字上度封長沙王拜步兵校尉齊王冏相攻冏敗縛至上前乂叱左右斬之河間王顒欲廢太子立成都王欲先誅乂出征連戰敗走遂誅之而懷帝以豫章王登天位干寶晉惠紀曰詔豫章王熾爲皇太弟皇帝崩太弟即位崩謚曰孝懷皇帝尚書曰天位艱哉劉向之讖云滅亡之後有少如水名者得之起事者據秦川西南乃得坤象辭其朋案愍帝蓋秦王之子也得位於長安長安固秦地也干寶晉懷紀曰關中建秦王業爲皇太子夲吴孝王之子出爲秦獻王後皇帝崩太子即位于長安崩謚曰愍皇帝

此論在紀前下空半幅逸民傳論宋書恩倖傳論並同或謂當作扉亦誤

焯按淳耀之烈未渝文止於此餘音諒之甚

而西以南陽王爲右丞相東以琅邪王爲左丞相干寶晉紀愍帝詔琅邪王睿曰今以王爲侍中左丞相督陝東諸軍事右丞相南陽王督陝右諸軍事臧榮緒晉書曰南陽王保字景度太尉模世子或以南陽王爲秦王非也上諱業故改鄴爲臨漳漳水名也由此推之亦有徵祥而皇極不建禍辱及身皇極已見上文豈上帝臨我而貳其心毛詩曰上帝臨汝無貳爾心將由人能弘道非道弘人者乎淳耀之烈未渝故大命重集于中宗元皇帝晉中興書曰中宗元皇帝諱睿字景文嗣爲琅邪王愍帝崩于平陽陟皇帝位國語史伯曰黎爲高辛氏火正以淳耀敦大光照四海夫成天地之大功者其子孫未嘗不章韋昭曰淳大也耀明也

後漢書皇后紀論一首　范蔚宗

夏殷以上后妃之制其文略矣周禮王者立后三夫人

九嬪二十七世婦八十一女御以備內職焉后正位宮
闈同體天王夫人坐論婦禮九嬪掌教四德世婦主知
喪祭賓客女御序于王之燕寢頒官分務各有典司禮記
曰舜葬於蒼梧之野蓋三妃未之從也鄭玄曰帝嚳立
四妃以象后妃四星其一明者爲正妃餘三小者次妃
也帝堯因焉至舜不告而娶不立正妃但立三妃而已
夏后氏增以三三而九合十二人春秋說以天子娶十
二即夏制也以虞夏及周制差之則殷人又增以三九
二十七合三十九人周人上法帝嚳立正妃又三九
二十七爲八十一以增之合百二十一人其位后也夫
人也世婦也嬪也女御也五者相參以定尊卑周禮曰九
嬪掌婦學之法教九御婦德婦言婦容婦功各帥其屬
而以時御叙于王所世婦掌祭祀賓客喪紀之事女御
書叙于王之燕寢以歲時獻功事女史掌王
后之禮職掌內治之貳以詔后治內政也女史彤管
記功書過毛詩曰靜女其孌貽我彤管毛萇曰古者后
夫人必有女史彤管之法女史不記其過其

羅縠之居有保阿之訓動有環珮之響列女傳曰齊孝孟姬者華氏之長女齊孝公之夫人也孝公遊於琅邪華姬從後車奔姬墮車碎孝公使駟馬載姬以歸姬曰妾聞妃后踰閾必乘安車輜軿下堂必從傅母保阿進退則鳴玉珮環今立車無軿非敢受命也曹大家曰玉環珮珮玉有環進賢才以輔佐君子哀窈窕而不淫其色毛詩序曰關雎樂得淑女以配君子憂在進賢不淫其色哀窈窕思賢才所以能述宣陰化脩成內則魏文帝典論曰欲紓二女充備六宮佐宣陰教聿脩古義又禮記有內則篇閨房肅雍險謁不行者也毛詩序曰王姬猶執婦道以成肅雍之德又曰后妃內有進賢之志而無險詖私謁之心故康王晚朝關雎作諷宣后晏起姜氏請諐列女傳曰曲沃負謂其子如耳曰周之康王晏出朝關雎預見虞貞節曰其夫人晏出故作關雎之歌以感誨之列女傳曰姜后者齊侯之女宣王之后也宣王嘗夜臥而晏起后夫人不出於房姜后既出乃脫簪珥待罪於永巷曰妾不才妾之淫心見

矣至使君王失禮而晏朝及周室東遷禮序凋缺諸侯僭縱軌制無章史記曰平王東徙雒邑周室微諸侯以彊并弱齊桓有如夫人者六人左氏傳曰齊侯之夫人三王姬徐嬴蔡姬皆無子齊侯好內多寵內嬖如夫人者六人長衛姬生武孟少衛姬生惠公鄭姬生孝公葛嬴生昭公密姬生懿公宋華子生公子雍公與管仲屬孝公於宋襄公以爲太子雍巫有寵於衛恭姬因寺人貂以薦羞於公亦有寵公許之立武孟管仲卒五公子皆求立齊桓公卒易牙入與貂因寵以殺群吏而立公子無虧孝公奔宋晉獻升戎女爲元妃左氏傳曰初晉侯欲以驪姬爲夫人卜之不吉筮之吉公曰從筮立之生奚齊其娣生卓子及將立奚齊既與中大夫成謀姬謂太子曰君夢齊姜必速祭之太子祭於曲沃歸胙于公公田姬寘諸宮六日公至毒而獻之公祭之地地墳與犬犬斃與小臣小臣亦斃姬泣曰賊由太子太子奔新城自縊而死終於五子作亂冢嗣遘屯五子齊武孟等冢嗣晉太子也爰逮戰國風憲愈薄適情任欲顛倒衣裳

後漢書及制东

毛詩曰緑兮衣兮緑衣黄裳鄭玄曰今衣黑而黄裳諭亂嫡妾之禮也以至破國亡身不
可勝數斯固輕禮弛防先色後德者也秦并天下多自
驕大官備七國爵列八品當秦之時凡有七國秦并其六國故内職皆備置之而爵
列八品焉漢書曰漢興因秦之稱號正嫡稱皇后妾皆稱夫人又有美人良人八子長使少使之號焉漢
興因循其號而婦制莫釐孔安國尚書傳曰釐理也力之切高祖帷薄
不修孝文衽席無辨漢書曰高祖得戚姬愛幸常從呂后年長常留守希見大戴禮曰古
者大臣坐汚穢淫亂男女亡別者不曰汚穢曰帷薄不修漢書孝文竇皇后景帝母也上幸上林皇后慎夫人
從其在禁中常同坐桓子新論曰文帝慎夫人與皇后同席以亂尊卑鄭玄周禮注曰衽席單席然而
選納尚簡飾玩華少自武元之後世增淫費至乃掖庭
三千增級十四班固漢書贊曰漢興因秦之稱號至武帝制婕妤元帝加昭儀之號凡十四

後漢之

等妖倖毀政之符，外姻亂邦之迹，前史載之詳矣。及光武中興，斲雕爲朴，漢書班固曰：漢興，破觚爲圜，斲雕爲朴。六宮稱號，惟皇后、貴人。貴人金印紫綬，奉不過粟數十斛。又置美人、宮人、采女三等，並無爵秩，歲時賞賜充給而已。漢法常因八月筭民，遣中大夫與掖庭丞及相工，於洛陽鄉中閱視良家童女，年十三以上，二十以下，姿色端麗，合法相者，載還後宮，擇視可否，乃用登御。所以明慎聘納，詳求淑哲。應劭風俗通曰：采女，案采者，擇也。以歲八月雒陽民，遣中大夫與掖庭丞相工閱視童女年十三以上二十以下，長壯妖絜有法相者，載入後宮。明帝聿遵先旨，宮教頗修，登建嬪后，必先令德，內無出閫之言，權無私溺之授，可謂矯其弊

○濇卬澁之隸變也後漢書作澁

矣。禮記曰外言不入於閫內言不出於閫向使因設外戚之禁編著甲令如淳漢書注曰甲令者前帝第一令改正后妃之制貽厥方來豈不休哉毛詩曰詒厥孫謀雖御已有度而防閑未篤毛詩序曰魯桓公不能防閑文姜故孝章以下漸用色授范曄後漢書曰肅宗孝章皇帝諱炟顯宗第五子也炟丁達反恩隆好合遂忘濇蠹自古雖主幼時艱王家多釁委成冢宰簡求忠貞未有專任婦人斷割重器重器神器也唯秦芊太后始攝政事故穰侯權重於昭王家富於嬴國史記曰秦武王取魏女爲后無子立異母弟爲昭襄王襄王母楚人姓芊氏號宣太后又曰穰侯之富富於王家魏人范雎說秦昭王言穰侯擅權於諸侯漢仍其謬知患莫改東京皇統屢絕權歸女主外立者四帝臨朝者六后范曄後漢書曰孝安皇帝諱祐父清河孝王慶殤帝崩鄧太后與兄騭定策禁中立之又曰安帝崩閻太后與兄顯立濟北惠王子北鄉侯懿又曰桓帝諱志父蠡吾侯質帝崩梁太后與兄冀立之又曰靈帝諱宏父萇長解瀆亭侯桓帝崩竇太后與父武立之又曰章德竇皇后和帝即位太后臨朝和熹鄧皇后立殤帝太后臨朝安思閻皇后立少帝太后臨朝順烈梁皇后立沖帝太后臨朝桓思竇皇后立靈帝太后臨朝曹節等遷太后於南宮雲臺家屬徙北景又曰靈思何皇后帝崩皇子辯即位太后臨朝董卓遷於永安宮莫不定策帷帟委事父兄貪孩童以久其政抑明賢以專其威任重道悠利深禍速身犯霧露於雲臺之上家纓縲紲於圄犴（岸）之下范曄後漢書謝弼上封事曰竇太后幽隔空宮如有霧露之疾陛下何面目以見天下論語子曰公治長可妻也雖在縲紲之中非其罪也毛詩曰宜犴宜獄湮滅連踵傾輈繼路運命論曰前鑒不遠覆車繼軌王隱晉書曰劉肖商貨繼路而赴蹈不息燋爛爲期嵇康與山巨源

親屬謂同居正號并之
親屬也下無所見其同

書曰禽鹿長而見羈則赴蹈湯火袁崧後漢書朱穆上疏曰養魚沸鼎之中棲鳥烈火之上用之不時必見燋爛也終於陵夷大運淪亡神寶漢書張釋之曰秦陵夷至于二世天下土崩史記作陵遲漢書哀帝詔曰尚書曰考終命言大運一終也詩書所歎略同一揆毛詩曰赫赫宗周褒姒威之毛萇曰威滅也尚書曰古人有言牝雞之晨惟家之索故考列行迹以爲皇后本紀雖成敗事異而同居正號者並列于篇其以恩私追尊非當世所奉者則隨他事附出親屬別事各依列傳其餘無所見則係之此紀以纘西京外戚云爾私恩謂桓順外立即位以私恩尊其母后似此者則隨他事附出不同此篇

文選卷第四十九

初四夕編三下　閱及於此　侃記